红绒

冬如 著

花

团结出版社

UNITY PRESS

图书在版编目（CIP）数据

红绒花 / 冬如著. —北京：团结出版社， 2020.5 （2023.7重印）

ISBN 978-7-5126-7825-5

Ⅰ.①红… Ⅱ.①冬… Ⅲ.①中篇小说–小说集–中国–当代②短篇小说–小说集–中国–当代 Ⅳ.①I247.7

中国版本图书馆 CIP 数据核字(2020)第 059942 号

出　　版：团结出版社

（北京市东城区东皇城根南街 84 号　邮编：100006）

电　　话：(010) 65228880　65244790

网　　址：www.tjpress.com

E – mail：65244790@163.com

经　　销：全国新华书店

出版策划：成都力扬文化传播有限公司　028-86965206

印　　刷：成都兴怡包装装潢有限公司

开　　本：787mm×1092mm　1/16

印　　张：17

字　　数：340 千字

版　　次：2020 年 5 月第 1 版

印　　次：2023 年 7 月第 2 次印刷

书　　号：ISBN 978-7-5126-7825-5

定　　价：48.00 元

序　言

宜昌文学的新收获

——序冬如小说集《红绒花》

樊　星

冬如的小说集《红绒花》即将出版，很不容易，也因此更加可喜可贺！她希望我写一序言，使我一下子想到了二十多年前我写过的一篇短文：《楚风——宜昌文学创作一瞥》（发表于《湖北日报》1993 年 10 月 30 日）……宜昌山清水秀，人杰地灵，文化灿烂，也有一批痴迷文学写作、成就突出的作家，从出道早、硕果累累的老前辈黄声笑、刘不朽、李华章到后来各显绝技、引人注目的张泽勇、张永久、符号（符利民）、蒋杏、陈宏灿、吕志青、姚鄂梅、杜鸿、甘茂华、温新阶、童江南、阎刚、刘小平、猫腻……不论是写峡江的雄奇风光、山区的风土人情，还是记录那片热土上的历史风云、现实生活，都散发出浓郁的鄂西文化气息，引起了文坛的关注、评论界的好评。后来，因为读韩玉洪的长篇小说《铁血宜昌峡》、冬如的长篇纪实文学《中国有条黄柏河》，对宜昌作家的创作动向有了新的了解。宜昌的文学创作不断涌现新人，充分表明这里有文学的深厚活泉、这里的作家也有着丰富的人生积累与创作心劲。几十年来，文学的浪潮时而高涨，时而多变，时而流入低谷，而一代又一代的宜昌作家痴心不改，不断谱写出自己的文学佳作。"宜昌作家群"因此显得阵容强大，值得好好研究。冬如下过乡，当过工人、推销员、教师和编辑，咀嚼过那一代人经历过的人生酸辛，也在生活的磨难中砥砺出创作的冲动，多年来坚持写作，出版过散文集《女儿路》、长篇纪实文学《中国有条黄柏河》，著有长篇小说《三峡恋》，在《人民文学》《北京文学》《朔方》《山东文学》《长江丛刊》《芳草》等多家刊物上发表过作品，显示出相当的创作实力。收入这本集子中的多篇作品都是写生活于社会底层的小人物，体现出作家关注现实忧患、记录冷暖人生的悲悯情怀。

前些年，关注底层的文学创作风起云涌。曹征路的《那儿》、盛可以的《北妹》、阎连科的《丁庄梦》、梁鸿的《中国在梁庄》……都因此为人称道。其实，文学一向都是关注底层苦难的。狄更斯的《雾都孤儿》、陀思妥耶夫斯基的《穷人》、雨果的《悲惨世界》、鲁迅的《阿Q正传》……不都是写底层人生的经典么？重要的是，如何写出独到的人生发现？冬如有过在底层打拼的经历，也留意纷乱世事，写起小说来就能有新的发现与感慨，在较为广泛的社会生活基础上，于荒诞之中求真实。此开篇之作《红绒花》，讲述一个土家族青年北漂，在北京当"蜘蛛人"的故事，这样的故事现在已有不少（如徐则臣的《跑步穿过中关村》、荆永鸣的《北京时间》等等）。《红绒花》的看点在于同为湖北老乡的两个"北漂"青年同处一室，两人怎样从尴尬、隔膜达到思想和境界上的契合。农民工海子悬吊在高空中给人家清洁玻璃窗时，突发奇想：我他妈在京干了上十年，数不清的窗门在我手下变得通亮，让新婚妻子暂住几天高楼房吧！于是，一天干两种活儿的海子，为迎接妻子进京住进了出租房，故事就此展开。海子的性格刻画层层迭进，当他在坐便器上，发现同室者马扶西的《昆虫记》时，对马扶西怀着仰慕的心情，昂望他，以至对方看他一眼，他的心就"怦怦"地乱跳，因为"这几天迫切地等待，已经不完全是为着不久的夫妻蜜月了"。因为"大工棚里找不出读《昆虫记》的人"。而马扶西知道他的真实职业后，鄙视他，让他搬出去时，他以平视的眼光问对方："什么理由让我搬出去？"在他心里，权势、钱势都是势。他一口回绝。尽管他遭到马扶西的误会，仍然满心希望：对方能与女朋友易莉圆满合好，他捡起地下被易莉撕碎的火车票，细心地粘贴，拼拢，好让马明白未婚妻的心事。本文故事情节在社区文艺晚会上达到高潮，对土家族传统文化的秉承和热爱，使两个出身、职业、社会地位不同的北漂青年终于心灵相通……故事奇特，经作者以细腻的笔触，娓娓道来，一个具有独特个性的打工仔，活灵活现站在我们跟前。

《小雨的日子》讲述三个从小在老屋里长大的孩子，他们（她们）的成长及命运。在下岗大潮的冲击中，小雨挺起胸脯，坚强地干起了摆地摊儿、卖烧烤的活儿。两个男人却陷入心理暗流中的再一次角逐。在城镇化进展和古朴乡村的对立中，关注表象喧哗背后的生命困境和冲突。这方面的代表作有《一亩三分地》，是写一对夫妻，坚守在祖辈们拓荒而得的土地上，执着于种菜，踏实地劳动，吃自己栽种的绿色蔬菜，获得内心里的满足感。然而，人们对这片未沾商业气息的土地垂涎三尺。女主人公为守住这片土地，不得不长期装聋作哑……这部中短篇小说集全部是在省级以上杂志发表过的作品，比较系统，特点明显。像《洗净仙客来》《预约晚餐》等，构思、立意新颖，都曾被转载。读作品，让人联想到无数在政治风浪，在社会生活中载沉载浮的普通人、底层人，这种功底非同一般。

底层的隐忍，底层的梦想，底层的抗争，都凝聚了作家的爱与恨、思与叹，也足以催生读者对现实忧患的深重关切。虽然贫富悬殊、社会分化、思想分裂的问题已经积重难返，但文学不能停止呐喊、咏叹。还有那个根据当年发生过的真实故事写成的《山高树大》，通过讲述一位民工被人误解后为了证明自己的清白而躲进深山，过起了野人生活，还试图以拼命砍柴的行动剖白自己的真心。小说最后那句"那个时候的人……"余音袅袅，耐人寻思。那个年代的悲剧也打上了那个年代的烙印。读了这些作品，感受到作者在写作上的用心、用力，也了解到现实人生的千奇百怪。人们常常说，现实生活的复杂、奇异、匪夷所思已经远远超出了作家的想象力，的确如此。另一方面我也感到，写小说要有好的故事支撑，还需要在人物性格、人际关系乃至语言方面反复锤炼、下大功夫，说说容易，真正写到位，却不那么简单。

期待冬如继续努力，不断超越自我，取得更加可喜的成绩！

2019 年 3 月 26 日匆匆

樊星：武汉大学文学院教授，博士生导师，著名文艺评论家，中国新文学学会副会长，湖北省文艺理论家协会副主席，武汉市文艺评论家协会主席。

目　录

中篇小说

短篇小说

中篇小说

HONGRONGHUA

红绒花

一个性格开朗、乐观、幽默的农村小伙子名叫海子，他在北京干着"蜘蛛人"的活儿。有一天，他悬吊在天空中抹玻璃窗户时，发现一间新房里的大红"喜"字，这让他突发奇想：我来北京十几年，数不清的玻璃窗在我手中变得通透明亮，现在扒人家窗边眼巴巴地瞅，难道就不能让自己新婚妻子开一次洋荤吗？

1

先是一个小女孩听见了从高空传来的声音，小女孩骑在爸爸的肩头上，双脚在爸爸胸前乱蹬乱弹，伸手指天哇哇哇地叫喊。爸爸抬头就见三十六层高楼的外墙边悬挂着一个人，是男人是女人他看不清，因为银白色的"桂宫楼"三个字硕大无比地立在那人的头顶上，那人就显得很渺小。隐约可见一根细细的绳索从桂宫楼脚底垂直坠下，那人左手握在绳索上，右脚边吊着一只长圆形的水桶。他弯腰将右手伸向桶内时，身体紧贴着浅褐色的外墙，强烈的动态感构成了一幅翱翔的图画，像有一只朝着大地倾斜飞去的鹰，正在经过陡峭的山壁，水桶上翠绿色的油漆恰似鹰嘴衔着的绿树枝，一种独特得给人期盼的美感。骑在爸爸肩头上的小女孩被吓哭了，爸爸则判断那人是个蜘蛛侠，便朝着天空中大声地呼喊，喊些什么谁也听不清。这对父女的怪异举动，瞬间吸引了许多人围拢在他们身边，大家同样地抬头朝高处望去，同样地乱呼乱叫。两个交警迅速跑步至高楼下，习惯性地把手中的对讲机凑到嘴边，方才恍然明白，对方手中并不存在这个现代化的通讯设备，就张开嘴巴当喇叭一样地喊话。

降落在交警跟前的小人儿，个头顶多一米五几，不胖不瘦很精干，穿套灰不溜秋的工作服和老式解放鞋。他不慌不忙地解除绑在身上的劳动工具，水桶、刮子、下吊板、金属扣绊的安全带，所有物件叮咚叮咚互相撞击之后跌落在地。他扯扯衣袖抹一把脸上流淌成沟槽的汗水，把自己抹成了个大花脸，然后眯起他的小眼睛朝交警笑。

"你为什么要在上面乱喊乱叫？"

"我不是乱喊乱叫。"

"那你干什么？"

"师傅教的，他叫我害怕的时候就喊几声。"

"有你这么喊的？"

"对不起，"小人儿的脸像被他手中的工具突然刷红了，两只大大的招风耳紧跟着也红了，他四下觑视众人一阵后说，"我不知道惹出了麻烦。"

交警忽然警觉地问："你喊的什么话？"

"我……"小人儿伸出他的脏手，食指和中指直端端地送进嘴唇里。

交警被对方嘴里发出的声音惹笑了"不是口哨声，"他朝围观的人群指一指说，"大家都听见了，老实告诉我，你喊的什么？"

"我喊九月，九月，我好想你！"

"九月？"

"九月是我的媳妇儿。"

2

　　海子在北京整"蜘蛛侠"这活儿已经五年。当初他们来京投奔当保洁公司老板的乡亲时，一起是八个人，现在只剩下三个人。海子的搭档是下吊板，下吊板和海子住一个村，有五服外的亲戚关系。下吊板上头的两个哥哥一个憋死在娘肚子里，一个在三岁半时死于痢疾，爹妈为了他的健康成长，给他取名叫万世狗。农村喜欢猪呀狗的哼哼着好养活，可在外边干事多让人笑话，海子要替世狗取个名，世狗跟海子一样爱笑，他笑指自己屁股底下的坐骑说："下吊板，很好玩的。"下吊板就这么着一路喊过来了。去年，乡亲老板改行了回老家种香菇去了，海子另投新公司。新公司的业务多在东边，海子只好住进新老板暂时安排的地下室大工棚。棚里有各种行道的打工仔，海子掀开床头的厚油布篷子，与隔壁一个年长的老乡结识了交好了，软磨硬缠要跟人家学瓦工。他想外墙这话儿，下雨、起风、霜冻都不能干，一个月倒有半个月歇着，过去他歇得起，现在他歇不起了。去年初秋他回家娶了媳妇，第一夜就用避孕套，没盖新房，没攒足钱哪能让娃儿落地？那老乡看海子比亲娃子还讨人喜欢，就教给了他手艺，海子有了室内室外两手功夫。

　　这天海子和下吊板的活儿不光是清洁社区住房的墙面，在三十三层和三十六层还有两块玻璃要换。海子换三十六层檐外的玻璃时，眼睛被一个粉红的"喜"字照亮，脑袋烘烘地发热，心里好不温暖的感觉。可是他不能继续欣赏那风景，行内有一条不成文的道德规定——不能偷视业主的室内。下吊板夹着玻璃凑过来了，海子接过玻璃专心致志地干活儿，这活儿有丁点马虎就会去见阎王爷。等玻璃换好了，下吊板去一边洗墙了，他才像个走马观花的游人重返难忘的景区。眼睛半睁半眯，那是一半理智告诉他不要看，一半好奇却驱使他偏要看看。从玻璃上粉红的"喜"字缝间望向卧室，一片粉红把海子照亮，粉红的窗帘，粉红的床，粉红的枕头……它们与另一种粉红在海子眼前重叠。那是一棵粉红色的桃花树，九月在树下说过的一句话，九月说她当新娘子时，要戴就戴红绒花，粉红的。可是他没有给九月买来红绒花，他与九月在春季里认识，在秋季里结婚。春季里他只花六天时间认识了九月，秋季里他同样花六天时间，与九月双双拜了高堂，无边无际的思念被带到了北京。白天干活儿开不得小差，夜里梦中九月也不来，海子只有晚饭后，从地下室那二十个人排成通铺的工棚里逃出来，独自沿着上下全被水泥包围的长廊走啊走，偶尔经过一盏灯，柔柔的光线射在他身上，似梦非梦，那种感觉不错。不错时他就吼两声："九月，九月，我好想你！"当然他不会登上梯道，梯道之上大东都购物广场非凡的热闹，会把他与九月的幽会淹没得无影无踪。

墙面遍布暴雨的杰作，无数条污黑的沟壑对海子说："今天的活儿可紧张。"昨晚他在超市门口的大屏幕里得知未来一周多晴日，他便亢奋了，心里头快活的豆芽儿一下子蹿了寸把长。这个经常在夜间下暴雨，白天"多晴日"的夏季真好。他计划把九月接来北京玩几天，现在得拼命揽活儿，再过三个月、手上有钱了，天凉了，整外墙的活儿也伴着冬季的到来消停了，他要陪着九月逛逛天安门、故宫、长城。

海子是个有心人，九月来京还远着呢，他就在四处找住所。大工棚，他给否认了，前不久有个河南媳妇来探亲，是头儿临时让出他自己的帐篷。大工棚里两百来号汉子，常有人为争"洗澡间"赤膊露胯地从那里面打出来。九月不能看见那种难堪，更不能让满嘴脏话的男人们把九月当稀罕，给九月难堪。住六十块钱一天的地下室，没一扇窗户，大白日里黑咕隆咚，他担心九月气闷弄出病来，在北京可千万别上医院。所以海子干完顶上的活儿，再次经过三十六层新房时，他的思想又开小差了。他趴在那儿想象他和九月相依相偎坐在这粉红的新床上，还有九月直端端的腰背、粉嘟嘟的桃花脸……

他想他这辈子真得感谢那个未见过真面目，只看见遗像的老爹爹，那个早晨，他跟着家人绕山过河几十里去外村奔丧，丧事上与九月相识。九月姣好的面容在众人中真像春夜挂在树梢头的月亮，静静的，爽爽的，星星们不时偷觑她一眼。然后有人起哄了，不是起九月的哄，而是起海子的哄，先是个与海子年龄相仿的高个儿喝唤海子去擂鼓。海子一进灵堂就看明白了，这主家没请乐队，是个长辈靠在棺材边打鼓，他边打边唱，四个男人在棺材前踢腿舞臂，踩着他的鼓点跳丧。长辈对死者生平很熟悉，把死者的故事从出生唱到去世，从傍晚唱到深夜，还得从深夜唱回到凌晨，唱它个三天三夜呢！唱哑唱累了是应该换个人了，可换谁也轮不到换海子这个外村人。高个儿叫海子去打鼓不是要出海子的洋相么？海子习惯这类男人了，看见人堆里扎着个漂亮女人他就要抖，抖他的高大帅美狠气，不抖怎么把女人滴溜溜转动的眼珠子吸引到自己身上来？要抖就要找人垫底，这事不摊矮人海子身上摊给谁？第一次高个儿刚开口，海子赶紧闪进了烤火房。很快九月相跟着进了烤火房，九月的眼睛水汪汪的，是被房里的火焰、灵堂里的供香、男人们嘴里叼着的烟雾给熏的，还是她眼睛里揉进了一个人？海子宁愿看九月是眼睛里揉进了一个人，因为九月最先响应高个儿的号召叫海子去打鼓。

"你知道我会打鼓吗？"海子不放过这搭上话的机会。

"在何家冲我见过你打鼓。"九月的泪水从眼眶里蹦出来了，这次是让燃烧的烟雾给呛的。海子对九月笑了，他满心里都藏着笑退出烤火房。

灵堂里的高个儿见海子躲了，心想你躲吧，我就偏让你出洋相，三天三夜，不弄点小插曲怎么熬？那会儿大家都起哄了。

海子大大方方地从长辈手里接过了鼓槌说："擂就擂，九月你可听好了，我的调子准不准，我的词儿编得怎么样？"

海子想，九月是那么爽快地答应嫁给他，相识与许婚，两次惊喜让他暗暗发过誓，他也要给九月一次惊喜。他的脸在那贴着"喜"的钢化玻璃上贴成个大烧饼，他恨不能把玻璃舔出无数个小孔来，让他吸进新房里的粉红、吉祥、幸福，等到九月来京再把满肚子里藏着的粉红、吉祥、幸福，嘴对嘴儿地慢慢地吐给九月。这瞬间美丽的想象，把他自己都感动了，气体和泪水在玻璃上层层堆积，迷糊了他的双眼。一个异想天开的决定从他心里迸发，这次就给九月一个惊喜，让九月进京后住进高楼。

海子发狠地想，我他妈的爬了五年高楼，清洁了数千套墙面，趴着人家的窗户瞅，眼泪巴巴地瞅，难道不能让老婆开一次洋荤吗？于是他在离开三十六层新房之前朝着天空忘形地喊道："九月，九月，我好想你！"

3

机会的大门很快为海子敞开。一天海子在茶花社区爬墙时，一条房屋招租的启事亮在他的眼皮子底下，是两室一厅带厨卫的房子，现出租其一室。他试探着打了个电话，说自己只租用两个月，没想房东说可以谈。女房东把他带进屋："这间卧室归你，床上的铺盖可以用，但二个月期满，你必须走人，把它们洗干净整理好。"原来这里的主人是个德国女孩，她回国了，精打细算的女房东是要抓双份房租。海子看出了其中的原因，狡黠地与她还价，结果以两个月二千四百块钱住进了有山有水、花红草绿，大门有保安，房内有视屏的社区高楼。海子接近这座高楼前，最担心别人问他干什么活儿，因为他不仅仅是农民工，还是农民工里的蜘蛛人。女房东接过海子的身份证仔细看好，并要他弄份复印件来，再打量这小小的个头儿，是张笑眯了眼的娃娃相。女房东说："还是个大学生吧？"海子还是笑，手里摩挲着女房东交给他的钥匙，钥匙扣边坠着的装饰是一颗橘黄色的桃心，他笑着默认了大学生身份。女房东告诉他，同房叫马扶西，也是湖北人，老爸是某市市长，他本人在京城是个什么文化公司的经理。马扶西，海子一下就记牢了他的名字。

海子把搬进出租房当成天大的好消息说给下吊板。他不间断地对下吊板宣扬出租房里的新鲜事儿，什么卫星电视啦，抽油烟机啦，雪白的瓷器坐便器啦……其实海子经常干两处活儿，回家后困得要命，除了坐便器早晚必须用，很少有时间去享受现代高楼里的文明与美好。

坐便器的抽水桶盖上摞着几本杂志，最上面是《昆虫记》。这本以优美文学语言描写昆虫的书籍吸引了海子的眼珠，延长了海子解大手的时间。因为这本书，海子抱着探究的心理走近马扶西的书架，当然他主要是去打扫房间卫生。哇！刘心武的《揭密红楼梦》、易中天的《品三国》，还有好几本音乐方面的书和光盘。海子猜想马扶西多半是学中文的，不仅仅是学中文，还爱好自然科学，不然他不会连解手的时间也要抓紧读《昆虫记》。本来嘛，学中文的人就是人群中的活跃分子。当初他海子唯"北大、武大"不读，不就是因为这两个学校的气氛很活跃吗？海子读高中时的作文成绩曾在省里获过一等奖，他爱读书，也爱写作，激情来了写几行短短的诗歌寄给市报，或者日报也好晚报也好，都会给他刊发出来。

那年他和弟弟同时参加高考，家里事先都商量好，谁考上一类学校谁去读书，结果两个人都没考上一类学校。退一步，谁先收到通知谁去读书，运气垂青了他。可他接到通知书的那个夜里躺床上彻夜未眠，家里需要劳力，弟弟的身体比自己弱，还是让弟弟去读书，想是这么想，真要做出决定如掷千金。那么再让老天爷来决断，第二天左邻右舍都要来他家稻场上帮忙干活儿。稻场上有堆积如山的菌筒，跟平常一样、家里人都希望这天别下雨。好吧，就以雨和晴作最后的决断。结果就不用说喽！

海子拿起马扶西床头柜上的相框子，里边是男女二人照、男的五官不错，脸扁了点儿、女的无可挑剔。想必男的是马扶西，女的是马扶西的女朋友、从照片上两人都很清纯的眼睛来看，都还是学生。海子对着照片说："马扶西你是学生就好了！我那点儿中文水平，才是高中学生的水平。可惜你已经是什么经理了，不知道我够不够得上跟你说话？"

最后海子回到卫生间，把面盆上的私人用品拿在手中仔细瞅，生发膏、漱口液、护肤霜、护唇乳，还有全英文、中英两文的说明书，让他眼花缭乱。它们满足了海子的好奇心，让海子大开眼界、但这些显现个人经济状况、文明程度，以及身份和社会地位的东西，会像一堵墙横挡在他与马扶西之间而不可跨越吗？唉，只要能与马扶西搭上话，这屋子里就不会沉闷，如果双方都友善，九月来了才会过上一段愉快的蜜月。

直到第三天早晨，海子才听见屋里有什么动静，他想马扶西终于回家了，便一轱辘翻身离床。卫生间里啦啦的水流声，让海子坐卧不安，他想快点见到马扶西，又不知见到马扶西以后该说什么话。他这个澡洗了多长时间啊！海子盯着墙上的钟，快八点了。无论如何，今天他得与马扶西照个面。马扶西从卫生间出来，海子以畏怯、热情、激动的目光迎向马扶西："你，你回来了？我，我是新住进来的，我叫……"

尽管马扶西只穿着三角裤，一条宽大厚实的淡色浴巾裹住了整个身体，海子还是能从他的身高和朝上高高耸起、冒着热气的湿发想象他的风度仪表。非主流性的飘逸半长发，穿戴整齐后的马扶西果然是风流倜傥，落拓不羁。他比照片中的人更耐看，但比照片中的人老成得多。

"我知道你，你的名字与著名花鸟画家马扶曦一字之差。"海子想引起马扶西对自己的注意，身体却像上了紧箍咒。

"哦，房东告诉我了。"马扶西答非所问，已经走到自己的房门口。海子望着他的背影想，这个人真是，走在大街上你可以闭上眼睛忽略我，住一个屋里你能不看我一眼吗？这时候海子的手机唱起了歌，爬墙这活儿往往是大家同时干，他不能迟到。他从厨房的角落里提起一袋粗绳子就出去，关上大门，他的身体方才轻松下来，又想这儿比不得大工棚，人家没穿戴整齐怎么跟你说话？人家这叫文明。海子到北京后感受最深的是现代年轻人整体文明素质的进步，有的行人从嘴里吐出痰，宁可用纸包着握在手心里，也不会乱扔街上。电梯里，人们总是站在一边，把另一边留给急着赶路的人；还有公汽上让座，排队有秩序，文明进步处处可见。这关上门的屋子里，肯定还有文明的种种规矩、自己得学着点。第二次第三次海子与马扶西打照面，马扶西都是衣冠楚楚，却仍然不愿多搭腔的样子。海子好不开心，屋里明明住着两个大活人，却让空气变得冰凉甚至凝固。再与马扶西见面，海子主动说："我读过你那本《昆虫记》，法布尔这个人真是个语言大师，把科学的东西写得那么美妙！"马扶西认真地看了海子一眼，这一眼让海子的心怦怦跳，受了鼓励似的他竟背出了文章中的一段：

　　我将多么深爱我深居简出的地方！
　　想过幸福生活，就要把自己隐藏！

"这是《昆虫记》中的语言吗？"

"是。"海子不好意思地红了脸，马扶西在他眼里突然变得更加精神了，他眼睛发亮的时刻，确实很帅气。

"你的记忆力不错。"

"是这本书实在好看，他的每一段文字都溢满诗意，每一句诗歌里都充满着自然界的幽默与乐趣。"

"你是这样看这本书的？你学什么专业？我还没来得及仔细读它呢。"

海子想了想说："中文。"他太想尽快走近马扶西，这几天迫切地等待，已经不完全是为着以后的夫妻蜜月了。

海子的家乡有茂密的树林，有肥沃的土地，有秀美的风景。家乡人大肆砍伐树木把树枝码成一座座小山，再把小山变成一堆堆菌筒，用盛开的雪白花儿一样的蘑菇，换回一扎扎人民币。政府眼见着树木将被疯狂地斩尽杀绝，下文件禁止伐木，把家乡列为森林保护区。海子只得回到稻田里，种田人能收多少粮食？粮食又能换回多少钱？海子就跑出来打工了。但海子是特别恋家的人，何况家里如花似玉的媳妇没人暖被子！再过两年攒够了钱，他就要回到家乡去盖栋房子，种田也好，做副业也好，从此与老婆在深山里生儿育女，白头到老。

大工棚里待八年十年，也不可能近距离地接触一个马扶西。海子能接近马扶西，至少看见了需要他昂头看的另一类同龄人。面盆上那些中英文标榜的私人化的东西，大工棚里找不出来的《昆虫记》，这对海子的一生来说，是件很有意义很值得的事情。

4

马扶西的眼里捎带着海子了，这才注意屋子里的变化。现在的屋子里总是干干净净，他想不起自己有多久没呼保洁工来打扫卫生了，现在用不着他管这档子事，海子免费充当了清洁工。这孩子老是朝他眯着眼睛笑，见他没事儿想找他说话的样子，倒是怪乖，怪讨人喜欢的。可是马扶西很快发现厨房角落里有一堆粗壮结实、拖泥带水的绳索，它们被装在一只黑色的塑料袋里。马扶西把它们抖出来，提起来研究，绳子的质量很好，其间还有腰带，带上有安全扣。白天它消失得无影无踪，晚上它又回到了厨房角落里。继而马扶西把眼睛抬向晾衣架，就闻到一股臭味，味道并不浓，使着劲还是能闻到。

要说海子住进高楼后，才感到先前想得太简单。每天下班后必须要找个地方换掉身上的工作服，穿上新买的衬衣和裤子，有时还得躲进厕所去换衣裳。光这身行头就花掉他二百四十块钱，代价惨重喽！不然，社区大大小小三重门，保安们会把他当贼或者拾垃圾的打发开去。身边随时得带着个小镜子，对着镜子梳掉头发上的油漆灰尘什么的。最要命的是劳动工具，工具都是个人保管，住哪儿带哪儿。有时海子也让下吊板帮帮忙带到工棚去，可下吊板已经帮他带了水桶，再说他也有不方便的时候，海子只好自己弄个黑塑料袋把绳索提回高楼。还有生活习惯要改变，比方每天洗袜子，问题是他的两双袜子都是百分之百的化纤，要知道纯棉包容人体异味，化纤则扩散人体异味。

聪明的马扶西想，那么长的绳子干什么用？还有腰带、安全扣，这人该不是"蜘蛛"吧？但马扶西摇着头否定了。他是不敢相信自己会与"蜘蛛"同室共居，他嘲笑自己最近生活中发生的一切，宁愿相信真与蜘蛛生活在一个屋子里，因为他自己不过也是一只正在被生活愚弄的虫子。

马扶西从小生活条件优越，养尊处优。他大学未毕业，父母亲早已经为他的前程画好了蓝图，他们希望自己的独生子将来成为一名高等院校的教授。当副市长的父亲主管教育，但身体早早出了毛病，说不准哪天倒下去，人一走茶就凉。这样一来，儿子不愿考研也好，先把他安排到本市的重点中学，再过渡到在全国声誉鹊起的本市大学，在学校占编读研，弄个双保险。可马扶西偏不是循规蹈矩的人，他身上活跃着的艺术细胞，一旦撞击出热情的火花，双腿就会不顾一切地奔跑而去。他在中学里教了两年语文，有一天却让语文课堂上缺席了老师。他在哪儿呢？他坐在深山一位八十岁的老农夫家里听山歌！之后他断然辞职，钻进深山老林采集了两年的"土家山歌"，并通过关系，请老农夫到市电视台录音棚里录音，还亲手写文章让地方上的早报晚报相继登载，巴不得把老农夫一夜之间捧到春节晚会上去。之后带着他的山歌来到北京，在四环外的某社区租了间办公室，办起了文化公司。发扬光大土家山歌的同时，他绞尽脑汁挣钱，招来一批批男女模特儿，拍摄人体造型输送到各类出版物和杂志；倒买倒卖电视小品、广告的版权；开展诸如"白衣天使"之类的文艺晚会。北京的各类文化公司，跟长江上行驶的船只一样，客轮货轮，五百吨一千吨，八仙过海，各显其能，就算你扬帆起航了，稍不留神，就会被人家挤垮。马扶西来京几年，曾否扬帆起航？充其量维持了公司连他在内五个职员的基本生活。还有不幸呢！跟他走南闯北四年的会计，居然私自进了一批日本漫画的光盘在网上卖，漫画里充满暴力和色情。事情败露，光盘被没收焚毁，他与会计的矛盾白热化，会计又偷盗了他的两个银行卡逃之夭夭。

早晨六点多钟，阳光在窗玻璃上露出了白晃晃的脸儿。海子喜欢太阳的脸蛋，只要太阳的脸蛋出现，就不会刮风下雨。躺在床上瞄一眼太阳的脸蛋，心里头快活的豆芽就朝上直蹿："又爬高楼喽！"

然而这天马扶西也起了个大早，他在厨房里下面条。平时马扶西很少进厨房，海子焦急地等待，马扶西的面条怕是下了一个小时。海子不得不横下心，径直走过厨房去，从晾台角落里提出那袋子绳索。他经过马扶西身边时，马扶西伸出的一条腿差点绊倒他。他一个趔趄，绳索从袋子里抛出了头。他尴尬地把绳索抓进袋中去，一句话都冲到舌尖了——我是保洁公司的！可是他抬头见马扶西正望着他，扁扁的脸上没有笑容，也没有愤怒，这几天马扶西的扁脸一直是这样。海子不喜欢这种表情，马扶西今早莫不是有意朝自己伸出了一条腿？海子就伸直了腰，提着绳索赶紧走人，晚上回来再跟马扶西说个明白。

马扶西真是有意起了个大早，有意让面条在锅底煮成了锅巴。

进驻京城后连续失败，使马扶西觉得生活好像在嘲讽自己。那哥们儿虽说不是老乡，可也是自己知根知底的同学，是来京之初就跟上他一起闯世界的哥们儿，从来都没想过要防范他。办事要取钱，马扶西大咧咧地把密码报给他，这下倒好，盗走了他的银行卡，比放把火烧毁了他的公司还惨，还惨在他对人的认识不够恶毒。信任变成怀疑，好友变成仇敌，这不是生活对他的讽刺又是什么？偏是上帝还怕他寂寞，来了一只蜘蛛侠，什么侠？虫子罢了！小虫子那咱们逗着玩吧！马扶西相跟在海子身后出门，一路上他拿着手机对女房东说："你干的好事，你怎么能让什么人都住进来？"

"人家有身份证，学生娃，会坏到哪里去？"

"你最好把他退了。"

"我退掉他？你出房程，就算你能出房租，没有特殊理由我也退不了他。"

海子转进胡同小餐馆里要了两碗面条，两碗豆腐花，一双胳膊长长地伸着，恨不能把半张桌面揽入自己肚子里去。海子平时的早餐顶多一个白面馒头，唯有受了委屈时他才会大吃大喝。有一次他清洁墙面时，也是发现了人家的新房，他结婚后渐渐产生了窥视新房的嗜好，也许是让媳妇儿睡自家泥屋的愧疚感太深吧。原本空荡荡的新房里突然钻出个人头来，多半是新郎，牛头马脸很丑的一个新郎。他根本不顾海子挥着手中的劳动工具对他解释，打开窗户将恶心的浓痰吐在海子的脸上。那天海子洗干净了脸面就去坐餐馆，竟吃了两份盒饭，肚子给撑得走不动路，刚迈出餐馆门槛就吐得一塌糊涂。

　　马扶西跟在海子后面过了大街，转了两条胡同，才掀开了小餐馆的门帘。马扶西一看就知道这餐馆是在胡同口临时搭建的违章房，油腻腻的木板门，门楣上歪七倒八地挂着个"四川大碗面"的招牌。门口站着几个农民工，他们用奇怪的神色瞪着正掀开破布帘子的马扶西。马扶西一眼就发现了埋着头，发狠地吃着东西的海子。那只装有粗绳索的黑塑料袋就搁在海子的脚下，还多了两只铁桶。那是下吊板刚刚提过来的，下吊板已经吃过早饭，去解手了，所以海子得抓紧时间吃完早餐去干活儿。海子的吃相可以说是狼吞虎咽，这情形使马扶西心里涌动出一种涩涩的滋味，经历中积蓄的怨恨、恶毒竟在悄悄开溜。他得承认，这个小虫子哪怕他的确做错了事，他也恨不起来他。马扶西准备转身离开餐馆的当口，一个身体很胖的老板娘迎向他，大声地招呼他进去坐。里边的海子望见他的时候愣了一下，接着就站起来迎向他，他不得不硬着头皮坐到海子吃饭的小餐桌对面。

　　海子问："你吃点什么？我给你叫来。"

　　马扶西望一眼桌上粗糙的食物，不屑地撇一撇嘴，便以嘲笑的样子看着海子。

　　海子吃一口东西，就朝马扶西笑笑，他想以笑容缓解两人之间的尴尬。"有件事我想对你解释，你老是没时间理睬我，其实我是在给保洁公司干活儿……"

　　马扶西用手势打断海子的话："才对我解释，迟了！告诉你，在这种地方，我现在坐在你的对面，仅仅只是听你解释什么吗？我希望你搬出 3804 室。"

"什么理由让我搬出去？"

马扶西瞄一眼海子脚下的水桶，先前自己的判断百分之百准确，他好笑自己竟然莫名其妙地跟着海子钻到这地方。笑声使他全身颤抖，海子的脸就在他眼里晃荡，晃着晃着就晃成了他那个强盗哥们。这双笑眯眯的小眼睛，天知道他笑里藏着怎样的阴谋？马扶西就有了赌徒的心态："你不就住两个月吗？我退你两个月的钱。"

"我不会搬的！"像海子这样的打工仔，最讨厌别人在自己跟前拿势，权势钱势都是势，因此他一口回绝。这就是他每天在盼望着，迫切想走近的人吗？他的耳朵都被委屈憋得快要燃烧了，"我住进3804以来，没有任何对不住你的地方，我只是对你说过学中文……"

马扶西就放声笑了："原来你的大学生身份也是假冒的？"

"不，事实上我拿到过大学中文学院的通知书，二类的。虽然没去学校读书，可我去书店买回了每学期的书，我以为我就是学中文的。不仅仅是这个原因、还因为你是学中文的，你是学中文的、我才希望走近你，可是你……你太让我失望了！"

老板娘拿着块硬纸壳子菜谱走过来，问马扶西要点什么。马扶西说："我们在说话呢。"老板娘说："要点什么慢慢吃慢慢说不好？"马扶西不理睬她了，没隔两分钟她又过来问要点什么，还把脏兮兮的纸壳子朝马扶西手中塞。马扶西烦死了她，指着小餐桌上的食物："要要要，都要！"很快跑堂的把两碗面条、两碗豆花搁在了餐桌上。马扶西起身就朝外迈去，还没掀开门帘，听见老板娘在背后喊："你还没付钱呢！"

老板娘把满桌食物的钱都算给马扶西。马扶西窝在肚子的火不知该朝哪儿撩，这个蜘蛛侠很倔强呢！不光是倔强，还有什么东西让马扶西的心微微触动。"我希望走近你"，虽然马扶西弄不明白海子这话是什么意思，可马扶西从海子的脸上隐隐感觉到了一种真实，久违的但却不知从哪儿冒出的真实。因此老板娘说十六块钱时，马扶西心不在焉，并不多问一句，胡乱地付了钱。但他没忘记嘲讽海子："我给你付了饭钱，回头算账。"

马扶西刚走，下吊板进来提桶子，望着满桌的面条豆腐花问发生了什么事情。海子气愤马扶西临走丢给他的鄙视，朝马扶西的背影努努嘴说："遇到个疯子。"下吊板说："天下有这么恩赐的疯子！好喽，中午省几块饭钱，打包，打包。"

5

过两天海子搬回地下室大工棚来了，说是搬，也就是铺盖卷，杯子牙刷毛巾，一只塑料桶。工棚里大伙儿洗澡从来是使用一只桶、把桶里的水从身上朝下泼个遍，但海子的这只桶一次都没派上用场。其实海子和下吊板在大工棚里是最孤独的人，因为住在大工棚里的人都属于独立的建筑体。大的团体有八十多人，分住在几个棚子里。海子他们十来个保洁工起初住在郊外农民家里、只因太远，交通不方便，保洁公司的老板才把他们安排到这地下室来。晚饭后海子喜欢站在人背后看人家打牌，他和下吊板都不打牌。看了会儿牌局，海子拉起下吊板走出了工棚。又走到上下全被钢筋水泥包围的长廊来了，隔一段路，头顶上就会有一盏灯，蓝色的灯光把人拖出虚幻、寂寥的细长影儿。这里是海子独自说话的地方，是他和九月两个人悄悄对话的地方。海子朝前冲两步，然后一跳，跳起老高，指头戳着了硬梆梆、凉冰冰的水泥天花板。"还是大工棚好，吃现成的白菜煮豆腐，六块钱打发一天，不用操心上哪儿去吃饭。衣裳不用每天洗，袜子随便扔，每个人身上都有臭味，谁也不嫌弃谁，更用不着藏藏掩掩。"海子把自己的脚抬起来拿给下吊板看，"你没发现我脚下吧，真心疼我这六十块钱。不住高楼里去，我干吗买什么衬衣、牛仔裤、休闲鞋，花掉三百块钱，心疼死我了！"

下吊板说："是呀，我们的工作鞋是解放鞋，以旧换新不愁穿的。本来嘛，那不是我们这种人住的地方。"

海子一把揪起下吊板的衣领，给了下吊板胸部一拳说："对不起兄弟，让我舒筋活活血，那屋子里快憋死我了！你说过大工棚子里头儿不是白让给河南小两口住，人家媳妇端盆水出来倒，头儿就拦住她，还伸出一双魔鬼的手在人家胸前比比划划。你还说那媳妇也是，一对奶子儿像发糕一样大，甩啊甩的，不馋死头儿，头儿就要把人家媳妇给整上床。你还说要不是你亲眼看见，谁说了你也不会相信。说实话吧，住进高楼这一步我很难下决心，很难下决心知道吗？唉，现在弄得，我的同室就是你撞见的那个疯子。"

"疯子？那你怎么处？"

"他先把我当虫子，我就把他当疯子，这两天在屋里撒钞票，地下五十块、一百块的都有。"

下吊板眼睛发亮："天大的开心事，捡啦，不捡白不捡。"

"你以为真是钞票？是鱼饵，他想钓条坏鱼。"

"只要能捡钱，做做坏鱼何妨？"

"莫他妈的扯无聊，我跟你说正经吧。这个人像有满腹心思，活得不顺畅呢。他让我搬出去，休想！这不弄僵了，谁也懒得理谁。他僵得起，可我僵不起，我掰着指头数，住进高楼已经七天了，总共还有七个七天，九月就要来了。"

"九月来了就来了，又不要他姓马的陪吃陪喝。""你是不了解九月，她跟爹娘弟妹，那真是贴心贴肝。跟乡里乡亲，笑模笑样，谁家猪跑了，她比主人家还愁煞难受，跟着主人家山里山外打圈圈，追不回来猪，睡不着觉呢！要是让九月看着姓马的整天愁煞个脸，她会很难受的。我他妈的拿命抵来的钱，买张苦瓜脸，不憋坏我九月的心肝吗？"

"那你怎么办？"

"我问你呢，帮我分析分析姓马的这人……"

"你不是说他带女人回家吗？那女人是他的对象，还是什么别的？"

"我看像不三不四的女人。两人进屋就关上门，他也不怕床头相框子里的对象瞅着难受。相框子里的女孩多清纯，真亏大了人家女孩！"

"这种吃着碗里，占着锅里的男人有两类、一类是生活不顺，一类是生活太顺。我二伯是生活不顺才玩女人的，他与两个老乡凑份子造船，那老乡把他带到长江边上，告诉他，我们运输的是海沙，南沙北运，够气魄吧？二伯捧起一把把沙子儿从空中抛下，想象那沙子儿变成一把把的金钱，多诱人。天知道那老乡会骗跑钱，二伯一夜之间变成了酒鬼色鬼。酒喝那种十块钱一桶的廉价酒，搞女人要山区公路边的便宜女人。后来，二伯打不起酒喝，也玩不起女人了，变成了乞丐。"

"你这个提示不错，我看马扶西也是，恐怕是生活不顺的。我明天就回去，把他当成乞丐，还怕他么？"

海子离开3804室的当天早晨，马扶西的母亲来北京了。马扶西的母亲从今年春季就跳起眼皮子，跳的还是右眼皮子，日里跳，夜里失眠醒来也要跳。马扶西的母亲开始注意在电话里仔细辨别儿子的声音。儿子的文化公司状况好的时候，他爱给母亲打电话，差不多每个星期一次很有规律，而且从首都北京传过来的声音嗓高气昂，欢快得像是太阳融化着高山上的积雪，容纳了积雪的一江春水，绿波翻着白花汹涌着向东滚滚而去。母亲十天半个月也等不来儿子一次电话的时候，母亲就想是不是河里的水干涸了？河边的树叶萎了？又是电话，又是短信地发过去。儿子被逼无奈才打个电话过来，母亲从儿子吞吞吐吐、欲说不言的声音里听出果然是河里的水干涸了，河边的树叶萎了！

母亲想儿子哪怕长到六十岁，他在自己面前仍然是孩子，永远也藏不住他的真实，很多事情需要自己替他操心。

　　可是母亲不能永远待在儿子身边，今后能够待在儿子身边的是媳妇。母亲未来的儿媳妇叫易莉。马扶西大学毕业后第一次把易莉带回家，母亲老是看着小小个头儿的女孩不顺眼。马扶西告诉母亲，他要和易莉一起外出度暑假。母亲说把我也带上。于是三人行，到哪儿都是母亲和易莉同房，这一路考察下来，母亲想她应该交接力棒了，易莉是个能照料好自己，更能照料好马扶西的人，从小被保姆娇养惯了，凡事任性的儿子需要这样的女人。母亲在电话里大声地追问儿子："你明明白白地告诉我，公司是存在，还是垮掉了？"

　　"妈啊，不管怎么样，我自己都会走好。"马扶西只有这一句话，说完他就搁下电话。

　　电话铃声重响。马扶西对母亲还是这句话。

　　母亲拨响了远在广东易莉的手机。母亲从易莉嘴里没有探听到任何有关儿子的真情，倒是把易莉引到北京来了。不过母亲比易莉来得迅速，老人家搁下长途，紧接着又打了个短途，是打给市长老公的。很快市长的秘书给送来了当天的飞机票。母亲手捂跳动的右眼千里迢迢赶到北京，得知马扶西的公司果然垮掉了，要把儿子拽回家去。她大声地问儿子："在北京，你是哪条网上的扣？"母亲的道理很简单，也很强硬："地方上，有父母亲站在你身后。在北京，你就是一个孤儿，一棵小草。"母亲最终没能说服儿子，独自去买了返程的火车票。

　　马扶西看见母亲压在台灯边的五万块钱，打的赶到火车站，远远瞄见一个头发半白的老女人拖着只灰色箱子，步态蹒跚地进了站。他怦然心动地赶上去接过行李，安慰母亲说让我再想想。母亲老了，父亲比母亲更显老。父亲每天夜里要小解五六次，刚进秋就穿上羽绒背心，一二年间肚子凸起来了，背部驼下去了，这是那个对儿子很专制的父亲吗？马扶西读初中时对金庸的武侠小说走火入魔，可是父亲把他省早餐钱买回的三套书全藏了起来。那个寒假他从床底下找出书来读，父亲烦了抢过他手中的书就撕。在那个阶段，撕了他的书等于焚毁了他心中的偶像，他扑过去抓住父亲的手臂就咬。这下激怒了父亲，竟把书丢进烤火炉烧掉了。马扶西为这件事记了父亲半辈子的仇，看父鼻子不是鼻子眼不对眼。哪怕他渐渐长大了，仍然习惯性地挑父亲的刺儿，觉得父亲庸碌，身不由己，因此对父亲的仕途之路越熟悉就越逆反。马扶西也明白父母亲的心，父亲虽说离退休还有三年，但身体不好随时可能去政协或者回家休息，两老最后的心病全在自己身上、他也问自己是否按父母所盼，从小公务员副科长、科长、副局长、局长……可是有的人在仕途上畅通无阻，有的人却会一败涂地，总不能说让凸肚驼背、穿着羽绒背心的老迈父亲去拜过去的下级们、求他们提携儿子、就像下级们过去为晋升而经常拜父亲一样。

开弓没有回头箭，何况箭手已经高龄二十九，除非衣锦还乡！但人生的确不能盲目地乱窜，需要反省总结，洗洗脑袋上点油，静下心来读几本书吧，赶走失败的焦躁，买回英文商标的生发药水涂涂脑壳，梳头时少脱几根头发，找准方向重整旗鼓。于是，马扶西一口气买下了搁在书架里的那些新书。

鞋柜边少了一双鞋子，蓝帮子黄底边的休闲鞋，已经三天了。马扶西有点儿后悔，存在就是合理，我过分了吗？"唉，这蜘蛛虫，他会不会害怕我无理，睡到街头了？"

马扶西身边的女孩嗲声嗲气地说："蜘蛛虫，挺好玩的，可惜我没看见，是个什么样呢？"

这时候恰恰海子进屋，自然了，不用掏钥匙，而且进门就见艳丽风景：马扶西蹲在地下解鞋带，女孩的一双手搂着他的脖子。女孩的一声"啊"让马扶西抬起头，与海子的眼睛撞个正着，他下意识地甩掉了女孩搭他肩上的手。这女孩是他在酒吧里认识的。这一段先是光盘被焚，继而银行卡被盗，公司资不抵债最后解散，人生失意，以酒消愁愁更愁，于是酒吧里发生的故事就很通俗了。不过这天是女孩找上门来，她与马扶西在电梯里相遇，马扶西只是下楼去超市里买东西，但他对女孩撒谎说正要出门去。

母亲头晚登上火车，那双眼睛还没回家，还在襄樊站的秋风中揪心挂肠遥望儿子呢！

女孩却娇喘喘地说："人家从海淀到这儿，你说说有多远，有多远嘛，进屋喝口水也舍不得么？"

往回家走的路上，海子再三告诉自己，把姓马的当成下吊板那个堕落的二伯。就算他不是二伯那路人，我不妨先把他当成那路人平视，在平视他人中找回自信，这叫换位思考，海子一改先前那种怯生生的样子。

马扶西内心不情愿把女孩让进房内，进屋后自个儿坐到沙发上。他问海子："你回来了？"语气和缓。

海子答应了一声"嗯"，眼睛刷刷如电光般射到女孩身上。

女孩正拿着方便杯伸向纯净水龙头，她感到马扶西不如以往那么热情、不仅不热情，还很别扭，她只好自圆其说地给自己倒水喝。

坠在女孩耳朵下的鲜红耳环是塑料的，这个发现让海子生出幸灾乐祸的快意。下吊板曾经跟一个女孩乱搞过几天，还得意地把那女孩带进地下室大工棚，指着女孩对海子说，不错吧？背地里却咕哝，二十块，花得好不心疼。那女孩是个什么样儿，海子一点记忆都没有，倒是她那对塑料耳环，与眼前女孩的耳环重合了，鲜活着，在海子眼睛里晃去晃来。马扶西，你不过是跟下吊板平起平坐，搞什么糟鸡烂鱼的女人，海子就居高临下地朝马扶西笑。海子奇怪的笑声使马扶西悚然。

海子无心无肝、不管不顾的一副样子，手扶着门框，左脚蹬蹬右脚，右脚蹬蹬左脚，利索地脱掉了一双鞋，打着一双赤脚片子进屋，"啪"的一声关上了自己的房门。

仍然坐在沙发里的马扶西想：蜘蛛虫跟我抖呢，抖什么来着？我是流氓我怕谁？

<h1 style="text-align:center">6</h1>

这天真是巧，保洁公司来电话让海子他们别干了，说下午要刮风。海子在街边啃完两个馒头，刚回房就接到电话，是个女的，她说她是马扶西的女朋友，没带钥匙，请海子开开门。海子想从视频里看个清楚，那女的却一晃而过。女朋友大老远来，马扶西没道理不去接她？海子就警惕地等待在电梯口。没两分钟，一个拖着小方格旅行箱的女子走出电梯，她柔软的短发，椭圆的脸庞，精致的五官，正是马扶西相框子里的女孩。海子这才接过她手中的东西，抢在她前头去开门。

易莉见到海子的第一眼就笑，就想和他比比个头儿，就想去揪揪他那对大大的招风耳。这孩子，身边若有这么个弟弟多快活！她笑够了，才问海子在哪儿工作。海子说在保洁公司。她又问干什么活儿。海子说人们叫我们蜘蛛侠。

"是高空作业的清洁工吧？好勇敢，好伟大。"

海子脸上现出少许愉悦的红晕，他并不在乎易莉的夸奖，但他注意到易莉脸上的平静与真诚。他一直等待、希望与马扶西进行这真诚、平等、自由自在的交流，马扶西没给他，马扶西的女朋友却很爽快地一下子全给了他。

接下来的两个早晨，因为下雨，海子都待在屋子里。要在平常，下雨他会去接室内的瓦工活儿干，这两天他不想去干活儿，是易莉的出现吗？

易莉坦率地告诉海子，她和马扶西高二的时候就谈朋友了，之后高考双双被武汉大学录取。她还拿过床头柜边的相框给海子看，说是他们在大学时的合影。海子瞄一眼那相框脸又红了，因为他曾悄悄替她擦去落在上面的灰尘时，多盯了她两分钟。易莉还说："这不是照相馆里的作品，而是一个爱好摄影的学生给我们照的，背景是樱花。你知道武汉大学里的樱园吗？鼎鼎有名的，樱花盛开时节，天上最美丽的云彩也要羞愧地躲过去。在我们文学院周围，从文学院通向东湖的道路两旁、一棵一棵的全是花树。春季傍晚的时分，我最喜欢挽着马扶西胳膊在花影下散步了。马扶西在学校里赋诗作文、踢球跳舞很活跃，人说男才女貌，可我在女孩中虽说脸蛋过得去、个头儿却赶不上别人。那时候我的心好满足，迎着女同学们羡慕、挑战的眼光，我好像每时每刻都被樱花含着，绽放着宁静与快乐。大学毕业后，我俩分道扬镳，马扶西东打一枪西放一炮。我去了广东，舍文从财，在一家大型企业慢慢爬起来，现在是主管会计。"

　　"你俩一直很好吗？"海子想到塑料耳环，话出口又觉得不该这样问。

　　"嗯，不过老夫老妻了！"

　　海子看出，易莉说这句话时神色黯然。

　　易莉试探着问海子："公司有人来做客吗？"

　　海子摇头。

　　"从来没外人来过？"

　　海子支吾开了。

　　易莉直拿眼睛瞅准海子的脸："娜娜来过吗？"

　　塑料耳环并不叫娜娜，听马扶西叫她什么汪铃儿，海子又摇头。

　　娜娜是马扶西文化公司里的一个北京女孩。公司兴旺之时，娜娜让自己的弟弟开着小车来接马扶西去家里做客，亲手给马扶西做饭，大有不将马扶西搞回家做东床快婿誓不罢休的样子。可随着公司接连遭受几次打击后迅速崩溃，北京女孩不辞而别，溜得比谁都快。如今爱情这美好的字眼充满功利色彩。所有这些情况，马扶西都瞒着易莉。易莉跨入社会后，工作越是顺利，越是使马扶西处于相形见绌的生存状态，学生时代那么优秀的马扶西，内心里绝对不肯承认自己在爱人面前的失败。但良好的通讯设备又怎能阻隔爱人之间的敏感呢？十天半个月难得接到一次马扶西的电话，好不容易在网上撞见他，没说两句话他就开溜，他总说："忙，忙……"

易莉倒没料想马扶西事业的失败。马扶西的妈妈也没告诉她公司垮掉的事情，马妈妈只在电话里提醒她："有多久没去北京了？"而易莉总是问自己，马拉松似的恋爱能经得起最终考验吗？《三国演义》里的刘备不是说兄弟如手足，妻子如衣裳吗？京城里遍地花花绿绿的衣裳，何况他身边还有一个娜娜。易莉见过娜娜一面，年轻、妖媚，她对马扶西的那种意思，起初是马扶西自己吐出来的，之后他不吐了，易莉想挖出半个字眼儿都是白费神。吐出来是为博得爱人的信任，不吐怕是他将可餐的秀色给消化掉了，屙出来的东西见不得人！那样马扶西看娜娜是新衣裳，看自己肯定是一件旧衣裳了！尽快结婚，排除娜娜的威胁。眼见过去的同学、身边的同事一对对成家立业，还有母亲的再三催促，怕女儿将来生孩子难产。那么多的理由凑到一块，她不能不想，她太想有个属于自己的小家庭了。她这次迅速来京，除了马扶西妈妈的提醒，还有更重要的事情，接受北京某公司的面试。她决定放弃广东那边的主管会计，到北京一个小公司里从头干起。

易莉问海子："你每个月收入多少？"

"我干两种活儿，天晴爬墙，下雨在室内做瓦工，加起来两千多。"

"知道马扶西在电话里怎么说你？他说莫名其妙。我也觉得，你干吗花这么贵的钱住两个月？"

"我准备接九月来北京。"

"九月？"

"九月是我的媳妇。"

"哦，我明白了，你们要在北京度个蜜月？"

易莉知道海子是为爱人九月而租房，追问海子："九月长得美不美？你跟九月是怎么认识的？"

海子的家乡是土家山歌的发源地。马扶西当年采集山歌曾在海子的家乡蹲过十来天，海子的爷爷就是当地有名的歌师傅。农村分田到户以前，大家一起插秧薅草割稻，哪儿热闹，海子的爷爷就带着他的左右搭档、敲着家伙出现在哪儿唱田头歌，姑娘媳妇们就朝哪儿拢堆。老人家一辈子风流，都白发飘飘了，只要站在山巅上哼两声，就有婆婆们爬上山来，转眼间老人的场坝上伸出几根晾衣的竹竿子，上面搭满婆婆洗过的衣裳床单。到海子这辈人，很少有人唱田头歌了，情歌还是有人唱，海子爱哼歌，说是哼，还非得引吭高歌不可，不然好词儿憋肚子里去糟踏了！就像树林里的喜鹊只会喳喳，而百灵鸟天生会唱出婉妙的歌儿。海子这只百灵鸟，在大伙儿奔丧的那个日子里，边擂着手中的丧鼓边放声地唱，调子是爷爷辈们传下来的老调子，歌词是自己即兴编来，说的是遗像中人，诉的却是平常人的情啊爱啊，原汁原味，泼辣大胆，直唱得坐一旁的九月羞红了脸，心坎坎里当时就认下了意中人。海子擂过丧鼓回家没两日，在自己屋后的山林里遇到了九月。九月说她跟着姨走亲戚去，可海子张前望后没有发现另一个人，海子没再问九月干什么来着，也许九月成了他海子的粉丝，也许命运有意安排九月在山林里等待他，也许……海子想，我的老妈不是骂我老长不成大人，娶不了媳妇吗？今天我要让所有的也许变成一个事实：我要娶九月。海子在山林里发疯地跑起来，他边在林子里跑着边唱着情歌，直唱到落山的太阳把西边的松树林子染红，归牛的铃声淹没在湾子里的炊烟里。九月爬上了海子山里的那棵老银杏树，仰躺在树枝上用低低的声音与海子对起了歌。

海子本不爱说话，跟陌生女人单独处一个屋子讲九月，时不时地涨红了他那对招风耳朵。在这大京城里，他还从来没有对另一个女人说起过九月。

易莉听完海子和九月的故事，更喜欢海子了，海子在女人眼里永远是讨人喜欢的孩子。易莉又问海子，那天在树林里唱的什么歌？海子说心里怎么想的，就怎么唱，唱给九月得了！易莉就让海子唱给她听听。海子说："不，不……"

易莉也不再坚持。

坚硬的墙壁，坚硬的玻璃，坚硬的面孔……异味、污浊、危险，它们都消失得无影无踪。海子对易莉讲九月，把这一年想九月的那个煎熬、那个难受都倾泻出来了，感觉好爽好爽。海子进屋去拿来九月的黑白照片给易莉看，易莉却要看他两个的婚纱照。

"我们那里不兴婚纱照。"

"总有你俩的合影吧？"

海子说："我们没来得及去合影！"

海子就问易莉："北京哪儿能买到红绒花？"

"是不是把铁丝穿上金丝绒，再掰成各种花形？北京博物馆可能有，但不会卖给你。你要红绒花干什么？"

"我答应过九月，在北京给她买绒花，粉红的。她想戴着红绒花和我补张结婚照。她说她的婆婆和爷爷有张合影，婆婆胸前戴着红绒花。婆婆和爷爷都活到八十八岁这一年去世，并且是同一天走的。"

"哦，白头到老！我记住这件事了，有机会帮你寻找。"

屋子里有了女人，抽油烟机呼啦啦地转动了，灶台被灯光照亮，锅瓢碗碟叮叮哐哐奏出了厨房交响乐。易莉是个很节俭的女人,用她自己的话说,是一年不进餐馆,就攒下了明年买厨房一个角落的钱。可马扶西不在家,易莉总是魂不守舍,丢三忘四,海子就成了易莉的跑堂。海子刚去超市买瓶酱油回来,易莉发现炒菜的锅是破的,锅中间长出个圆圆的大疙瘩,还生着厚厚的一层锈。"天知道马扶西在怎么过日子!"于是又喊海子帮忙扛口锅回来。海子又赶忙去给易莉买锅。

马扶西也使用海子,海子也听使唤,但海子总是对自己说:"这口子准乞丐,我是助人为乐咧。"

过两天马扶西回家了。海子看出,他们小两口其实蛮恩爱,暗自为他们高兴。易莉知道了马扶西的处境后,没有责怪,也没有埋怨,她只说我要调来北京,与他一起度过这暂时的困难。但她没有把自己调动的进展告诉给马扶西,大恩大德维持夫妻恩爱,但也需要滴水露珠的点缀,她想等事情办成后报给马扶西一个惊喜。

易莉临走之前又做了一餐饭,喊海子一起吃,易莉喊一声,马扶西也喊一声。现在这屋子里添了一个女人,如插上一簇温馨的花。冰箱上一盆新买的袖珍杏叶,光洁明亮的玻璃窗,厨房里的美味佳肴,它们泡软了马扶西整个儿的人,他说话的声音就软软的了。之前海子与马扶西前嫌尽解,马扶西从易莉那儿才知道海子为什么在3804住两个月。他特意问过海子:"你的妻子叫九月?你是为妻子九月租房吗?"马扶西肯面对着海子说话了,海子觉得他嘴里哈出的气息像微微春风,易莉把温暖吹给了马扶西,马扶西又把这温暖吹回给海子,他拍拍海子的肩:"够哥们!"然后从卧室里拿出两双崭新的棉袜,让海子扔了化纤袜,说穿这个不会臭脚。海子刚收下袜子,马扶西又从卫生间抱来那本《昆虫记》要送给海子。

桌上的四菜一汤是按马扶西家乡口味做的,这也是海子和九月的口味,本来嘛,他们都是湖北人。那条盛在雪白瓷碟里的红烧鱼,因为碟子小，鱼头朝外伸着像要跳出来，海子似乎尝到了它的鲜嫩，有滋有味地吞了口涎水。这才刚刚收了人家的礼品，怎么又好白吃人家的饭？海子抬头瞄了一眼墙上的挂钟，还有两个小时易莉就要上火车了，这会儿，他们小两口在一起的时间分分秒秒都金贵呢！他对他们说谢谢，说我已经吃过了。

电梯里没有一个人，很空荡，很安静。海子的确饿了，他在电梯里扯着嗓门喊："九月，九月，我好想吃你的红烧鱼！"

海子走出社区，来到街边的电话亭，就给九月打电话。村子里只有卫生所那一部电话，海子的家隔着卫生所还有几户人家，他觉得在电话亭子里等了好长时间。海子听见九月的声音就高兴，一高兴就说："九月，你来了我请你住高楼。"九月笑了："海子你骗我，村子里不是你一个人去京城打工。我没去过京城，村子里不是没媳妇去过京城，谁不是打工的住哪儿，媳妇们就住哪儿。海子你把我骗得心花怒放，天天晚上做美梦哩。"

"我没有骗你，我已经住进了高楼，真的，我今天还见着同室两个人的笑脸了，马扶西也给我笑脸了！你不相信？我把地址报给你听好啦，你最好拿支笔记记，北京市朝阳区东土路茶花社区 A 栋3804 室。"海子一口气说出了地址，这个地址对他是高山是美景是难得丢失的记忆，是盼望是理想是明天他与九月的甜蜜和幸福。他从女房东手里接过那串桃心坠的钥匙，站在门口试着开门关门的时候，他就把这个地址牢牢地记住了。他想他活到白发苍苍的年龄时，还会与九月坐在自家院子里的桃花树下，让这把钥匙在两个人手心里好好地把玩。事实上，海子有心把钥匙拿到街上去复制了，当然他只是复制了一把大门钥匙，只为今后的回忆，他想象到两个八十岁老人把玩钥匙的情景，就在电话里呵呵地傻笑。九月在那头说："说你是骗我，只会干笑了吧？"海子替九月着急，于是说："我告诉你我的同室，不，现在可以说是室友。男的我还是看不透，女的跟你一样透亮。对了，我今天跟自个儿说了，你来了做顿饭我们大家吃，我说了要算数的……"

"海子你都说些什么胡话呢？该不是夜里的凉风吹进油布篷子，感冒了在发烧吧？或者是干活儿汗湿了背，没个人帮你塞块毛巾隔隔汗？海子哎，天地这么远，我的胳膊够不着，你只有自己照顾好自己。"

"我刚才说的你还是不相信？"

"海子哎，别混混着瞎说了，你不心疼电话费，我还心疼呢。"

搁下电话后，海子想九月来了，与高楼相配套的东西，该有的都得有，没有岂不寒酸了九月？他拍拍脑袋，起先光想着解决个像样子的住处，没算算还有多少花费呢。得买床蚊帐，他想不明白这么高的楼房里，为什么还有夜蚊子，最好买粉红色的，最好整个卧室全是粉红色。得买两双拖鞋，其他的能省着就省，不然九月要说他浪费钱。钱要用在刀刃上，逛天安门、故宫、长城……

这天下吊板把一高一矮两个男人领到海子跟前，看样子他们是初中毕业后在家休闲了两年才出门干活的，跟海子当初讨生活一样，还没脱下学生服就干上蜘蛛侠了。下吊板让他们自己跟海子说，高个儿不吭声，矮个儿老半天才说出一句话："其实我们不是新手，我们干两年了。"下吊板接着帮他们说："上星期西边摔死个人，这两个是死者那伙的。"高个儿纠正："不是一伙儿，是一个组的，亲眼见死鬼从二十七层摔下，粉身碎骨血肉模糊，分不清哪儿是鼻子，哪儿是眼睛。我俩不管爬多高，一低头就见地下有死鬼的影子，不敢在那地方干活了，才转到这个公司来。"

行内最近都在议论摔死人的事儿，海子很理解，安排他俩去爬平墙。不料他俩跟着下吊板走到平墙底下，吓得跑转来。海子提起地下的绳子嚷他们："你们懂不懂，爬出檐容易勒断绳子？"他俩却说死鬼是爬平墙出的事。下吊板不耐烦了："你们真不知好歹。平墙也好，出檐也好，还是他自己没注意安全。再说啦，你们知道规矩吗？"

这两个人听出下吊板的暗示，去一边耳语了几句，回头塞给下吊板四张十元的人民币。

一般干这活儿是五至六个人一组，除了蹲顶层的看绳人每日工资六十块，爬墙者不论轻重干多干少都是日工资一百块。有那些挑肥拣瘦、干活儿不得力的，海子们就代劳了，那些人也知趣，就从自己工资里抽出十块二十块的酬劳金。下吊板把钱给海子，海子瞅瞅眼前的两个人，特别是矮个儿，惴惴的，不知所以似的，像几年前的自己，就让下吊板把钱退还给他们，说："你们会游泳吗？水面风平浪静危险，还是波涛翻滚危险？凡是出檐的墙面，晾台也好，装饰棱边也好，都是轮转的水波，绳子撞那儿，弄不好就是一声'咔嚓'。"海子做了个手势又说："道理我可讲清楚了，你们这会儿的心情我能理解，想爬出檐就去爬吧。"然后，海子让下吊板帮他们仔细检查绳子。下吊板好不情愿退钱，手里捏着那几张人民币赶上海子，说退给他们了，以后还退不退别人？我们永远做雷锋啊！海子说："让你退你就退，啰唆个屁，人家现在，闭上眼睛死人就会找他们聊天！别说他们，平常没出事的时候你怕不怕，你敢说不怕？厕屎也有忘了带纸的时候，这活儿有点闪失就把命搭进去。我是撑不起这个狠，去，退了。"

7

易莉回广东后，塑料耳环来过两次，那两次海子都看在眼里。第一次海子回家晚，只是听见马扶西房里传出女子说话的声音，海子想易莉才走了几天，你真不应该。又想易莉临走时，那么恳切地求他帮忙照顾好马扶西，海子听出了言外之意。所以第二次塑料耳环出现在大门口时，海子就让自己的屁股坐牢在餐桌边了，因为餐桌离大门最近，他顺手拿起桌上的一本书，眼睛似在读书，却时不时朝门口斜睨而去。他瞟见马扶西开门后，双手撑着左右门槛，双臂形成了燕字形，虽然燕头朝门外的女人微微倾斜，可说话的声音却冷得要命："你怎么又来了？"那样子，即使他们两人曾经同床共眠，此刻也该大难来临各自飞。塑料耳环说："我就不能来了？"马扶西就要关门，让她在外面等着。女的却把马扶西朝里推了把："今天我偏要进来！"马扶西就朝坐在桌边的海子望过来。海子心里非常赞成马扶西当时对塑料耳环的态度，知趣地退回到卫生间去刷牙。过去他每天只刷一次牙，自从马扶西说过他嘴臭，帮他分析是缺乏维生素C，教他多吃蔬菜勤刷牙后，他就学着马扶西每天早晚都刷牙。他刷完牙洗完澡出来，见马扶西卧室的门关闭着，他就安心地倒在床上去睡觉。

可是海子刚躺床上睡了一会儿，就被女人尖叫的声音吵醒了。他伸出头把客厅扫视了一遍，断定是马扶西屋里发出的，心里骂马扶西真他妈的不是东西。他替易莉抱不平，冲动地跳下床赤着双脚走到马扶西房门口，那鸡喊鸭叫、装腔作势、卖弄风情的声音就像要钻进他耳膜里去。他想他夜里和九月在一起，九月的声音是娇喘的，细弱的，就像溪河的水缓缓地流，缓缓地流。之前易莉与马扶西夜夜在一起，也没有听到过任何动静，易莉的声音也是溪河的水。夫妻的声音都是溪河的水，缓缓地流，正如过日子。下吊板曾亲口对海子说，他那个塑料耳环的声音就是鸡喊鸭叫、装腔作势、卖弄风情，她们就靠这种手段来多挣几个钱！马扶西，我以为你有多高尚，狗屁！海子恨不得用他那爬墙的铁脚踢开房门，又觉得那样太鲁莽，不踢吧，他实在容忍不了！他在马扶西房门口多待了几分钟，听见里面红桃、方块地在说扑克牌，这就奇怪了，难道他俩在玩着一种极简单的游戏？输方是要被揪耳朵的，大凡每个女人被揪耳朵都会尖叫，那么我的猜疑是错误的？海子正捉摸不透时，马扶西的房门打开了。海子赶紧闪到一边，顺眼瞄了瞄墙上的挂钟，指针在一点二十九分。马扶西送走女人转回来，愤怒地指责海子："你怎么偷窥人家的隐私？"海子本来准备好好说几句马扶西的，为易莉，更为九月在这儿住得安心，他一定要维护这个屋子里的正常秩序。想到九月海子就急，急着他就把拳头当嘴巴使唤了。

马扶西万万没料到海子会甩他的巴掌，虽然只是拍在了肩膀上："你，你敢打我？"

海子说："我就打了，我还要告诉易莉。"

八月二十八号，易莉从广东回到北京。这天海子回家晚，开门就瞄见客厅里搁着那只小方格箱子，马扶西卧室门敞开着，床架子上搭着女人的衣裳。他想易莉回来了，回来了就好。没多会儿，马扶西和易莉说说笑笑地进了门。易莉站在门口朝里喊："海子，海子你在家吗？"海子从卧室出来，迎着易莉笑眯了他的小眼睛。

"你的九月还没来呀？"

"快了，九月五号。"

易莉很高兴："好咧，我可以看看你的九月了，我得好好看看你那小美人儿。"

海子看到易莉那么快乐，在心里默默地祝福她，但愿我每天都能看到你的笑容，可千万别闹出事情来。可惜天不遂人愿，半夜里，海子就被马扶西和易莉吵架的声音闹醒了。第二天早晨，马扶西房里像遭了抢劫满地狼藉。之后易莉不知从哪个黑暗角落里钻了出来，披头散发，双眼红肿着，见到海子，她不好意思地用双手捂住了自己的眼睛，以掩饰难看的脸色、双脚朝卧室迈去。

海子预感到昨天晚上马扶西房里发生了什么事情。即使上次易莉回家，怀疑娜娜那样的女孩，他们两人也没闹过，而且双双进出都很自然亲密。

昨夜这情况，除非易莉抓住了塑料耳环曾在他们房里待过的蛛丝马迹，比方说一根头发丝，一只发夹，一只避孕套。海子没有这方面的经验，他的想象是从电影里学的。

一会儿客厅里的电话铃声响了。电话里竟是易莉的声音，明明易莉刚才还在房里，眨个眼睛的工夫，难道易莉长了翅膀，是从窗口飞出去的？易莉在电话里说："海子，你看出没有，我信任你，甚至喜欢你，是信任和喜欢你对九月的好。在我这儿，人没有高低贵贱之分，最重要的是心眼儿要好。海子，我想……我想问你一件事……"

海子的心扑扑乱跳，他很恐慌，易莉该不是问马扶西带女孩来的事情吧？电话那头却语塞了。海子的手发软，话筒滑落到沙发上，海子像抓滚烫的烤红薯似的，慌乱地抓起话筒搁回到座机上去了。海子呆坐在沙发上，他怕电话铃声再次响起，但又觉得易莉有事情等待他去做，使他忐忑不安。两三分钟过去后，海子突然机灵了，赶快出去，只要关上3804的房门，就把自己关在了马扶西的麻烦之外。可是海子还没来得及走出去，电话铃声又响了。

还是易莉："海子，我想听你一句真话，你看见马扶西带女人进我卧室了吗？"

海子愣了愣，然后摆头，好像易莉的眼睛正瞅着他，连他自己都感觉到头的僵硬，跟人操作的木偶没什么两样。

"海子，你知道我这会儿心里怎么想？我想看见你拍着胸对我说，没有，马扶西从来也没带女人来过！可是，可是这已经不可能了。明明我手里把握着东西了，我偏还要问你，我为什么要问你？我想你会老老实实地告诉我，我想我还需要信任一个人。海子啊，我看得出你是知道些事情的，你却不对我说真话。"

果然易莉的眼睛瞅着他，看见他摆头了。他也看见了易莉，易莉的泪水涌出了眼窝，她背过身去，抓起一把餐巾纸给自己揩眼泪。

准确地说，他是凭借易莉从电话里传来的啜泣声想象她的难过。

"海子，我以为你是天底下最诚实的人，可你不对我说真话，你让我有多失望。"接着"哐"的一声，那头挂了话筒。

海子如释重负，这次他连鞋都没穿，赤着两片脚冲出门外。

海子冲出电梯，跨过社区那条铺满鹅卵石的人造河，钻进高高的柏树林子里。刚从树叶的缝隙间望着天空呼出一口气，手机却唱歌了。

为什么手机上显示的是 3804 室的电话？易莉在房间里？那么刚才他俩的通话仅仅是一墙之隔？

"海子，要是你实在不愿说出事情的原委，那么我来说，你不吭声就算默认了。"

海子就听见易莉在电话里一字一顿，字字抽泣地说出了一句话。

海子心想不好，害怕易莉发生什么事情，应该立刻上楼去劝劝她。易莉已经等待在电梯门口了，她身后拖着她那只小方格旅行箱。海子急了："你不能走，你走了马扶西上哪儿去找你？"

"海子你是个诚实人，谢谢你对我说了真话！"易莉硬生生地挤进电梯还没合缝的空间去了。

马扶西回屋发现易莉走了，旅行箱、衣裳鞋子，连床头柜都翻了个底朝天，客厅的垃圾桶里堆满废纸屑，却没给他留下哪怕一张纸条，走得彻底干净。马扶西扁扁的脸拉得比面条还长，他揪住海子的衣领："是你告的刁状？"海子心里很难受，没有吭声。马扶西将海子狠狠一搡说："你告得好！我永远也不会理你这种人。"

海子再次搬回到大工棚。这天大工棚里刚好有个同行打牙祭，海子就跟大家一起去。平时缺油水，发工资后大伙儿轮流请顿客，别让自己的肚子太长久地寂寞着。桌上东道主儿大讲特讲他最近搞上一个四十多岁的老姐，他说老姐比小姐会来事多了，不过就是脸蛋难看点，人可肉腻，不光是她的身子让人流涎水，她知道心疼人，你说没钱，她就少收，她快活了，干脆不收你的钱。在座的下吊板们都翻着油光光的厚嘴皮子说笑、起哄，唯有海子不说话，恶狠狠地扒饭，扒尽三大碗饭就下桌。老搭档下吊板也相跟着下桌。

跟上次一样，海子和下吊板两个人，在上下全被水泥钢筋包围的长廊走啊走的。这一路上，海子把易莉要他说真话的事情讲给了下吊板。

下吊板骂他："你真是个傻B！"

"我是傻B，可我有什么办法？我最怕女人流泪了，人家一把鼻涕一把泪的，不忍心让人家老求我。"

"她抹眼泪流鼻涕让你看见了？她自己都不敢面对的事情，却让你搅进去干什么？"

"莫往深处说了，越说我越头疼。"海子是想易莉想的，她千里迢迢回家，风尘仆仆地拖着旅行箱进屋，脚跟没落地就又走了，走得那么伤心！"海子你是诚实人，谢谢你的真话。"这句话和易莉伤心的面容时刻徘徊在海子眼前。人们看的都是结果，真实会带来坏结果，何苦真实！两个人走到洞口。以往走到这个地方他俩就返回，走回大工棚大通铺去睡觉。下吊板和海子朝洞外豁然明亮的地方望去，"外面的世界很精彩，外面的世界却很无奈"！海子一挺胸，一踮脚，就朝前大步跨去，自然他跨了个虚空，梯道离他还有几步远呢，但很快他的脚就实实在在地踏在梯道上了。他俩来到地面，海子破天荒地领着下吊板走进大超市，进了超市总得买点东西，经过收银台时，手里没东西脸面上过不去。两人离收银台两三丈远的样子，海子突然从后边抓起下吊板的衣裳朝里拖。他把下吊板拖到用品柜跟前，拿起一只高露洁牙膏对下吊板说："我们老是给'全部一块'店挣利润，这次住高楼总算有了点消费意识，还是它划算，这只高露洁我送你试用。"

从超市出来，两个人站在门口的大屏幕前看电视。电视里的故事已经进入高潮，里面的新郎新娘正在交换戒指，背景是神圣而庄严的教堂。然而一个从精神病院跑出来的女子，在通往教堂的路上捡了一串小工具，她用其中的小刀划破了自己的手腕。海子就被主角们吸引下去。下吊板就不同了，他说干吗把简单的事情弄得那么复杂，都是写文章的人编，编得让人看不懂，不懂就不想看。和海子一样曾经爱好文学，后来考上省师范学院，毕业后留校的朋友却是另一种说法，他说如今的国产电影水平太低，只要看了开头就知道结尾。真实的生活你永远都难读懂，那才是雾里看花、水中捞月。当时海子想，看生活可以是雾里看花，看生活却不可以是水中捞月，若说是水中捞月，岂不太让人失望了！这会儿海子站在大屏幕跟前想自己面对的生活，不正是雾里看花、水中捞月吗？不，海子的个性中没有对失望的妥协。既然自己看不懂面对的生活，那么就抛弃私心，坦荡真实地面对一切，想到这里，海子对下吊板说："我要去寻找易莉，给马扶西找回易莉。"

海子打开 3804 房门的瞬间，突然看见餐桌边坐着马扶西和易莉，他的心都快蹦出体外了，欢快地朝他俩扑去，却让餐桌的角把他的腰部戳得生生地疼。马扶西爱乱丢东西，可天下哪有这么巧的事？恰恰男女两件衣裳从餐桌上方垂下，像两个活生生的人亲切地坐一块儿吃饭。唉！是自己整天价地在想，白日想，夜里想，走路想，吃饭想，想着他俩牵手回家，亲密地坐一块儿吃饭的情景。

北京这么大，没有丁点儿线索，上哪儿能找回易莉？海子把搜索的目光投向客厅里的垃圾桶，桶里异常地堆满了撕碎的纸屑。海子把垃圾全倒在地板上，发现纸屑里夹杂不少落有圆珠笔字迹的火车票。火车票上会写什么字呢？海子找来透明胶，把淡红色的碎票一片片拼连在透明胶上，拼出了一张完整的火车票，火车票的背面写有："天南地北双飞客，老翅几回寒暑。"这是元好问《摸鱼儿》里的词句。海子继续拼了四张火车票，看见每一张火车票背面都同样地写着这首词。海子一张张地把票捡起来，一张张地捧在手中读，眼眶子里就有了亮晶晶的液体，这天南地北的相思之苦，也是九月的苦，也是他的苦。他想易莉曾伤感地对他说都老夫老妻了！易莉对马扶西因时间而产生想法，因猜疑而产生距离，因距离而渐渐失去信心，因害怕婚姻金字塔彻底垮掉而迅疾调来北京。马扶西知不知道这些火车票，他若不知道，怎么摸得清易莉的心？反过来说，易莉攒下了多年的火车票，也攒下了她多少的抱怨，她又何苦一个人默默吞咽？海子想不明白，想得脑袋又要爆炸开来似的疼。

海子就把所有的碎票都收集拢来，一片片地朝透明胶上贴，一直贴到第二天凌晨，总共贴出了十二张完整的火车票。最后他用大头针把这些火车票依次别在一张白纸上，搁在马扶西的杯底，他知道马扶西的生活习惯，进门后就会去端杯子接水喝。

8

茶花社区组织的自娱自乐文艺晚会设在 A 栋大门口。参加演出的人不多，围观的人不少，因为社区第一次开展这样的活动，因为是晚上，大门边飞燕形蓝色灯光，假山间酒吧里滚动的满天星，还有这天的月亮好明丽，把舞台照射出天宫般的缥缈虚幻。出门散步的、乘凉的全被吸引过来，几条长凳圈起的舞台被围了个里三层外三层。

海子早就注意到社区组织文艺晚会的海报了，海报上要求有文艺特长者踊跃报名，并召集骨干分子开了个会，组织者才将活动的程度做到心里有底。海子很想报名。却没有报名，他好久没有吼吼山歌了，他真想吼啊！特别是心里憋闷的时候。山歌是海子的大媒人，没有他在树林子里疯疯跑跑地唱情歌，就没有他与九月的相爱，九月爱上了他的山歌，受了九月的鼓励他就更爱唱山歌了。

雪橇出场了，这狗的主人是个女孩，海子差不多每次回家都能看见她遛狗。她的脸因少见阳光，跟乳白色的瓷砖一样没有血色，她身上的旗袍却珠光宝气，金银滚边。要说那狗可真是个稀罕物，人高马大不说其卷毛可与波斯猫的毛媲美，不用说是北极移民很耐寒的喽！海子只要看见女孩牵着狗往楼房内走，他的视线就要相随着她追去，漫无边际地飘，飘进他想象中的豪宅。同样是 A 栋，有一室一厅，有六室三厅，这雪橇自然也有它独居的豪宅。海子爬墙时就见过四十层楼房内的狗宅，席梦思、绣花枕、蚊帐，人所享受的奢侈它无不占有。海子想，女孩恐怕要让雪橇耍把戏吧，不料却是牵狗的女孩开口唱歌了，她用很小的声音唱了支陈瑞的《白狐》。连海子都觉得这女孩永远只是遛狗的形象，唱歌太让人意外。她的歌唱得并不好、掌声却响起，人们多半是鼓励她的勇气。随着掌声落地、一个三十来岁的男人进场要与女孩对唱情歌。男人与女孩唱完情歌后，男人又独自唱了一支《大学》。这支歌他唱得很好，腾格尔的气魄，场子的气氛被调动起来。海子就更想唱唱山歌了，他暗自对女孩说，别看你穿金戴银，唱歌你不行，听我的。唱吧，管他什么身份什么地位，管他是主客还是过客，管他明天怎么样，海子就跳进场子中央准备吼起来。报幕人问他表演什么节日，接着向观众报出："下面是土家情歌《脚踢船舷手捶胸》。"

　　海子的歌声就响起来：

　　昨晚一晚梦得凶，
　　梦见与妹在船中。
　　醒来一摸是一梦，
　　脚踢船舷手捶胸。

　　歌声落地，掌声响起，热烈的掌声像波涛一样，一阵盖过一阵。

这种热闹场面让海子感动了，他搓着手连声说谢谢的时候，脑子里豁然蹿出一段歌词来。他在人们"再来一支，再来一支"的喊声中自报即兴而作的歌名《谁说蜘蛛不起眼》：

> 谁说蜘蛛不起眼，
> 织张大网把人淹。
> 心在九霄云里飞，
> 网里只有兄妹缘。
> ……

马扶西寻找了几天易莉，找得筋疲力竭。这天他回家就发现茶几上的杯底压着的东西，是谁把撕碎了的纸屑一点点拼成了完整的火车票？并且是有意排列得很清楚，六张是印有北京某站某车次的淡红色正面；六张是印有"铁路旅客乘车需知"的背面，易莉娟秀的笔迹覆盖了须知的几个条款，上面写的是："天南地北双飞客，老翅几回寒暑。"马扶西一时心脏狂跳，血涌大脑，易莉回家了！他甚至朝着屋内喊了两声。马上他就有了上当受骗的感觉，易莉决不会把自己亲手撕毁的东西还原，就算她想还原，也会似娇似嗔、哭着闹着让你马扶西给她弄好，女人谁不是这德性？再细细地看，易莉是以她独特的方式在轻轻对他说话呢，这样的话语不是一天二天、一年二年，马扶西把每张火车票上的词句读一遍，就知道易莉的积蓄太久太久了！他好悔啊！那天晚上易莉到底掌握了他的什么把柄，连他自己都不清楚，就和易莉硬生生地干开了。这两年经常干，要是不硬干，是黑是白，是对是错，敞开胸怀让易莉看个明白，该坦白该认错自己全担着，事情不会弄得这么糟糕。那么这票是谁拼的？海子，肯定是海子。海子既有此良苦用心，他会在易莉面前告我的刁状，怕是我冤枉了他？事实上从一开始，只要海子搬回工棚去，马扶西就觉得屋子里空荡荡的，就有一种怅然若失的感觉。说不清为什么，海子在他眼前晃荡，他爱理不理；海子一走，那张娃娃脸就在他脑子里晃荡，他无法拒绝海子那张长着一对大招风耳，双眼笑眯眯的娃娃脸。

楼下隐约有歌声传来，马扶西听不清歌词，但他可以确定调子是土家歌调。在这偌大的北京城，不是专场演出，不是电视节目，有谁放开歌喉唱土家山歌呢？马扶西从电梯里出来就直奔人群，挤在人群的最前面。开始马扶西还没有发现歌者是海子，即使发现了是海子，他也很难相信啊，歌者把他带往一种意境——那坐落在高山之巅的干打垒土屋，屋外周围是成熟了的比人还高的苞谷林，地火塘里吱吱吱地燃烧着柴火，火苗映红了老农夫黑红的脸膛，照亮了他脸上盘根错节如同千年树根一样的皱纹。他的哈哈调很响亮，与高亢的歌声一起回荡在苞谷林的上空。回北京后，马扶西就把老农夫的山歌后期制作成光盘。可是他反反复复地听光盘里的歌，总觉得缺少了一点什么？山歌就像老农夫本人一样，岁月的流逝将它激情的青春早已经带走。而山歌以情歌为主，歌为情生，情为歌活，歌者作为一种现实体验的个性生存与发展，已经走得太远。海子此刻的歌声其朴质，其真挚，其泼辣，正是土家情歌的本质所在，老农夫情歌里未能表达出的特殊的激情，那种跺着脚吼起来的激情，海子表达出来了。不仅仅如此，还有个人身上的综合素质，所谓触类旁通，他对音乐的理解才能达到相当的深度。这个海子，他能从边缘文学《昆虫记》中读出生命的美妙，他一定还读过不少名著，用专业语言说他是一个具有"特质"的人。马扶西知道土家山歌出类拔萃的人物只有在民间寻找，也只有民间才有藏龙卧虎，万万没想到这个海底捞针般难得的人才就会在他身边：

海子，海子！马扶西早已把那个在"易莉面前告他刁状"的海子抛到了九霄云外。只有海子才能把土家情歌发挥得如此淋漓尽致，因为这里只有一个蜘蛛侠，他爱读《昆虫记》；这中国只有一个蜘蛛侠，他为爱人九月而租房；这里也只有一个蜘蛛侠，他为了能与爱人九月在北京度过一个美好的蜜月，一天干两种不同的活儿！

海子在人们的一再喝彩下唱完四支土家情歌。马扶西大声地喊着："海子！"马扶西冲进场子中央无比激动说："你知道你刚才的歌声告诉我什么吗？如果说易莉告诉了我关于你的事情还不够力量的话，刚才你的歌声则很有力量地全告诉我了！"马扶西说着又拍了拍海子的肩头说："还有那些拼缀的火车票，哦，真难为你！"

有一台摄像机正对准场子中央的这对室友。几个月后，马扶西打算用高价买下海子留下的最后歌声和他俩珍贵的合影。摄像师倾听马扶西讲完海子的爱情故事后，把摄像带无偿地送给了马扶西……

其实、在那天的晚会上，马扶西冲动地和海子说了几句莫名其妙的话以后，就消失了。晚会还没散场，海子就冲上了楼，他想马扶西也许会在屋子里等待他。他想再听马扶西把那几句话说一遍，尽管他还没弄清楚那几句话究竟是什么意思，但他看出马扶西是在对他表示友好。马扶西却不见了。

9

奇迹来得太突然，海子一开门，易莉的行箱活脱脱蹦到他的眼窝子里。海子揉眼睛的工夫，易莉已经迎到房门口了。那会儿海子的心没有白白地蹦跳，他用双手去抢易莉手中的箱子，要帮她提进屋去。

箱子进屋了，海子却不知道再做些什么，或者对易莉说些什么，他兴奋地搓着手来来回回地在客厅里转，转着转着就转回到房门口去了。他双手撑着房门的左右门框，双臂形成了燕子形，这是下意识拦门的动作，生怕易莉过会儿又飞走了。"要是我猜得不错的话，是马扶西把你找回家的？"

易莉将手里的衣裳轻轻抖了抖，朝衣架上挂去。"你猜对了一半，是马扶西和他的妈妈两个人，要不是他妈妈大老远坐飞机来找我……"

女人就是刀子嘴豆腐心。海子不愿易莉再烦心，截断她的话："马扶西的妈妈呢？"

"老人家在宾馆里待了三夜就回去了。老人家一到北京就对他儿子说，哪天找回我，她哪天回家。"

海子总算松了口气，"怪我，害得你俩分开……"

"海子你没有错！是我为难你，为难我自己。"

海子听见这话好舒心。他的眼睛追随着在房内不停地收拾着东西的易莉，心想女人就是易碎的玻璃。海子一个激灵，觉得应该把那件事告诉易莉："易莉，有个女孩来过，但马扶西把她挡在了门外，我是说3804的大门。"他朝着门口努努嘴，"就像我这个时候的动作，不过我是面朝着屋子里的你，而马扶西是面朝屋子外的那个女孩。"海子说着便如释重负地拍拍门框，他证实了一件事情，他对事物的认识转了个弯，抹了个角，用乡下人的话说，多想想别人的好处。不是么，那天晚上塑料耳环在马扶西房内发出的尖叫声，就应该还有另一种解释、海子的确听见了红桃、方块之类的话语，说明他们只是玩一种扑克牌的游戏。海子对马扶西的认识和理解走近了一步，对马扶西与易莉两人合好的信心就增添了一分。

这段话很生效，易莉停住了她的手脚："是吗？"

易莉口腔里呼出的气息不好闻，这让海子想到她的委屈。易莉比马扶西节省，天知道她这几天是否憋在地下室里，空气不流通，吃不上蔬菜，缺乏维生素，弄得跟我们农民工一样张嘴就有异味。海子紧着说："你跟他都八年了，你应该比谁都了解他，我有点感觉，不知道说得说不得？"

"你说。"

"我感觉你很爱马扶西，可是你有点儿不自信了。"

楼道电梯边传来脚步声，易莉抬起头朝门外望了一眼，笑着拿下了海子的胳膊。"我暂时不会跑的，马扶西一会儿就回来，可别把他挡在门外。"

北京进入了秋季多雨季节。九月已经踏上了家乡的长途客车，今天中午就要转乘火车，明天上午到达北京西站，一切都在海子的计划和安排中顺利进行。海子这几天起床很早，每天起床后都要从窗口望望天空，他希望他不干活儿的时候天老爷下雨。他又希望这个星期每天都有好阳光，好让他牵着九月的手逛天安门，好让北京温暖他俩的每一根手指头。

易莉朝海子笑，刚从卧室里出来的马扶西也朝海子笑。他们两人今天起这么早挺奇怪的，他俩都笑得很正经，这就更奇怪了。接着易莉拍了拍餐桌："海子来，来坐下，我们跟你说一件事。先告诉你一个好消息，我被北京的一个公司录用了！"海子替易莉高兴得直挠他那对招风耳："那真是，真是值得庆贺！明天九月来了，我让她好好做一桌菜。"海子这样子让易莉又笑出了声，"我会尝九月做的菜，我说过的，还要好好看看九月有多美呢！不过我们现在要说的是……"她朝马扶西努了努嘴。

马扶西说："易莉今天要回广东去办关系，得一个多星期。我呢，这个星期去朋友那儿住，明白我的意思吗？明天你的九月来了，这套房子完完全全属于你们，久别胜新婚，你们应该有独立的空间。"

海子站起了身，搓着他的手说："这，这怎么好意思。"

易莉说："你们就安安心心地住吧，等我回来后再团聚，好好吃一顿九月做的饭。对了，马扶西准备重振旗鼓，与人合伙再办文化公司，还有一件重大的事情要与你商量。"

马扶西把自己身上那串同样坠有桃心的钥匙拿出来，取出其中的一把交给海子。一会儿，马扶西又从房里拿出一个旧手机给海子，说北京的景区人多而且拥挤，九月手里也需要手机，万一被挤散了互相好联系。海子心里好不感激，手机和钥匙在他双手中捧到了一块儿。

早晨真安静！

海子双手一撑，屁股就腾跃到马扶西卧室里那张宽大的窗台上，哇，菊花纹路的大理石台面凉津津地好惬意。海子数千次地站在地下抬头仰望高楼，却第一次坐在高楼之上俯瞰高楼。近处国贸一座和二座的楼顶是平的，刚耸立起来的三座却是尖的。央视总部的楼顶是一个方框，框中间好像是深不见底的洞穴，令人想象冷不丁地会从那洞里冒出神八飞船来。稍远的首都图书馆顶面是一片很广阔的楔形，海子清洗过那几面玻璃幕墙。每次经过图书馆，他都想进去看看书。唯独干活儿那次，他利用中饭后的短暂休息时间进去了，馆里关门的铃声响起他才离开，结果耽误了半天活儿。第二次进去又耽误了半天活儿，第三次他已经走到大门口了，却果断地返身离去，过街了，他才回头望着古香古色的馆门说，再见吧永远再见。他说永远再见的时候心里那滋味，像吞吃了酸涩的果子，那真是余味无穷的酸涩。长这么大，那会儿他才知道什么叫悔，什么叫怨，他悔自己读书不够努力，高考总成绩六百一十五分，离他理想中的武汉大学只差五分。他怨老天爷，说我尊重你，让你作决断，可是你为什么要下雨？他还怨弟弟不成器，我做出天大的牺牲让你读书，你倒好大学毕业了不考研也不好好工作，混得还不如我。

这片社区居民集中，楼顶呈球形半球形的，模仿西方宫殿或城堡的大超市小影院无所不有。可这个早晨高楼里外看不见一个人，晾台上窗户里都找不出一个人影。海子望着它们就像在月球中好不新鲜地行走着，边走边想北京那么大，马扶西在哪儿找到易莉的？马扶西的母亲来北京了，他的母亲是什么样子？马扶西长得像他母亲吗？马扶西和易莉会很快结婚吗？他们应该尽快结婚，至少在他海子看来，结婚是彻底解决问题的好办法。坐在窗台上的感觉真奇妙啊，它让你联想丰富，遐思无限。眼睛却盯着一扇扇窗孔，固执地希望从窗孔看到人影一晃而过，这是他儿时的兴趣。儿时的他不是喜欢坐在山腰里，牢牢地盯着对面的山坡，希望发现一头牛、一只羊走过吗？那是四面的山，这儿是四面的楼，怎么都是一样静得出奇呢？明天的这会儿，他要把九月拉到这宽大的窗台上来坐坐，与她面对面地坐，对她说说坐在窗台上的感受，他也要听听九月是个什么样的感觉。九月被这么多的高楼包围时，心会不会变大，心若变大了她会从这儿飞出去吗？那样的话，他揣在怀里、掖在心里的九月就不是他的九月了，九月好陌生哦，他打了个冷噤。窗外起风了，有一片银杏样的树叶被风卷向玻璃窗，在窗边打了两个旋儿又飞走了。他想这是楼上人家晒台上养的什么花草吧，便伸出手指在树叶打旋儿的地方画了个圈。北京的气候干燥，稍稍有点风就把那树叶给旋走了。

海子一直在寻找送给九月的红绒花，他去过北京博物馆，看到中国民俗馆里陈列着品种、颜色、形状各异的红绒花，可是它们永远只是悦目于观众的摆设。他也去过琉璃厂、秀水街，都没有买到红绒花。那会儿，海子想到通往社区的街边有家印刷厂，厂门口垃圾桶里塞满五颜六色的废纸、他要去找几张粉红色的纸，亲手替九月做一朵好看的红绒花。他就走出屋子，走出电梯，再朝街边走去。

10

马扶西接到陌生人的呼叫时，他和易莉正在火车车厢里依依拥别。陌生人只说完一句话，让他赶紧来安福人民医院抢救室，声音就被截断了。安福人民医院离茶花社区很近，对方发给他的手机号码则是他刚刚送给海子的手机，凭这两个可怕的信号，他断定海子出事了，而且是生命攸关的大事。马扶西说他得去看海子，海子可能出事了。易莉很惊讶，要跟马扶西一起去。火车开始鸣响汽笛，两人以抢夺似的速度从车厢里扛下了行李。

下吊板在抢救室门口迎上马扶西，自告奋勇地说刚才那个电话是他打的。护士在抢救室门口拦住了马扶西，让他等主治医生出来。走廊里有七八双眼睛都朝马扶西和易莉望过来，以为他俩是受伤者的亲属。有个小伙子忐忑不安，脸色煞白，一副无辜难受的样子。马扶西望向他时，他的眼睛就惊恐地躲闪开去。显然倒霉的海子是被这个肇事鬼撞了，他是在警察的监督下把海子送往医院的。很快主治医生出来了，一个干部派头的中年男人赶上去递名片，医生看过名片后端详着对方，很客气地对他说："外伤的问题不大，右手腕有两处明伤，均属擦伤。主要是脑梗塞，人们常说的中风。"

"中风？"中年男人颇感意外地说。

"根据我们检查的情况，伤者管腔内早已形成血栓。不能排除两种可能，一是伤者低头系鞋带，事实上他左脚鞋带完全松脱；二是他脚下踩着什么东西而滑倒，此时血凝块突然切断流向大脑的血液。"

中年男人迫切地要替自己的亲人开脱责任："你的意思是他自己跌倒后站不起来了？"

"还要看法医的报告结果，过劳、紧张压力，包括没有自我保健意识。他干什么工作的？"之后医生对马扶西重复过这句话，还问这人知不知道自己有高血压的毛病。马扶西拿这话问下吊板，下吊板说我们谁知道要量血压，头疼脑热多喝点凉水得了。

马扶西去西站接回了九月。易莉陪着九月一直守候在始终昏迷不醒的海子身边。

　　海子出事前穿那件白底暗条纹的衬衣。海子刚买回这件衬衣时拿给易莉看过，说是全棉的，五十块钱一件，问划不划算。易莉把衣裳拿在手中捏了捏，顶多百分之三十的棉。但易莉还是说划算，她喜欢看海子快活时那对挺直的招风耳、笑眯了眼的娃娃相。易莉发现海子的衬衣领尖上洒着几颗血迹，那不是海子正在开放给九月的红绒花吗？泪水从易莉紧闭的眼窝里滚落，因为这朵花将随着海子伤残的身心一起被九月带回家乡，带到他们屋前的桃花树下。

发表于《朔方》2009年第2期

山高树大

这是 1974 年发生的一个真实故事，治水工地发生了丢失 50 块钱的案件，男主人公被自尊心和荣誉感所驱使，承受巨大的屈辱和人格煎熬，原本美好的爱情也随之消失。为了证明自己的清白，他一个人出走隐居大山之中，为此付出了全部的人生代价。

1

这个故事发生在一九七四年，那一年，对于中国南方一座小城市来说，是一个不同寻常的水利建设年代。前两年，此地区遭受百年难遇特大旱灾，人们为了引水灌溉百万亩农田，把注意力全部集中在城市身边的那条小河上去了，小河是长江的一级支流，有个好听的名字叫黄柏河。人们先在小河边修了一条渠道，过两年又在小河上建一座大坝。于是，无数支民工队伍从家乡出发，以民兵连队为最基层单位，打着红旗，扛着铺盖卷，提着粮食，带着劳动工具，浩浩荡荡向黄柏河进军。

那年仲夏，千年沉寂，万年荒凉的黄柏河一下子要接纳上万人，要紧的事儿是生活，要紧的东西是用于烧火做饭的柴草，还有搭窝棚安身的事儿，栋梁也好，横梁也罢，檩条、椽子，站着躺着的都得是木材，用木材就得上山去砍柴。人们搭完窝棚还得弄张床啊，捡几块石头丢地下，上山去砍来树棍棍搁石头上，再铺上些竹叶和杂草，然后把从乡下家里扛来的破棉絮铺上去，如此这般才好睡觉。上山砍柴可不是件容易事，特别是从常枝县平原地方过来农民工们，他们长这么大还是第一次见到大山呢！他们站在黄柏河的岸边，只要抬头望一望两边的山，就觉得那山高得像两扇巨大的，阴森森的铁门，上耸云天，下锁河流。很多时候，云雾环绕人们的腰际，人们仙人般在云层中飘升着，根本就望不到山顶，只望到半山腰，厚厚的云雾早已经模糊了双眼。白云虽然流动着，好慢啊！慢得凝固在远近的风景中，也凝固在望山人的身边，望山人伸手抹一把眼睛，竟然能甩出一串水珠的响声来。一只只穿云破雾的鹰鹞从河流上空掠过，发出的啼啭，应和着山里的声声猿嚎，还有不时从深山里边传出来的怪嚎，让人们不禁毛骨悚然。但民工们不得不向深山进发，他们像被捅破了的马蜂窝，飞出数不清的蜂，爬向黄柏河两岸的山。很快，深山里真正的马蜂窝被民工们捅掉了，捅掉马蜂窝的民工们，一个个头青脸肿地退回窝棚，大部分被治好了，个别人还真被野蜂蜇死了。

大坝坝基不远处另有一条支流，支流一边是耸立的高山，一边是狭窄的河滩，滩坡上零星地居住着几户农民，种着几片蔬菜地。建设指挥部负责大坝基础的几个营，主要是常枝县的人马全部顺着支流河滩搭建窝棚。九九所在的这个连队称五连，四十多人，是由常枝县某公社下的几个大队组成。连队开进黄柏河的头两夜，指挥部把五连安排在当地农民家里，夜里几十人挤在一块儿，蚂蚁似地占据了农民家的所有房屋。第二天清晨，连长就带领大家上山去砍柴。

九九是"文革"中成长起来的孩子，在那非常时期，勉强混了个高中毕业，在乡下算得上半个知识分子，他本名叫严西九，爱读书，爱搞点儿小发明，摆弄无线电，照着书本装一台小型柴油发电机什么的，就有人叫他老九，当然那是臭老九的贬义，九九纠正别人的错误，让人叫他九九。

大队里安排，每家派出一个硬劳力出远门搞建设，九九的母亲把两个儿子叫到跟前，问谁愿意出门，做弟弟的九九抢着说："就让我出门吧。"

母亲说："我就晓得你会抢！"大队里修渠道，公社里派人修铁路，送粮食去城里，只要能见见外头的风光，九九没哪一样不抢。这一次，母亲问："你，吃得了那份苦吗？"

"妈呀，你不晓得，这次是黄柏河，听说要建起一百多米高的大坝来引水，将来管我们大宜昌多半农田的灌溉。上黄柏河的队伍很多，我兴许能捡点儿文明活儿干。"身体孱弱是九九的短处，他明白，但他却有些天真、浪漫的想法，"妈呀，听说工地上还要演戏呢，那次公社里演戏，故事不是我编出来的么？"

"儿呀，你只管想好事儿呢！"母亲左瞅一眼小儿子，右瞟一眼大儿子，他俩岁数相差不大，身体上哥哥却比弟弟壮实。九九身高不足一米六五，瘦瘦的不说，胸口凹进去一个碗口大的窝，瘪咕啦叽，苍白的额头下架着一副近视眼镜。母亲实在不忍心让九九出门。

九九却执拗地说："妈，我就想出去逛逛。"

这是九九的大实话，他从小就不安分。母亲转念，这孩子好奇心强，人灵活，也许还会找到跳出农门的机会，就让他出去逛逛吧。

没过两天，五连就依靠自己的双手搭建起了两个窝棚，便从农民屋里搬出来住进了窝棚。有的连队被分配上大坝了，五连的任务是继续砍柴，他们要砍许多的柴给后续部队搭建窝棚。连长便把任务布置下来："除开檩条、椽子和木楔外，每人每天还要砍二十捆柴禾和杂草。"二十捆啦，我的天！九九的双腿直颤抖。提锯子、抢斧头、捆扎柴草，这都不是九九体力上能胜任的活儿，他还有一个左撒子的大毛病，就算面前柴草成堆，他还得寻找些葛藤把它们捆扎起来，而葛藤比较硬，心灵手巧的民工们，多半用韧性棕叶迅速编织成一根根麻花状的绳索，用绳索来绑扎柴草。九九的左撒子老半天也难于编出一根长绳索，有时好不容易编好了绳索，捆绑东西也不利索。九九晓得，任何事，好开端是成功的一半，可刚来工地，从哪儿去找什么文明活儿？这不，从开始他就会落后于人，输于人，九九很着急。

与九九相反，五连的秦大碑（绰号）却生得五大三粗，人称有一把好力气不说，做事又麻利。在家乡大队里，秦大碑就是连长眼里的红人。这来到黄柏河，一个连队算是小麻雀，但麻雀虽小，五脏俱全，分配干活儿，吃喝拉撒全得连长管理起来，连长生出三头六臂也管不过来，就把秦大碑当成得力助手。事先连长就交待秦大碑，让他带一带九九。这几十个人儿，都是连长带出来的人，当生产大队长的他，对连队里每个人的长短处多少有点儿谱。安排铺位，连长就把秦大碑安插在九九旁边，说是一帮一，一对红。这样从一开始，秦大碑就把自己当成救世主似的，心里存着一份要帮助九九的念头，眼神里却有几分对九九的不屑，于是他把换下的臭袜子扔九九的铺位上，让九九去给他洗袜子。

九九虽然胸窝儿干瘪，这并不影响他心里的货色比别人少，凭什嘛儿让我给你洗臭袜子？你的大脚丫子怕是长脚气流毒浓流脏水，脱下来的袜子比狗屎、牛粪还臭。这满窝棚里的人，当面怵着你，背地里却有人骂你不是，我给你洗了臭袜子，我就在这满窝棚人跟前丢了脸。

"凭什么让我给你洗臭袜子？"他一个劲儿地问自己，问着，他闷声闷气，把臭袜子扔回到秦大碑的铺位上去了。

有一次天黑哒，连长带领着大家在山上砍完柴草，一个个都扛着或者背着柴草下山了。九九一个人坐在剩下的两堆柴草跟前暗自发愁。他的左撇子笨得要命,那会儿怎么着也捆不拢柴草。原来他码的柴草堆总比别人小,别人的五堆,他得分成八堆,不仅堆头多,他生怕捆不拢,腰上捆绳后总要多打几个疙瘩结。那晚他感觉又落后了,就着急,越着急,就越捆不拢柴草。他好恨自个儿不争气,发脾气,咬胳膊,把左手腕咬出了一圈牙齿印,都紫肿着呢。偏是他一抬头,就看见头顶上的树枝在摇晃,细一瞅,两条青绿色的蛇绞缠在一起,两条猩红的蛇杏子几乎同时朝向他发射出攻击信号,他"哇"地一声退到一边,继而泪水流淌在两腮。他抹着泪左顾右盼,喧闹了一天的大山突然寂静下来,唯有几只硕大得令人恐怖的老鹰,在他的头顶上盘旋,声声悲鸣,他如果不在刻把钟内将脚下的柴草扛下山,夜雾就会像敌人,从四面八方包抄袭过来,他就会被围困在深山里了!他打算放弃那几堆柴草,尽快徒手下山,又实在迈不出艰难的退却之步,是啊,怎么样的吃亏难受,也要咬着牙干活儿,至少要跟大家一样,每天完成一个标工,如果有一天破坏了这道底线,就会有第二天,第三天,那就会坐跷跷板似地朝着落后分子的方向坠去。

秦大碑不声不响地来在九九跟前。

九九刚才还朝下山的道路望过的一眼,看见他扛着好大一捆柴草走在最后。显然,他是半路上丢下自己的柴草,朝被甩在山上的九九走来的。

九九有点儿难堪,赶忙扯了衣袖抹干净脸上的泪水,感动地抬眼望着秦大碑。

秦大碑伸出一只脚,踏在九九身边的那堆柴草上,"给我洗袜子么?"

九九说:"你让我做别的事情行不?"

"你没个硬朗的身板子,又是左撇子,能做什么事?"秦大碑踏在柴草上的腿神气地抖了抖。

"我给你刷饭碗行不？"

"你想得轻松！"秦大碑冷笑。

"我给你洗衣裳行不？比袜子难洗呢！"九九那会儿需要秦大碑的帮助。

"我就要你洗袜子。"秦大碑把自己的拳头送到九九眼鼻子底下，晃了晃。

秦大碑的拳头黑亮、刚硬，在五连里，他就用这只显示威风的拳头去征服人，早晨上工迟到早退的人，晚上熄灯后还在悄悄说话的人，乱采乱摘农民瓜果的人，只要看见他伸出这只拳头，行为上就会有所收敛。

"我，我把馒头分一个给你吃行不？"九九为想到这个办法而高兴，脸上有了笑容。

秦大碑捏紧的五根手指头展开了，他揪了一把九九的耳朵，"你小子咬到牙巴骨犟！"突然，随着他脚下发出"哗啦啦……"的声响，那堆柴草滚蛋了，滚落得遍地都是，乱七八糟。

九九的脸一时胀得青紫，"你……你破坏我的活儿？"

秦大碑黑着张脸，"去，捡回来。"

九九想，那会儿山上只有他们两个人，闹不好，秦大碑会像对付一只小鸡似的掐死他，只好乖乖儿，把被掀翻了的柴草一根根一把把地捡回来。除了不给秦大碑洗袜子，别的事他拿他无奈何。

秦大碑望一眼天空，转瞬，天就会变成一口巨大的黑锅盖下来，他说："行，我今儿让你一次，分给我一个馒头吃！"秦大碑边说着，边把被他自己踢乱的那堆柴草收拾拢来，然后从腰间抽出两根棕叶绳，三二下子就把两堆柴草给捆得结结实实。

秦大碑扛着大捆柴草走在前头，九九扛着小捆柴草紧跟在后头。

九九后悔了，每天早餐总共才两个白面馒头，分一个给别人，自己就填不饱肚子！洗一双袜子多简单，不过是拿不下脸面。想想，饿肚子混个全标工值得。他与小月初识，小月就问他，"一天能干几个标工？"他老实地告诉小月，"一天能干一个标工。"小月说："一天一个标工，跟我一样咧！"九九跟着问自己，你还不如一个姑娘儿咧，特别是在小月跟前，他觉得有点儿丢脸。小月好似瞅着他心里去了，反过来安慰他说："一个标工就完成了基本任务，也不错。"

2

九九来黄柏河没多久，就认识了小月。一个下着大雨的日子，连队里放假半天，九九戴着斗笠壳去营部找一个老乡，路过小月她们的窝棚时，小月正端着一大木盆水朝门口泼来。九九的裤脚一下子被淋湿了半头。九九正要骂人，姑娘儿笑吟吟的一张脸跳入他的眼帘。九九朝窝棚内望去，立刻明白，窝棚内正在发生着常见的漏雨现象，他毫不犹豫地径直钻进窝棚。果然，棚顶被雨水挖了个天窗，地下稀泥乱浆，三个姑娘儿可怜兮兮地挤在两张床铺的角落处，棚内唯一干燥的地方。九九卷起被淋湿的裤脚，对泼水的小月说："我来给你们修补。"小月和几个姑娘儿都笑了，"你，耐得活儿吗？"姑娘儿们这一笑，倒把九九笑腼腆了，眼不斜视，直直地望着天窗说："你们去找一架木梯来。"小月和另一个姑娘儿复转身，很快就抬来了木梯。这时九九又说："哦，不，我先去找一样东西，你们稍等一会。"很快，戴着斗笠壳的九九，手拿一大块油毛毡回来了，他爬上木梯，用右手在棚顶上东拉西扯，没多长时间，居然把天窗封了个严严实实。

他从木梯下来时，雨渐渐下小了。那三个姑娘儿难得瞅着个半天休息日，到镇上购买生活用品去了，窝棚内只有小月和九九。两个人距离很近时，相视而笑，未开口说话，双双都红了脸。这姑娘儿圆脸盘，头顶一双牛角刷，双眸好似清澈的潭水，又深又亮，笑起来就变成了弯弯的月亮，瞬间钩了九九魂似的，心里怦然乱跳，浑身竟有使不完的劲。他不敢紧瞅姑娘儿，转移目标，瞟一眼土泥巴地面，发现有两处水洼子，便拿起木盆来舀干净洼里的水。小月赶紧找了只破碗，两个人又干起窝棚内地下的活儿。干完活儿，九九的脸上溅满了泥浆。小月见状拿过一条白毛巾递给九九。那是一条用旧了仍然雪白的毛巾，从农村出来的孩子很少见到这样的雪白，九九感叹，"你是……"

小月说："我们是同一个营啊，自然，我也是常枝县的人。"

九九说："你的毛巾真白！"说着，用毛巾揩了一把脸，生怕把毛巾弄脏了，轻轻地揩了一下，但他准备将毛巾递还给小月时，又收缩回来，再揩了一下脸，这一下揩得有点儿夸张，身体产生一种从来未有过的膨胀感觉。九九应该离开女子连的窝棚了，却在心里替自己寻找理由多待一会儿，他也想到营部有十条戒律的明令，其中有："不能少一个人，不能多一个人。"前者指避免牺牲，后者是指严格管理男女接触，以防恋爱生育。但他想，我这会儿可是正大光明的，谁问起我，我都可以坦然地告诉他，"我在替她们补雨漏呢！"为什么不多待一会儿？于是，九九和所有初次遇见动心的姑娘儿一样，恨不能把自己身上的干劲，心里的货色全都抖落出来。九九的货色是什么呢？高中生。他还有一个在城关教书的舅舅。舅舅家里有一个小巧玲珑的竹制书架。他在城关念书的时候，没事就爱朝舅舅家跑，到了舅舅家，就爱从书架里抽出小说来读。往往是借一部书，读完后还一部，再借一部，这样，九九也读了五六部名著了。那会儿，九九就给小月讲《西游记》里的故事，孙悟空、唐僧、猪八戒、牛魔王……小月张大耳朵听得出神，这鼓励九九讲得更带劲，事后九九回想，他居然能把故事讲得如此连贯动听，心里又对初识的小月怀有一份感激之情，这使他两人的关系有着进一步发展的可能。

那个下雨天，九九呆在小月的窝棚里，直呆到女子连队吹响吃饭的口哨声。

后来九九发现，所谓女子连，其实是上面以便集中住宿和管理，从常枝县各连队里抽调集中在一起的姑娘儿。她们的窝棚离五连距离不到两里之遥，同样安置在大坝坝基不远处的那条小支流河滩上。不过要想经常见面却是大难题，大坝基地人如蝼蚁，即便偶尔能相遇，也是各干各的活儿，不敢多搭讪。可是人这颗情种，要么不生情，一旦生情就有蚕丝般剪不断，理还乱的情思。一天傍晚，难得的晚霞将黄柏河西边河滩染红的时候，九九顺着河滩朝下游走去，小月顺着河滩朝上游走来，他俩相遇了。那会儿，河滩上还有不少上晚班的人，他俩没有说上几句话，只是都想摸摸对方上工的规律，因为工地上是日夜三班倒。自此他俩，上白班的时候，就这样好似偶尔，却又是有谋地在河滩上相遇，匆匆见一面。

夏末，九九所在的这个营部，又出了一件人命关天的大事，四连连长派出去砍柴的民工失踪了两个人。指挥部派人去大山里搜山，人们花了三天时间，遍山遍野地搜索，没有发现任何吞噬生命的迹象，倒是在山谷谷底一隐秘处，发现了一具被截去双腿，千疮百孔，非常年轻的尸体。从血糊汤流过的断腿部位可以判断，那孩子的双腿是被凶猛的野兽给拖走了，疮孔则是飞禽们恶毒的嘴给啄出来的。显然，那孩子就是四连的民工，他从高处跌落至谷底，不是悬崖绝壁，而是阴险的洞穴。可是人们费尽心机，也找不到那口洞穴的大门。有民工描述他们与失踪者分手之前的情景说，起初他们也很害怕，因为这是他们寻找的一座新山，也是黄柏河最高的一座山。他们五六个人相约着一块儿爬山，刚爬到一道很宽的山坎上，就被一簇簇野竹给分开了，他们钻进野竹林以后，就像进了迷魂阵，好不容易钻出来了，有的喊答应了，就汇合了，有的怎么也喊不答应了！他们就担心出事了。这事儿很怪，之后指挥部派出的搜山人怎么着也找不到那片竹林，竹林本身是一片虚幻？还是被民工们给砍伐了？这始终是个谜！那年头，上万人一下子涌向黄柏河，和坐落在河流两岸的大山，该留下多少后人难于读懂的谜，又有多少谜，还没来得及找到它的出处，就被建设者们激情的浪花给淹没了。

从此，黄柏河畔，那离大坝不远处最高的一座山，被人们称为鬼山。

3

大坝基坑作业炸炮死了人，放飞车死了人，也有个别民工为抢标工抄近路，坐缆车被甩死，这又发生了民工们上山砍柴死人的现象。工地上纷纷传说，说死者分尸八块，双腿喂了狼，凄惨之极，这使建设工地上一下子变得寂静了，人们的激情也因频发事故而渐渐消失。许多人又开始想家了，来自常枝县平原的民工们，多想爬上一座山，站在山巅上，望一望家乡大平原，朝着家乡大平原呼喊一声——我的家乡，我的妈妈啊！这种漫延在工地上的不良情绪，指挥部自然有所明察，但不能因为任何事故或者现象而贻误战机，指挥部确定的战斗目标是："一八零，一台机组放光明！"也就是说，大坝一定要在来年春夏讯期之前抢出水面，以防讯期的破坏。于是指挥部又提出了新的战斗口号："学英雄、赞英雄、赶英雄、超英雄！"并且不断在工地现场寻找英雄，树立起英雄人物的光辉榜样来。

搞政宣的干部们在工地上找到一个英雄人物，名叫许生公，讲的是老故事。那是在另外一个工地上开凿天井工程时，有四个民工坐吊篮，下到十几米深的天井中去点燃了导火索。他们上来时，起吊吊篮的绳子却忽然断了，四个民工同时坠落到井底，都不同程度的受了伤。那时候，井底的各处引线正在吱吱燃烧，一旦引线烧完，几十门炮同时炸响，那四人将会粉身碎骨甚至灰飞烟灭！

一时间，井上井下，喊声、哭声乱作一团。千钧一发之际，路过此地的许生公纵身一跃跳入井底，当时就折断了腰骨，浑身是伤，无力行走。硝烟弥漫之中，他坚毅而镇定，凭感觉和听觉，艰难地爬向那几处正在燃烧的导火索，将它们一根一根地拔出来，化险为夷，避免了一起重大人身安全事故。指挥部让许生公脱产去作"英雄模范事迹"的报告，让他去每个营部讲故事，讲了一个多月，讲遍了整个工地。同时期，以连队为单位，每个星期都要将本单位的英雄人物上报指挥部，指挥部不仅仅要给突出的英雄人物颁奖，还要让政宣部以小品、诗歌朗诵、快板，各种文艺宣传形式再现英雄事迹。很快，沉寂了几天的工地又热闹起来了，工地上的高音喇叭每天都在报道各连队的施工进展速度，获得红旗的数量，评选出的英雄模范人物。

那年月，年轻的民工们心里像有一团火，雨水淋湿了，太阳出来，晒干了的柴草又燃烧了，熊熊地燃烧。许生公来五连讲完故事的当天，九九就很感动，心里有些想法，想找个人说说。他在河滩上又等来了小月，他与小月见面后的第一句话是："许生公来我们营讲故事了。"

小月兴奋感慨地说："明天来我们连呢？"小月接着又问："你们与他合影了吗？"

九九摇头。小月说："听说一连全体与他合影了，好羡慕咧！"

九九很奇怪，"他们有照相机？"

小月摇头，那年月，对农村孩子们来说，照相机是个什么概念并不清楚。小月转移话题，"九九，要是你遇到那样的危险，会不会跳下去？"她的眼睛迅速地扫视他的身体。

九九对自己瘦弱的身体特别敏感，这是被人窥见短处的难堪，他的反抗就十分强烈，"现在我跟前没有危险，对你说我敢跳，你相信吗?"

小月就笑了,"没想到你这么认真!"

九九这才说:"是男人就应该跳下深坑!"之后两人扯了一会儿其他话题,九九又绕回"跳深坑"的话题上来,他说:"在建设工地上想当英雄,不至于人人都去跳深坑,扑灭导火索,总有别的活儿能干出英雄业绩来!"

不久,九九就成了连长的跟屁虫子,挑土方,他总要三步并二步地赶上连长,好在倒完土方回挑的路上与连长搭讪几句话;吃饭也瞅着连长什么时候端起碗,他就什么时候拿起筷子;甚至于晚上,连长去野外撒尿,他也会被惊醒,也会有尿的感觉。有一天,连长夜起,他夜起;连长赤膊条胯去野外,他也跟到野外;连长撒尿,他就从短裤头里掏出小雀雀。连长奇怪地瞅着他,"你怎么突然变了个人,巴结我?"

九九单刀直入地说:"我看你的活儿太多了,可不可以让我分担?"

连长就笑了,"连长的活儿分给你,你想当连长?"

九九说:"我瘪咕啦叽的,敢有夺权的贼心吗?你把管账的活儿给我做,不是少操一份心嘛!"

夜太深沉,连长看不清九九的表情,但他一巴掌落在九九肩头,拍出厚重的响声,然后摸着自己的脑壳哈哈地笑,"也是啊,你好歹也是连里的知识分子,我怎么不好好用人呢!行,我就让你当五连的事务长。"连长想了想又说:"我不会让你白干活儿,今后多给你半个标工。"

九九当上五连的事务长。一个小小连队的事务长,不过就是管着少则几百块,多则上千块钱,主要是指挥部下拨的标工钱,和连队里的伙食费用。这件事对九九来说,却有非常重大的意义,这是他争取来的力所能及的活儿,有了这份活儿,秦大碑就不敢把臭袜子扔到他床头了，他也不用挨着饿分一个馒头给秦大碑吃了。每天多半个标工，这是多么让人快乐的事，连长一天也才干一个半标工，秦大碑有把好力气，顶起天也才二个标工。按一个标工四角钱算，今后，他一天可挣六角钱咧。比钱更重要的是前途，水利建设是从上至下各级领导们重视的事情，凡参加水利建设的人，都具有优先加入共青团、共产党员的条件，家乡公社里，在参军、招工、培养干部等方面，都要翻开水利建设这一光荣页面，看重民工们在建设中的突出表现咧。

九九第一次从连长手里接过许多的钱，就用深情的眼光瞅着连长说："请连长放心！还有……"感激之情使他把冲到嘴唇边的话咽下肚，他想今后一定要好好干活儿，决不辜负连长对自己的信任。钱搁哪儿最保险呢？他脱下旧棉袄，摸了摸夹袄里面的小荷包，荷包里已经被五张十块纸币塞满。那五十块钱，是舅舅给他的，他在中学里当语文老师，舅舅说："工地上吃不好，你用它买点儿零食吃。"他从来没见过这么多的钱。母亲从他身上扒下旧夹袄，找一块深蓝色的卡其布，连夜给他缝制了一个小荷包。母亲缝好荷包后，习惯性地拿着旧夹袄抖了抖，然后给他穿上身。母亲这才把那五张钱折叠好了放进荷包里去，还不放心似的，再次翻开衣裳的前襟，把自己的五根手指头送进荷包里去抠了抠，"这下紧巴了，不会漏出来的！"那会儿，九九就嫌荷包太小了，装不下连队里的上千块钱，那就装进黄军包里去吧，他把钱装进黄军包里以后，才觉得包包是最合适的包管工具。军包上用鲜红的油漆书写有"为人民服务"五个大字，多长志，多提神啊！自此白日里，那黄军包就没有离开过九九的身体，不论干什么活儿，他总是把军包斜挎在他的肩背上，晚上睡觉呢，他就取下军包当枕头，每夜坐进被窝里，他就要先数一数钱，算一算当天的进账和支出，然后小心翼翼将钱财放回军包里去，同时放进去的还有一部小说《红岩》，这样的枕头厚实软和，他很满意。

九九安排好这一切，坐在被窝里，拿起母亲给缝制了荷包的夹袄，瞅着那个小小的荷包出神了，他又想家了，他想双肩瘦削，额头早生皱纹的母亲，眯缝着双眼在木子灯下穿针引线的情景；想起各连队在城关里集合出发的那天，母亲和哥哥赶来送他的情景；还有舅舅，那天，九九已经爬上插着红旗，载满民工的敞篷货车，很快就要出发了，在学校里搞完升旗仪式的舅舅，才匆匆地跑过来，手里挥舞着一部书，就是他现在正在找着时间读的《红岩》。还有一盒粑粑，那种用钱买来的粑粑可好吃，他长这么大，也只有在舅舅家才吃过几次。母亲第一次送儿子出远门，真是千叮咛万嘱咐，她们不怕儿子在外面吃多少苦头，谁都晓得搞水利建设靠肩挑背扛，就得吃苦，什么样的累活儿、苦活儿、脏活儿你都得扛起来。但工地上不断传来死人的噩耗，这要命的事儿，她们放心不下呀。

母亲说："九九你上工地，不要坐吊缆车啊！"

九九答应一声，"嗯。"

母亲说："这眼睛可是要长好，不要踩着哑炮了啊！"

九九说："妈你放心，这不刚给我配了好眼镜么？"

母亲还在搜肠刮肚地想，想了好一会儿又说："听说上山砍柴很危险，说山上有老虎，野猪、还有狼呢，还有，砍柴的时候一脚踏虚，就摔到深谷里去了，死过人的！"

儿还没出门呢，妈的心就已经被牵得远远了，九九的眼眶红了，湿了，"妈，上工地干活儿那么多人，大家不都是要好好活着的！"

九九想，来工地几个月，夏尽秋来，该写家书托人带给母亲了，让她放心，他们五连主要的干活儿是大坝基坑，挖土方。他没有坐吊缆车，没有排哑炮，砍柴是每个星期一次，全连队一起突击干的。现在他比别人还多干了一份活儿呢，当事务长不累，不过是要有责任心，但可以多出半个标工来啊！

尽管指挥部有"不能多一个人，不能少一个人。"的明令，又怎能阻隔那成千上万人的队伍中，男人和女人们萌动的春情呢！似乎人们发现了河滩边是个谈情说爱的好地方，经常傍晚的时候，就有男女们在河边散步，自然不可能并肩而行，多半是一前一后隔着一段距离，偶尔走拢说两句话就闪开了。

这种情况，使九九和小月改变了见面的时间，改成上夜班期间，清晨在河滩边匆匆见一面，一周才可能有一次机会，还要伪装。可不，那天小月胳膊弯里挎着只竹篮子去河边洗衣裳，她去得太早，蹲在一堆大石上，手握棒槌随意地敲打着，衣裳洗得漫不经心，时而转过头，朝着下游的方向望一眼。不过后来，九九从哪个方向走来，她却一点儿也不晓得。九九走到他身后，四下顾盼，河滩上静悄悄的，他就大胆地跨上石堆，再跨几步拢到小月身边，用一只手蒙了她的眼，另一只手捏自己的鼻子，瓮声瓮气地问："猜猜我是谁？"

小月说："还有谁，臭九九！"她掰开九九的手，搬起一块大石头，压住了漂浮在河水中的衣裳，就站起身来望着九九笑。

那个年代，农村成长起来的孩子，比较寡言，心里炽烈的爱情都从笑意中流露。河风劲吹，晨雾早散。小月身上除了内衣，只穿着一件藏青色的灯芯绒夹衣，嘴唇被晨风吹冻成了乌紫色，九九看得很清楚，"天凉了，你还穿得这么单薄？"

"你不也是只穿一件衣裳吗？"小月瞟一眼九九的身体，就瞟见了他斜挎在肩背上的军包，"包里什么宝贝疙瘩，从不离身？"

九九说："你猜猜。"

两个人已经走下大石堆，九九瞅着小月乌紫的嘴唇，情不自禁地伸出手，让自己的手掌心轻触了一下小月的下颔。说来在家乡村子里，也有美丽姑娘儿喜欢他，可他却没感觉，用母亲的话说，他还没玩醒呢。与小月在一起，也不知为什么，就想亲密接触，复而四面扫视，河滩上的雀尕儿零零散散，好不闲适；天上有几只老鹰在雾云中时隐时现，稍远的地方才有人影。这样一个静悄悄的河滩，静悄悄的早晨，一种寻找温暖的本能感觉，在他身体内如泉而涌，但或许，一只长着无数双眼睛的队伍会突然冒出地面，冲散只有他们两个人拥有的河滩，和这美好的早晨，他扔给小月一句话，"你追我，追上我，才会告诉你！"说完这句话他就跑步而去。

那个早晨，九九的军包里装着两样东西，一样是《红岩》；一样是五连当下的全部钱财。他当然乐意，把这心爱的东西在小月面前显摆。那个早晨，小月没有追上九九，九九没来得及对小月讲述，自己如何当上事务长的故事，后来就发生了一件带给九九致命打击的事情。

4

一天清晨九九醒来，照例坐在被窝里数钱，他发现晚上数过的一千二百五十块，仅仅只隔了一个夜晚，却变成一千二百块了，当夜并没有进账和支出，五十块人民币不翼而飞，真奇怪！九九以为自己数错了，把那些百块和十块的人民币翻去复来数了上十次，还是少五张十块的人民币。他不想把这件蹊跷的事情一下子闹大，等到大家都去工地了，一个人留在窝棚里，掀翻了枕头、被窝和铺盖，把棉絮下的杂草翻得稀巴乱。他还怀疑是秦大碑搞恶作剧，把秦大碑的床铺也搜索了，怎么着也寻找不到这丢失的五十块钱。九九着急咧，五十块可不是个小数目，抵一个人两个多月的标工工资呢！他突然想起，晚饭时也不知吃了什么闹肚子，肚疼且拉稀。人们夜里撒尿，只要掀开草编的门帘就撒起来，屙得多跑几步路，不然第二天让人踩脚底了，就会遭人骂娘。九九爱干净，不仅多跑了路，跑得远，还拿着手电筒寻找了一个坑凹的地方。想到这里，他心里才踏实一点儿，沿着夜里寻"茅坑"的路线，来来回回寻了几趟，甚至连路边的野草都翻起来了，未发现任何迹象，倒是发现自己那会儿好像是急疯了。他夜里出门没有背包，难道独独五张十块钞票会飞起来，随他飞出门？九九就向窝棚里那十九张床铺一一投去怀疑的眼光，他无法锁定在一张铺位上，当下就决定把这个情况向连长汇报。他拿起夹袄，又不放心地掏出里层小荷包里的钱数一遍，舅舅给他的钱完好无损。他正准备花去这笔钱的一部分，给小月买礼物呢，买一条花手巾，一支钢笔，还是一支小电筒，他不知选择哪样好。瞬间一个念头窜出脑门，九九我太爱这份工作了，何不拿自己的钱补上去。如果那天九九如此做了，就没有我今天的《山高树大》。当然，九九最终也不会那样做。他想这十九个铺位的主人，也许就是他们中间的一个人是小偷。这事儿不报告给连长，不严查打击罪犯，就是纵容包庇姑息养奸，想想真可怕！这小偷有今天，就会有明天，有一，就会有二有三……

之前，五连有个叫张伟的小子，采摘了农民的柿子，他不单单是采摘一二个自己吃，而是脱下身上的外裤，用裤筒子装了两袋驮回窝棚与大家分享。当年上万人涌向黄柏河，民工们几乎没有蔬菜吃，更别说水果，有民工哪怕在地下捡起一颗青辣椒，也馋得直流口水，自然出现乱采乱摘现象。周围的农民就上指挥部来告状。告状和要求赔偿的人多了，指挥部就让各营部加强管理。张伟可不撞到包上去了，连长还没有处罚他，秦大碑先向张伟伸出了铁拳头，不是捶打对方，而是别出心裁，他让人把那十几个柿子用铁丝串起来，将铁丝挂在张伟的脖子上，赶着张伟去游街。黄柏河上所谓的街，就是沿着河滩上的高坎儿走一趟，路上经过沿河搭就的每一个工棚。这件事遭到了九九的阻拦，秦大碑押着张伟没有走到半里路，九九追上去，当着大伙儿的面，跟秦大碑讲道理，说你这么做岂不是给人上墨刑，让人永世不得翻身么？大家都给九九帮腔，说营部要通报，连队里要扣标工，一件小事儿，已经给他自己惹下一身狐骚，我们就别再作难自己人了。九九自从当上事务长，大家都把他当成连队里的红人，连秦大碑也对他刮目相看，不敢再分九九的馒头吃，更不敢把臭袜子扔九九的床头上了。九九的阻拦有道理，秦大碑不得不半道收场。不过丢钞票这事儿，九九的第一个怀疑对象就是张伟，但他很快否定了，张伟驮两筒子柿子回窝棚，事先他自己连尝都没尝一个，他不过是想讨大家喜欢，热闹一番罢了。

正在严整纪律的风头上，五连丢失五十块钱，岂能不严查，连长组织了案件调查小组，他和秦大碑，另一个民工是小组成员。连长把事发窝棚里除九九以外的十九个人一个个叫去，叫到河滩上单独谈话，说什么"坦白从宽、隐瞒从严。"说什么"人不怕犯错误，就怕不知错，不改错。"还给谈话对象许下诺言："只要老实交待问题，我保证代表五连给你保密。"谈话时只要有秦大碑在场，他就会朝对方横鼻子竖眼，时不时抬起他那黑亮、刚硬的拳头，在每个嫌疑对象眼皮子底下晃几晃，这样连长来软的，秦大碑来硬的，也没有一个人交待出偷盗行为来。

按九九所言，头天晚上他还数了钞票，第二天清晨就差了五十块，那么只有一种可能，就是这十九个人中，有一个人寻着夜里爬起来撒尿的借口行窃。行窃的时间，必须是九九去野外方便那短暂的功夫，这么说，这个人是通宵未眠，伺机行事喽。全连队里的人，不是同邻也是同队，谁不认识谁呢？每一个人的脸上几乎都写着纯朴憨厚。人们在地里田头干活儿，谁家不是敞开门户？从来也没有过偷鸡摸狗的动静，这事儿说来也真怪啊！

连长感到纳闷时，就有人给连长打小报告，说他看见过九九，在河滩边与一个姑娘儿闲逛。还出馊主意说："这些小年轻，出门见世面了，想着姑娘儿了，心能不野吗？"连长想想也是，村子里不也有喜好吃糖果，喜好赶场子的姑娘儿吗？一个外地人赶场子盯上她，给她买了一包糖果，扯了一段布料就把她骗走了。这男女一拢堆，也许就会拢出复杂来。过两天，那人又给连长打小报告，说九九的棉袄内有一个小荷包，还说他捏了捏那荷包，硬硬的，恐怕就是五张十块的人民币，九九哪来这么多钱？建议连长搜身。连长当即制止了打小报告的人，"谁让你去摸九九的荷包？谁是莳货儿啊，贪了钱不转移，等着你去搜身？这话不许再对第二个人说。"不过连长想的是另一个问题，九九主动从自己手里抢事务长的活儿，跟屁虫跟了半个月，是否当初就怀有不良动机呢？这读书人也许就比别人多一份心眼儿。说实话，连长比较喜欢九九，九九识字、爱读书，还爱摆弄无线电什么的，村子里第一台柴油发电机就是他照着书本装好的。这孩子会干龌龊事吗？连长的心情很矛盾。

连长打算静观动态时，五连丢失钞票的事儿，被人传播到营部去了。

当年的水利建设，既是水利建设的大工地，也是政治思想教育的大工地，五十块钞票一夜之间不翼而飞，是行窃，还是贪污？引起了营部领导的重视。

初战黄柏河时，营部领导们和普通民工一样住在简陋的窝棚里，那窝棚就设在女子连隔壁，双方都喊得答应。九九那天又顺着河滩朝下游走去，河滩上却没见到小月的人影儿，自从丢失钞票后，九九就再也没见到过小月。他从河滩边爬上岸，也不知为什么，眼睛朝向女子连，脚步却绕到营部的窝棚外了。世间事，都是阴差阳错而铸成灾难，他经过营部的大门口，踯躅于营部的侧墙边时，突然从树枝和竹条搭建成的墙壁里传出一个声音，"贪污，贪污比行窃的性质更严重！"这是一个陌生人的声音，这声音如雷贯耳，莫不是刚调到营部管政工的干部吧？接下去，九九听见了五连连长的声音。连长平时说话声音小，吐字不清晰，九九听不清楚，但他太想晓得陌生人嘴里的"贪污"二字指向谁，便将身体紧紧地贴向墙壁，双手十根手指头无意识地乱抓，抓着，指头就从竹枝缝隙处插进墙里面去了。

那会儿，秦大碑被人从工地上唤到营部来问话。九九没看见秦大碑是怎样走进营部的，更想不到，秦大碑却发现了他。秦大碑一进门，窝棚里就传出他的声音，"九九在偷听。"九九听见了秦大碑的声音，还听见了那个陌生人的声音，"做贼心虚，监守自盗！"这下子九九才明白，营部是针对他这个"贪污嫌疑犯"在召开会议。

九九十分惊恐，"哇"的一声。

窝棚里的人，一起随着外面发出声音的方向望去，有人大叫起来，"谁的手指头？"于是从窝棚里传出杂乱的脚步声，营部的干部们一起涌到窝棚外的侧墙边。

五十块钞票丢失后，连长挨个儿排查了十九个人，九九除了第一次如实向连长汇报以外，连长没有找他谈过一次话。连长不找他谈话，他心里反而有一种失职罪的惶恐，不论怎么说，他犯下痛心的错误，他是在努力进步的人，他心里还装着一个美丽的姑娘儿小月，他希望案情早有结果，他是怀着这种心情才巴倒在竹枝墙边。哪曾想，人们会把"贪污嫌疑"指向他。他从竹枝墙边泥人儿似地倒下地，愤怒、委屈、羞辱、惶恐、五味杂陈，开会的干部们出现在他跟前时，他竟一时无法爬起来。他应该立刻爬起来，让自己和干部们一样端正地站立着，然后沉着地告诉大家，"我是清白的！"当时他无意识，事后他很后悔。人们望着无力站起身反抗的九九指手画脚。连长摇着头气愤而羞辱地说："你……你怎么可以扒墙呢！"连长的声音比平时还要低，低得几乎吞回肚里去了，显然，当着营里干部们的面，"扒墙"比丢失钞票这事儿更让连长尴尬。

"你……你为什么要扒墙？做贼心虚啊！"连长把九九叫到河滩上，单独面对的时候，一反常态，高调吼道。九九无言以对，面色苍白，他怎么好解释自从五十块钞票事发后，他日夜难安的心情呢！

现在因为扒墙，在众多干部们面前丢人现眼，他有十张嘴也说不清道理，恐怕跳进黄河也洗不清自己了。

连长单刀直入，"你有钱吗？"

九九茫然地摇头，不知这话是什么意思。

连长说："我是问你身上有自己的钱吗？"

九九说："有，有五张十块的人民币。"

"刚好是五张十块，巧得很！"

"连长你别误会……"九九又着急了。

"不要我误会，我问你，哪儿来这么多钱？"

九九的眼眶红了，泪水跟着一串串滴落下来，他是想起母亲，为舅舅送的这五十块钱，在灯下一针一线缝补小荷包的情形，母亲要是晓得自己受多大的委屈，会难受得要命呢！九九说："我的夹袄荷包里是有五张十块的钱，它是舅舅送给我的，我妈连夜专门给我缝补小荷包装这笔钱，你们可以去调查。"

看见九九伤心的样子，连长很快排除了公钱私钱难分的猜疑，就算这孩子会撒谎，人家当妈做舅的不会撒谎啊，他的口气软下来，"你是我带出来的孩子，五连都是我带出来的孩子，你以为我愿意把你往脏水里推啊！在村子里，我就看出你是棵好苗子，始终想，这问题不会出在你身上，可是现在你这熊样儿，让我怎么跟人解释？你自己说头天夜里还数了钱，钱又被你藏在军包里，贴着你的头当枕头用，第二天早晨，钱难道飞了？嗯，还有人反映，看见你跟一个姑娘儿在河边闲逛，说姑娘儿是五营的，你小子不简单咧，五连四十几个人，挤满两个窝棚，除开十个有老婆的，三十个单身汉，就你出格，来黄柏河几天，就搞上姑娘儿了！那姑娘儿什么品质，你了解吗？"

连长把丢失钞票的事与小月关联在一起，九九的心就像被人戳了一刀，"连长，我丢失钞票是失职罪，您惩罚我；我扒墙偷听也不对，你批评我，我全接受，但你不能把人家姑娘儿和这件事扯一块儿，我用我的这条小命担保，她和这件事没丝毫关系。"

"有没有关系，我们自会调查。"连长说。

九九的心又被戳了一刀，"你们不能去找她，不能去！"九九受伤的心呼喊，但他喊不出声。他晓得即使喊出了声，只能加深连长对自己的怀疑。想到小月那么清纯的笑容，那条雪白的毛巾，哪怕是嫌疑，小月能够容忍我九九吗，而我九九，能让她为着我难受吗？他真恨不能撕开衣裳，拿起刀子，剜出血淋淋的心脏，让连长看看他这颗年轻的、跳跃着的心，用他纯净的心脏，阻止连长们，去找他正深爱着的姑娘儿。

如果说丢失五十块只是空洞概念，那么九九扒墙的事儿，暴露在众目睽睽之下，这生动的形象和情景，可封不了人的嘴，人们讲那会儿偷听者的动作、神态、尤其讲到五根手指头插进竹枝墙里，引起正在开会的干部们跑出来，有人把细节描述得绘声绘色，又经多人传播，更是夸大其辞，用俗话说，涎沫真是能淹死人！五连连长不得不作出一个决定，让九九"停工三天，好好反省，交待问题，写出检查。"为什么是交待问题，而不是承认罪状，连长反复想过，到目前为止，九九不过是重大嫌疑人，并没有人证物证确定九九犯了罪，这点他一定要坚持，这不紧关系九九个人的名声，更关系到五连的名声，从五连进驻黄柏河以来，指挥部月月评先进，五连月月当先进。为此，必须尽快查办丢失五十块钞票的事，连长主动汇报给营部后，又汇报给指挥部保安处。保安处则要求五连自己先解决问题，工地上几万人，每天不知要发生多少事情，他们忙碌不过来。

5

命运于九九，真是风云突变，大坝工地上，有人在他背后指指戳戳，蛐蛐拱拱；抬石头，没有人与他搭档了。那几天，小月托人捎给他一罐子酸盐菜，让他快乐了一阵子，小月并不晓得他现在的处境，这多好！清者自清，浊者自浊，往后真相总会浮出水面，小月再晓得这件事，只能加深对他的认识，也许会更喜欢他呢！他一高兴，吃饭的时候就把酸盐菜抱出来，等待大家拿稳碗筷才拧开盖子，好让香喷喷的气味先捕捉人的胃口，让大家都来分享。平日里大家都是这么做的，谁从家里带来了腌菜，都是拿出来大伙儿分享。可是，他挨个儿地把菜罐子送到几个人跟前，谁也不把筷子递进罐子里去，好似他的菜是一堆狗屎，谁沾了就会惹一身狐骚臭。

接着，九九被停工反省，与其说是停工，还不如说被幽禁，连长不允许他出门，活儿还是得干，那就是打扫室内的卫生，球大个窝子，一天扫一次地足够；以秦大碑起头，大家换了衣裳朝九九铺位上一丢，九九不声不响提着满满一篮子衣裳去河里洗；天气冷了，民工们不愿意出门去撒尿，弄了个破罐子来当尿罐，倒尿也摊上了九九。九九毫无怨言接受这臭活儿，他想大家在工地上都很辛苦，早起晚归，自己一天闲得太无聊，又有天大的委屈憋在心里，在工地上干活儿还好，不会去多想，这冷清清的一个人，一天太难捱！

让九九难过的坎子还在后头等着他呢，秦大碑又开始把臭袜子扔九九的床头了。

九九从扒墙的事件上，认识到自己性格中软弱一面，好好的一个人，不扒墙就不会走到现在这种处境，他对自己说，唯独洗臭袜子我不会干，过去不给你洗袜子，现在，我还是我，照样不会给你洗臭袜子。秦大碑扔一次，他就甩一次。那天也是巧，连长问秦大碑，"事情有没进展，已经是第三天了，这事儿弄得我头疼，要么左，要么右，这事儿捉鬼一样难着我！"秦大碑就抬起他黑亮、刚硬的拳头在连长眼前划了个弧形。连长已经习惯了秦大碑晃拳头，没有在意。到了晚上，已经坐进被窝里的秦大碑发现，他扔到九九床头的臭袜子，被九九扔回自己的床铺上了，于是，只穿着一条短裤头的他，冲到九九床前，把九九从被窝里提出来，然后把臭袜子送到九九的嘴唇边，"你洗不洗？"

"不洗！"九九坚决地说。

我再问你一遍，"洗不洗？不洗我塞进你嘴里去。"

九九仍然坚决地说："不洗！"

秦大碑不过是吓唬一下九九。要真把臭袜子塞进九九嘴里去，凭力气易如反掌，但那样打起架来，是会受到纪律处罚的。

但现在的九九，不是当事务长的九九了，他的行为受到人们的鄙视，这将沦为人下人的家伙，居然给他这个铁拳头下不了台！他扫视一眼窝棚，有的人在泡脚，有的人上了床，眼光全都投向他俩，他今儿就要把九九治下来，他拿话来损九九，"哈，扒墙，做贼心虚！"

要不是连长压着大家，"扒墙"差不多成为大家取笑九九的话柄。而这两个字，比揭九九的伤疤还疼痛，但九九那会儿突然有了勇气，"我是扒墙了，扒墙犯什么法？"他想我越害怕，别人就会越说得带劲，索性认了扒墙，看你们还有什么话可说。

秦大碑说："你也有资格说'法'，贪污叫不叫犯法？"

九九说："你看见我贪污了，这满窝子里的人，有谁亲眼看见我贪污了？"

秦大碑说："这满窝子里的人，有谁能证明你是清白的？"就有人在一旁笑了，秦大碑就来势了，"这袜子你洗不洗？"这次他用臭袜子拂九九的脸，只差塞到九九嘴里去了。

九九忍受了多日的委屈终于暴发，他从秦大碑手中夺过臭袜子就扔，扔到地下还用脚踩。秦大碑就摘了九九的眼镜，一拳头擂在九九的眼鼻子上，同时他伸出一只脚把九九钩倒了。顿时，九九的脸上流出了鲜血，流着鲜血的九九疯了似的不管不顾，他趴在地上大声地喊着："我的心证明，我是清白的！"他喊完，紧紧抱着秦大碑的一条腿就咬。秦大碑边用脚踢他，边哗众取宠地笑问："谁看得见你的心？"

九九嘴里流着血，不知是从他自己口腔里流出来的，还是咬破了秦大碑的腿，"我自己看得见，我的心是清白的！"这句话从他沾满血迹的嘴唇里奋力呼出。

窝棚里的其他民工们都下床来解围，他们不明白，平时多么斯文的九九，明知斗不过秦大碑的九九，那会儿居然敢与秦大碑拼命。曾因挂戴柿子游街，被九九解救的张伟，赤着一双脚跑到隔壁去叫来了连长，这场恶战才算结束。

九九被当即送到指挥部卫生室。卫生室里迎出来一个年轻的女医生，她检查了九九脸上的伤痕后说："眼角出血、口腔出血，这架打得够凶狠，你们懂不懂啊，弄个七窍出血，会死人的！"连长和秦大碑面面相觑，事后连长在连部会议上作出自我批评，说他没有管理好大家，才惹出这场恶架来，并责令秦大碑写检查，扣除他一个月的标工。

九九在卫生室住了一个星期就出院了，身体没有完全康复，只能干点轻活儿。九九出院后，连长在会上要求大家，"谁也别再提五十块钞票的事。营部不再追究，我们却闹得沸沸扬扬，这不是自个儿跟自个儿过不去么？看看工地上，到处都是你追我赶，人们恨不得伸出三头六臂来，我们连倒好，为个不清不白的钞票打闹不团结窝里斗。活生生，好端端一个干活儿的人，被送到病床上去躺着，为此影响全连队的生产进度。你们看看本月我们完成任务的情况，上工地以来，五连月月插红旗，这个月红旗却插到八连去了！我现在就在这里提个口号，'团结一致，奋力拼搏，抢回红旗！'"

在连长的指导思想下，五连恢复了平静，不仅仅没有一个人对九九另眼相待，就连秦大个也见风转舵。其实，秦大碑是那种服硬不服软的人，爱仗着自己的铁拳头显示威风，准确地说，是他在工地上干活儿有力气，卖力气，他的拳头才硬，他就可以用这拳头发号施令，让人服他罢了。真正闹出了事情，他认识错误比谁都来得快，还会主动当担。九九住院后，他就把九九的那份活儿担了一半；三天两头，收工后跑去看九九，还替九九洗衣裳，包括九九的臭袜子，他都收拢来提到河里去洗。他蹲在九九的病床边，对九九说："小家伙，我算认识你，亡命之徒，服你了！"九九也有短暂的胜利感，这胜利感是相对于他"扒墙"的软弱而言，他觉得自己喊出了那句话——我自个儿看得见，我的心是清白的！尽管他受了伤，流了血，吃了大亏，但他为捍卫自己的名声迈出了一步，很好！住院期间，哪怕身上的伤口疼痛，但他的心情相对轻松了几天。

起初，九九对找出五十块钞票的真相，还抱着一点儿希望。但连长完全把这事儿给搁下来了，再不提调查、排查，表面上看，连队里的所有人，似乎都把这事儿忘记了，或者说，从来就没有发生过丢失钞票的事儿。唯有九九心里始终装着这事儿，他已经背了"贪污嫌疑犯"这口黑锅，不是么？有一次，也不知是哪个连队里的人，九九很清楚地记得，他们干着碾压土方的活儿。九九从他们身边经过后，就听见有人在背后说："这不是五连的九九嘛。"九九克制自己没有回头，但他可以想象，那三五个人停下手中的工具，聚拢在一堆说他的坏话了。真讽刺，我九九在建设工地上出名了，不是英名远扬，而是臭名昭著！这事儿一天不弄个水落石出，九九一天就无法安身。远离家乡来黄柏河，本应该是哥哥，我为什么要抢这个名额，事务长本是连长的活儿，我为什么要挖过来？别看我长得瘪咕嘟叽，我九九是爱读书的人，是有鸿鹄之志的人！在这大坝建设的广阔天地里，我兴许会实现理想与志向呢！

是啊，黄柏河水利建设是梯级开发，不仅仅修建这一个大坝，按规划要修建四个大坝，能在这初期建设中就有卓绝成绩，并长期坚持上建设工地干活的好青年，指挥部会给予他们留下来的机会，由普通民工转成亦工亦农，将来电厂建成了，民工们中间的优秀青年，就是电厂里当家做主的工人。别说营部开大会就提到的锦绣前程，就是回到村子里，今后入党、提干，被大队、公社逐级推荐到工厂，甚至于到机关，需要什么样的人才？首先就是对思想、品德的要求，这一点九九看得很清楚。当然，九九也劝自己，清者自清，浊者自浊，每天把这话对自己说无数次，但却无法让自己解脱，卸不下身上的这口黑锅，从今后让我怎么活人？他还联想到一部电影中的男主人公，他为了给自己洗刷冤情，十年之久，练就了一身飞檐走壁的好功夫，最终实现了愿望。这么想来，九九也要吃尽苦头，磨炼意志，自己办案，他夜里经常睁大双眼，总听着窝棚里的各种动静，观察是否有人夜半鬼鬼祟祟，他的怀疑始终没有排除内贼，窝棚里住着十九个人，有人夜深起来方便，他都清清楚楚。如此日复一日，九九睡不好觉，吃不好饭，干活儿却不打一点点折扣，人儿更消瘦了。连长看在眼里，有时拍拍九九的肩，"现在工地上热火朝天，一个人恨不能抵两个人干活儿，你可要顾全大局！"生活上，连长特别照顾九九，谁家托人带了腌菜来，大家分享时，连长总是先给九九夹第一筷子。连队里改善伙食，十天半个月做一次蒸肉，开饭前，连长端着满满的蒸肉钵子，故意凑到九九跟前，让九九闻一闻，说："好香，香喷喷的！"九九瞅着连长那滑稽样儿，明白连长的用心良苦，心里也很感动，眼皮眨了几眨，就有泪水淌在两颊，生怕被人发现，扯起衣袖一把抹去。

不久，九九又成了连长的跟屁虫，这一次，他不是找连长要事务长的活儿干，而是要求连长一定要把五十块钞票的事追查到底，他跟踪连长一次，就要提到一次这事儿，不断纠缠，坚决而固执。如此数十次下来，连长就烦了，"狗屎不臭，挑起来臭啊！"

说者无意，听者有心，这话又伤着了九九的心。

6

丢失钞票近两个月来，九九就没有见到过小月一次，因此，最后一次见到小月的情景总是在他脑子里浮现。

从黄柏河的一条支流往里走，走上十里路，有一个矿务局，那荒僻的地方以矿务局为支撑变成较为热闹的小镇。建设工地上的民工们，都在那个小镇上购买日用生活品。指挥部还在小镇上放了几场电影。尽管工地上不能公开谈恋爱，放电影却是男女恋爱的人一起去来，牵牵手的好机会，放映的时候，除了屏幕闪亮，四处黑灯瞎火，静悄悄的，亲亲嘴，搂搂抱抱的也有。那次放映《多瑙河之波》，是临时发出通知，九九和小月无法相约，他们只好各自和本连队里的人走那上十里路。九九走了一半路程后，故意从五连队伍里挪下来，他想，这前前后后都是涌向映场的人，要是能遇到小月多好啊 又好笑自己，这想法多天真！九九怎么也想不到，那么晚了，电影已经放映了，小月居然等候在离映场一里多路的地方，小路边一棵很粗大的银杏树下。九九手里握着小电筒，为了省电，他一路上让电筒亮一会儿，又黑一会儿，一路上走走停停，左顾右盼，发现小月的时候，刚好电筒是亮着的，不然，他一定会漏掉小月的，这使他事后很感慨：我俩真是心有灵犀呢！小月仍然是穿着那件藏青色的灯芯绒夹衣，里面大概加了一件衣裳吧，因为夜里冷，这是必须的。小月几乎是扑进他的眼帘，或者是说突然发现，使他激荡的心张开惊喜的翅膀扑向了小月，"你……怎么在这里呢？"九九高兴极了。

"你说呢？臭九九！"

"你等谁呀？"

"我等五连的一个男人呢，臭九九！"小月还故意踮脚抬眼朝来路上望去。

九九再也忍不住与小月亲密的欲望，他伸手揽过小月的腰，两个人贴上了脸，仅仅那么一下子，因为路边还有不断赶去看电影的人。这是九九第一次与姑娘儿亲密，也是唯一一次与姑娘儿亲密。

小月捶着九九的胸说，你晓得人家等你，等了多久？你晓得我迎过来多少个人，数过去多少个人吗？

九九说："我来晚了，也是在四处张望你。"嘴里这么说，心里想，要是我和小月今后能够一辈子，再不要小月等我，我要赶在她前头等她呢！

过了几天，九九去小镇上买东西，经过小月等候他的银杏树下，他在大树下傻呆呆地站了好一会儿。白日里有淡淡的阳光，正是银杏落叶的季节，阳光将铺满地面的银杏叶照射出一片金黄，九九仿佛又看见圆脸盘儿，扎着牛角辫儿，穿着藏青色衣裳的小月玉立其间的样子。自此，一个是黑夜里等候在银杏树下的小月，一个是幻觉中白日阳光下，银杏树下的小月，这两幅写照在他思念中交错呈现。

日子一天天朝后移步，清查五十块钞票的事毫无希望，九九纠结的心与日俱增，小月晓得这件事吗？她一定是晓得了，气愤之下，从此与我绝交也罢，她要是沤在心里，以我的耻辱为耻辱，那是怎样的痛苦！一个在黑夜的寒风中等待，数过成千上万人，只为她喜欢的男儿，这样的姑娘儿，她多半陷入痛苦中了！好几次，九九在河滩上徘徊，站在河滩上朝着女子连的窝棚望去，他能望见从窝棚里走出来的一个个姑娘儿，有一次好像还望见了小月。但是不能对她大喊一声："小月！"他想象有一天，那个偷盗五十块钞票的人被抓到了，他第一时间就会向河滩跑去，从河滩的坡道上冲向女子连的窝棚，告诉小月，他终于洗清嫌疑了！

有一天，小月的身影出现了。

那天九九上早工，天还没亮他就起床，习惯性地背上黄军包，再拢着夹棉袄，端着杯子，拿着牙刷来到门口。民工们舍不得花牙膏钱，只有少数几个人爱刷牙。大家刷牙时，总让白花花泡沫水滴落在门口的土泥巴地上。那天他莫名其妙地多走了几步路，走到农民的菜地边了。菜地里应该是长出葱绿包心大白菜来的，营部蔬菜短缺时，与农民商量，还没等白菜包心，就出钱砍下它们。冬季未临，田里只剩下白菜茬儿。那天雾很大，哪怕眼皮子底下就是田地，白菜茬儿也是隐隐绰绰。正在刷牙的九九完全是凭感觉，发现一个姑娘儿的身影从自己身后缓缓飘过，梳着两把牛角刷的脑袋，消瘦的肩背在朦朦雾云中时隐时现，九九转身不顾一切地喊出："小月。"他太思念小月了，人就是这样，成功和失败的时候，特别想念亲人和爱人。那么早，小月为什么要从五连门口飘过？显然小月也是在找他　并且小月一定听到了他的呼唤声，但小月没有回头，却转过身，穿过他脚下的那片白菜地，继续朝着河滩边飘去。九九端着杯子，拿着牙刷跟了下去。

　　两个人一前一后，穿云破雾地飘到河滩上，把五连的窝棚甩出老远一段路才站定。两个人都想好好瞅瞅对方的脸，雾太大，瞅不清神情，只是感觉雾水像雨水一样，淋湿了眼睫毛，淋湿了头发，也淋湿了两个人的忧虑。

　　"尔托人捎给我的酸盐菜，我收到了，谢谢你！"还是九九先开口说话。

　　"之前我不晓得那事儿，不然，我不会捎酸盐菜给你吃。"小月赌气地说。

　　"那事儿……"九九的心往下沉，他想起连长说过要找姑娘儿调查的事，但五连是否找小月调查，已经不重要了，重要的是，他一定要对小月好好表述，让她理解自己的苦衷。

　　"小月你还记得，你曾经问过我，包里装的什么宝贝疙瘩，我让你追我，追上我了，我才会告诉你，你不晓得那时我有多快乐！"

"可是，这段时间我一直不愿见到你，是替你难受！"

小月果然难受，这是九九最不情愿接受的事实，"小月，关于丢失钞票的事，你让我一点点地告诉你好吗？连长让我当事务长以来，我每天早晚都要数钱，因为常有收入和支出，我不论上早班、中班、还是晚班，睡觉之前都要坐在床上数，很多时候，一觉醒来，不放心似的，还要数一遍，那天早晨，我翻来覆去地数，只有一千二百块，差了五十块。我就把这事儿向连长汇报……"

"汇报了怎么样呢？"小月打断九九的话。

"连队里就进行排查。"

"排查了，那十九个人都被排除嫌疑，就你一个人反倒戴上'贪污嫌疑'的帽子！"

小月居然这么清楚，是谁把小月扯进这件窝囊事里来？九九想，连长平时做工作比较讲究方法，那会是谁呢？这黄柏河工地上，连队挨着连队，营部挨着营部，团部、指挥部，又有多少双鄙视的眼睛投向自己呢！九九悲愤地说："小月，难道你也不相信我？"

"是的，我不相信你，我不相信你，有多痛苦，只有我自己晓得！"

"对不起，小月，这事儿，我也不晓得什么时候能水落石出，要是你感到痛苦，我们可以，可以……分手。"九九的声音低下去，无奈与悲哀的尾音吞回到肚子里。

"分手？你说得好轻松！你……你这是自私……"

小月愤怒地喊出这句话，说明她在乎自己，九九的心万般纠结！唯恐小月真得转身而去，永不回头，复而又大声地对小月说："小月你要相信我！"

"我也愿意相信你，可是你……你扒墙……人们把它编故事了，还说放电影呢！"

"扒墙……"九九悲愤极了。那天，我本是在河滩边等你啊，小月，我等不着你，就朝你们女子连的窝棚爬上来。谁让营部与女子连处隔壁呢，常言隔墙有耳，女子连能不晓得这"丑"事儿么？女子连晓得了，能不传到你耳朵里么？谁让我那时刻，脑子里赶不开你的笑模样儿呢！想着你，我才特别揪心领导对这件事的处理，这是九九心里的真实。可是现在，能成为他为自己解脱的理由吗？哪怕是在小月跟前，他也无法相信，这个理由能说服小月，他只有重复一句话，"小月你要相信我！"

"你拿什么让我相信你？"这句话没说完，小月转身离去，没走两步返身，恶狠狠地递给他一张纸条儿，飞跑而去，同时甩下一串哭泣声。

九九愣了一下，跟着朝小月大声喊叫："挖出我这颗干净的心！"眼睛下意识地在地下四处搜索，眼神疯狂，要是他的脚底有一块尖锐的石头，他一定会捡起来，追上小月，用石头剖开自己的胸膛，让心爱的姑娘儿看个明明白白。

等待九九的理性恢复过来，大步跑去追小月时，大雾已经淹没了他心爱姑娘儿的身影。

7

那个大雾迷漫的早晨，九九没有回到五连的窝棚里去，他就那样敞开着衣襟，内背黄军包，手里拿着杯子和牙刷沿着河滩走去。朝下游走了一段路，在一处河道里布满石头的滩边，他过了河，那座鬼山就矗立在他眼前了。当地人说，他们从来也没有人望见过山顶；民工队伍中的那两个砍柴人在山中坠入深渊之后，民工们躲之不及，再也没有一个人去爬鬼山，自然也没有谁望见过山顶。可是，九九朝山上爬去的时候，脑子里压根儿没有"鬼山"这两个字眼，那一天他清醒着的时候，不断地对小月喊叫："挖出我这颗干净的心！"更多时候，脑子里一片茫然，茫然感支使着他的双脚不断地朝前走，毫无目的地攀登。后来夜雾吞噬了一切，什么也看不见，他瞎摸瞎撞地爬到山顶了却浑然不觉。第二天早晨他睁开眼睛，才发现自己躺在山顶的一堆杂草丛中，居然没有被野兽吃掉，被虫蛇伤害。他从草丛中爬起来走几步，看见脚下是一片空旷，身缠缕缕白云，"哦，我爬到山顶了！"短暂的兴奋使他忘记了昨日的伤痛。我可以站在这山巅上，望一望家乡大平原，朝着家乡大平原呼喊一声——我的家乡，我的妈妈啊！九九就那样站在山巅上朝着家乡的方向大声地喊叫了，他喊妈呀，喊舅舅呀，喊哥哥呀，喊几声，哭一场；再喊几声，再哭一场。喊哭声停止，他自言自语地向家乡的亲人表白，诉说自己清白无辜。其实那时候，九九望不见家乡的一点儿影子，云雾挡住了他的视野，云雾不停地徘徊，算是无声地回答着他的喊叫声。

九九喊够了，哭够了，突然想起小月递给他的纸条儿，不，应该这样说，是他的心始终紧揪着纸条儿，才不敢打开看看，小月递给他纸条儿时，其表情令他非常心痛，他恨她不理解人，如此薄情！他才把纸条儿捏在手里，下意识不去理会它，竟然捏了一天一夜，捏得满纸的皱褶，湿润润的。那会儿，他不得不打开，于是他看见纸条儿上写着一句话，"你是怎么搞的，怎么搞的嘛？"

"唉……"九九仰天长啸。说到底，小月还是相信自己的，她是来找我搞清楚问题的，她并没有完全相信传言、更没有确定我就是一个贪污犯，只是两个人一见面就感情冲动，一个用狠毒的口气伤害对方，一个寻死觅活要解剖要掏心。他想再回去，慢慢对她解释，却为时已晚，这逗留外边一天一夜，怎么跟连队里交待，说我背不起黑锅而逃到鬼山上去了吗？说我去河滩约见了一个姑娘儿吗？说我需要找个安静的地方好好想想吗，哪条理由能够成立？弄不好作茧自缚，又会成为"扒墙"似的笑柄或者说是丑闻。九九后悔、懊恨、自责，难怪妈老叮嘱我，要我脑瓜子灵光一点，原来我只会死读书，读死书，都20岁了，一混到社会里，人前就矮着一大截，一颗死脑瓜子不会看事儿，不会拐弯儿管屁的用！既然没一点儿用，还不如死了算！

　　九九孤独地踯躅于山顶的第三天，胃肠发生痉挛，疼得他在地下直打滚，满头虚汗，滚到一片湿润的土地上，一棵大树遮天蔽日，地面布满树根。他一只手捂着腹部疼痛处，另一只手紧紧地抓住树根，这才想起白米饭和馒头。他想前两天肚子咕咕直叫唤，是饿了；现在不叫唤，是胃被饿缩了啊，才疼痛得这么厉害！疼过一阵子，稍稍好一点儿了，他就开始寻找食物。他找了一根拳头粗的青竹，用尖锐的石头剖开竹筒，截下筷子那么长的一段竹片，用这竹片挖出抛浮在地面上的节节根、蒲公英、猪不食野草，胡乱地充了一顿饥。春天生长的节节根、蒲公英到了冬季老得掉渣，长片叶的猪不食虽然可以充饥，却十分苦涩，所以猪不吃它，九九权当吃药治疗疼痛，饥不择食，把它们统统吃下去了，还吃出了一点儿甘甜，然后就去找水喝。

　　天不绝人，鬼山上不知是从哪儿流出来一股清泉，它被阳光照得雪亮亮，好似从峭壁深处突然跳出一条活生生的赤白蛇，它细溜溜，摇摆摆，不经意地玩耍着，奔着两座大山之间的峡谷谷底而去。水就在眼皮子底下，要喝到它却没那么容易，它悬在半山腰里，九九得在悬崖峭壁上爬到那地方。那会儿九九想，要去喝到那溜子水的危险不过就是死吧，树被剥皮，人被撕脸，心被伤害，一切都无法挽回，还不如死了算，如此坠入深渊总比自杀强！山壁并不是光秃秃，零星地长着一丛丛灌木，九九就攀扯着那些灌木丛，慢慢地移动着双手和脚步去接近那溜子水。九九在攀爬的过程中才真正地被吓着了，他只瞟了一眼脚底下的深渊就缩回了眼睛，他就这样死了，妈妈上哪儿去找他呀？连尸都不知在那一方，妈不晕死过去啊！妈养你九九这么大容易吗？只说前两年闹灾荒，全家人围一锅南瓜菜糊糊，一人舀一碗，妈总是把自己碗里的糊糊剩下一半来分给九九吃，借口说她吃不下去了。妈又要喂猪又要种田，忙了地里忙屋里，平时吃白米饭每顿三大碗，她是疼着九九，说九九正长身体呢。哥哥也想分吃妈的一点儿糊糊，却只能眼巴巴地望着，等着弟弟再分给他一半。妈总爱吵哥哥，"你有弟这么爱读书，我也分给你吃。""九九啊，你想死那就是自私，妈那半碗糊糊喂了白眼狼了！"九九凑到泉水跟前时，紧紧贴着石壁的身体柔软、黏糊得像一块橡皮膏药，他的双手和双脚都不能离开植物，或者是突出于壁表的尖锐，他就张开嘴唇去添饮那股清泉，渴饮了一阵子泉水，身体很快就有了久旱植物被浇灌的复苏感。

九九在鬼山上度过一周以后，还是打算用棕叶编结一根绳子，用绳子结束他二十岁的生命。这一次他编结绳子，比当初砍柴时难得多，左撇子笨到根本不听话的程度，一根绳子，他竟然编结了一天零一夜。第二天夜里，他把绳子甩到一棵大树的树枝上，看见一轮圆月，正从树枝的缝隙处探着头，瞅着他呢！他从来也没有见过这么圆的月亮，这让他生出些许感慨，为什么不是阴沉沉的、黑暗暗的天空？月亮是在瞅着我，讽刺我吗？我就这么结束自己的一生，确实太讽刺了！我是努力上进的好青年，居然背着"贪污嫌疑犯"的臭名结束自己的生命，月亮能不讽刺我吗？九九拉了拉从树枝上垂落下来的绳子，先在紧挨着树枝的地方打了个结，以防绳子滑落，再把两头捏拢，又打了个结，扯了扯，挺结实。然后他将事先准备好的一捆柴草搬到垂落的绳子下。那夜月光也不同寻常，它不因树枝的遮挡而黑白并杂，参差交错，斑斑驳驳地铺撒在地面，它水汪汪，银亮亮，一点儿暗的东西都没有，干净极了，看上去倒像是黄柏河河流的水波。管它呢，月亮也好，月光也罢，永别了，妈呀，我只有来生再做您的儿子好好报答您了！吊绳垂落，柴草定位，只等九九绳套脖颈，踢开脚下的柴草，事情就这么简单。可是事情并没有朝九九所安排的方向发展，他用尽力气朝着脚下的柴草踢去第一下的时候，先昂了一下头，就看见头顶上的树枝间，悬垂下一根丝蜘蛛，那根丝在月光照耀下银灿灿，放射出奇怪的光彩。老人们常说，一根丝蜘蛛是喜蛛呢，九九这样想的时候，铺撒在地面的月光就朝他脚下涌来，它们分明就是黄柏河的河水啊！碧波荡漾的河水浮载着柴草，他踢去一捆柴草，推波助澜的河水又给他送来一捆柴草，他接着踢去第二捆柴草，河水又给他送来第三捆柴草，然后是第四捆，第五捆，他脚下的柴草始终没法踢去，他的身体就始终没法悬空。有一个声音从波峰浪谷间不断跃起，"畏罪自杀……畏罪自杀……"他寻找声音的方向，就看见小月还是穿着那件藏青色的灯芯绒夹衣，在月光中朝他跑过来，在黄柏河河水中向他泅过来。

为什么会出现一捆又一捆的柴草呢，是幻觉？还是那会儿，求生的本能让他突然产生了一种想法？九九问自己，得出的结论是后者，那就是说，意识深处的那些捆柴草是在告诉他，他可以活下来，活下来砍柴呀，虽然黄柏河不需要柴草搭建临时工棚了，但工地上做模板还需要成形的材料，烧火做饭还需要大量柴草呢。他不断犯下错误，他要以砍柴来惩罚自己，他要用砍柴这种劳动方式去告诉人们，他九九是清白的！九九想明白了这个问题，就决定留在这座鬼山上，像一个野人一样地活下来了！

8

首先要解决劳动工具，九九想起那两个从山上坠入谷底的民工，他们的劳动工具也许会丢失在山上，于是遍山里转悠，终于在一片竹林里找到二柄斧头和一把锯子，这如大海捞针般的搜索所获，让九九暗自窃喜，有了这两样工具，就可以实现他的计划和目标了，真是天不绝我呢！第二步是解决水源，他在那股泉水周围寻找了好几天，却怎么也找不到水源地，猜测泉水多半是从山洞里流出来的，于是他把岩壁下方的水眼处凿出一个小坑，岩坑里始终蓄满着泉水，再将竹筒接入岩坑，从中引水至半山腰一低凹处，这样他就不用每天去攀岩壁添饮泉水了。没有粮食怎么办？除了节节根、蒲公英、泥鳅草、猪不食野草，山上有些小虫子，比方秋蝉壳子、山螺、还有蚂蚁，经常饿得心里发慌，顾不得是酸还是涩，是良草还是毒药，胡乱充饥。侥幸的是，他居然捕捉了两条花斑蛇，把它烧烤吃了，那真是美味咧！但严冬到来，蛇们很快入蛰冬眠了。不过上山十来天以后，九九用自制的石片锄头挖断了一截葛根，只见母奶般的汁液飞溅，他的心为之怦然而动，双眼发亮，这莫不就是葛根吧？家乡平原土地不生长这个东西。但他在舅家吃过，舅妈曾经端给他一碗半透明的糊糊，还撒了点儿红糖，很好吃。舅舅告诉他说："这是葛根。"还把葛粉拿给他看，并且说葛根的样子像红苕，又像树根。九九迫不及待地伸出手指点沾汁液，送进嘴里，果然是夹杂着土腥的甜味，再切出一小段，挤点汁液凉在手背，不一会儿汁液就变成了粉状态，这一发现让九九惊喜极了，"民以食为天！"水源和主粮都解决了，他不愁在山上活不下去了。

九九得先给自己找一个山洞，他居然很快就找到了一个足有两间房子大的洞。可幸的是，那洞就生在他取水的这一侧山壁，离泉水地顶多半里路。洞内潮湿，滴水叭嗒，干燥处还有一堆木炭，显然有人曾在洞里住过。不过也有很麻烦甚至于危险的地方，洞穴生长在半山腰的岩壁间，临近洞口处有一大方岩壁光秃秃，进出洞穴，他得匍匐于光溜溜的石壁，想从外边蚂蚁似地搬回东西来很不易容。这样，他只好每天从外面背几根柴草回来。他先背了几块石头回来，在石头上铺些杂草，人躺在草堆里也还算舒适。夜里用洞内的一块大且薄的石头挡在洞口，在洞的另一边架起一堆篝火，避免野兽闯进他的领地。山上果然有怪兽，有一天傍晚，他远远地隐约地看见他的洞穴附近有一头黑毛动物晃过！似野猪，又似别的什么动物，他希望那是一头野猪，至少野猪并不十分可怕，人不沾惹它，它是不会主动伤人的。

尽管那夜的月光解救了九九，九九没有成为绳索下的吊死鬼，他活下来了，却活在不断地自责与自罚中，我好背时啊，要是那天不"扒墙"偷听，我会成为嫌疑犯吗？要是我与小月见面不冲动，早点儿拆开纸条儿，我会躲在这深山里吗？他骂自己暴暴儿、傻蛋蛋，他恨自己，有时便在树林子里大刀阔斧乱砍一气。鬼山上到处都是松软很好砍的松树柏树，他拿着树出气，松柏却解不了他的气。他继续寻找，寻着一种无名树，长得粗壮，树冠遮天，树质坚硬不说，圆径被砍到一半的时候，它就会渗出水泡泡，褐红色的液体，血一样可怕。九九大睁着双眼，砍得越疯狂，心就颤抖得越厉害。每砍一刀，树径在冒出血泡儿，他的双手手心也在冒着血泡儿。

只有到了夜里，九九的心才稍稍安静下来。他总是坐在篝火边的一块石头上，捡起地下的干树枝，一根接着一根地朝火堆里扔去。那些树枝粗到握紧的拳头，细至伸直的手指，长长短短，粗细不一，刚刚丢进火堆时，它们发出噼里啪啦的响声可好听，要是在树棍中发现疙瘩头，他总会带着惊喜感把疙瘩头拿在手中把玩，然后出神地盯着它，似要盯得它们因满脸疤痕而害羞地躲藏起来。九九到黄柏河后才晓得，树也会长疙瘩，比大姑娘小伙子脸上的青春痘还难看。自然多半都是松树疙瘩，它在树干间挤出一堆狗屎样儿，疤疤癫癫，却很结实，扔进火里就冒油，随之柴火堆里就会爆炸出无数灰白色的尘片，随之火苗儿更旺，烟雾更浓。疙瘩头燃烧的时间很长，他总是要守候着它们燃烧成灰烬。疙瘩头的燃烧，驱散了孤独而漫长的黑暗、寒冷、恐怖，除开丢下去时发出的炸裂声，中间他觉得洞子里太寂静，太无聊的时候，它突然又噼里啪啦一阵子炸裂，好似很会理解人，安慰人。

我待在这荒无人烟的深山里，是要以一种特殊的劳动方式刷清自己，但这样的方式是不是冲动、感情用事的继续？或者说是一种逃避行为呢？他开始自省，我想要的东西是：谁能相信——一个英雄模范人物会是贪污犯呢？可是，如果人们不是按照我的想法去分析问题，而认为这是一种逃避行为，那我现在拼命而做的一切，岂不是徒劳无益吗？从死亡的边沿走过来的人，他获得的宝贵东西是什么？莫过于思想，孤独是最好的镜子！九九觉得自己从来没有像现在这样善于思考。他的思想相随着疙瘩油在火焰中发出的爆炸声，不断钻进疙瘩眼里去，然后跳出来，扑腾扑腾出一些闪光。最后他对自己说：我已经这样了，别无他择的唯一选择，既然选择了，就不用再纠结。如果纠结，其结果只会是继续伤害身体，身体垮掉了，又怎么去实现自己这无奈的选择呢！

九九渐渐从思想上解脱后，更多的是考虑如何寻找、获得好一点儿的食物。自然，他经常要算计劳动成果。他坐在熊熊篝火旁，边烤干白天劳动时汗湿的衣裳；边屈指数算当天打了多少捆柴草。他以最初砍柴时的二十捆为起点，至少每三天要增加一捆柴，这样一个月算下来，哇，一个月以后，他每天就能打三十捆柴了，二个月以后他每天就能打四十捆柴，三个月以内岂不是每天能打近五十捆柴，三个月以后呢，九九想不清楚了！有时候，他还借着火焰的亮光读《红岩》，他很庆幸那天早晨漱口时也背着军包，他才可以用这部书来打发漫漫长夜，这部书是他主要的消遣和精神食粮。成岗、许云峰、江姐，这些受尽酷刑，宁死不屈的英雄人物，给了他精神、信仰、意志的力量。

鬼山迎水面是黄柏河，背水面与另一座大山相接壤的狭谷段，有一片庄稼地。有一天，九九下山来了，吃了近一个月的葛根，他吃腻了，再说葛根填不饱肚子，他的劳动量越来越大，肚子就越来越干瘪，他不得不下山来寻找一点儿食物了。九九从山上就望见了庄稼地，他并不晓得庄稼地里种的是粮食，还是蔬菜，但他已经很多次从山上眺望这片庄稼地了，每次望得垂涎欲滴之时，总要把眼光投向更远的对面山腰下。那里有一户人家，地里头生长着的粮食或者是蔬菜，肯定是那家人的喽！这样猜测，九九就不得不吞回涎水，收敛下山的欲望。

庄稼地里有几十颗被霜打叶衰的大白菜，勉强挺立着，其他全是杂乱躺倒在地的植株，枯黄与墨绿交缠无序，它们是什么？不是红苕就是土豆。九九犹如徒手奔赴战场的勇士，半道中突然发现了一堆可以捡拾的武器，一口气狂奔到田头，管它三七二十一，拔起一植株举过头顶，连茎带块，根根须须间竟有五颗土豆咧！九九一高兴，抬起另一只手准备摘吃，手指却又戳进耳朵里去了，从耳朵里挖出胡豆那么大一坨耳屎。那是岩洞里一种不知名的蚊虫，夜里飞进他的耳朵，纷纷被憋死的奇怪耳屎，他每天都得挖。然后九九粗蛮地骂道："狗日的，你有种！"近两个月的野人生活完全改变了九九，"狗日的土豆，老子吞吃了你怎么样？"他果然将一颗连皮带泥的土豆塞进大大张开的嘴里，有滋有味地嚼，乳白的汁液，黑褐的泥浆遍流他的下巴和胸膛，在那件脏稀稀的内衣上再添几道墨迹。他一边还想象把土豆埋进柴火堆里烧烤了吃，那香味，可真是喷喷香啊！九九连续吞吃了十几颗土豆后，再朝那户人家望去，显然他家没养狗，房门口及周围都没有任何动静。九九索性脱了内衣，只穿一件夹袄，准备挖一堆土豆，用内衣当包袱裹了带上山。不过事先，九九从夹袄的小荷包里掏出了一张十块的人民币。是买堆土豆扛上山，还是偷？他的思想斗争了一番，他想起生产队里的知青们，农民田里有什么菜，他们拔什么菜，那不算偷吗？没有谁说他们偷，只是农民发现田里的菜被拔了，劳动碰一块儿时，取笑知青们一阵子罢了。我应该怎么办？要是没有背上"贪污嫌疑"的帽子，如此特殊情况下，我也会"偷"，现在一边在刷清自己，一边偷，那不是自欺欺人吗？随之又好笑自己，头上没戴"帽子"，谁给我这"偷"的机会呢！九九在庄稼地周围翻去扒来，好不容易找到一条破旧的塑料袋，他把那袋子拿在手里揉搓，搓得泥土纷纷落地，袋子透明了，才把人民币塞进袋子里，再把袋子绑缠在田头的一棵香椿树树梢上，这样以免霜打白菜似地糟蹋了人民币。最后他回头望一眼那户人家，"老子不会偷，买你的土豆怎么样？"随即又去拔了两株大白菜，准备满载而归。

最后，九九从夹袄小荷包里掏出剩下的三十块钱瞅了又瞅，就有一行行泪水从眼眶里盈出，爬满他的脸颊。他只能用这种方式找山下农民买一次土豆，这剩下三张十块的人民币，他得好好保留着，那次他想给小月买件信物，看好了的花毛巾、钢笔、小电筒三样东西，只因不知选择哪一样好，他没有买，给自己留下了一个遗憾。要是有一天还能与小月相聚，他就把三样东西全买了送给小月，小月为自己受多大委屈，他得好好弥补给小月。

9

长年云遮雾绕的黄柏河，总有云散日出的时候。鬼山上那一个好天气到来之前，九九埋头砍柴，没发现一点儿迹象，清晨和以往一样，山岩和树木在晨雾中朦朦胧胧，人走近去朝它们身上随意摸摸，就会摸出一把把凉水来。九九照例地在云雾中穿行，在山林深处砍柴，他砍了约莫十捆柴后，感觉离山顶很近了，于是就爬到山顶的坝坝儿上去坐一会儿。九九记得，读书时刘白羽在《日出》中描写过的景象："云层像灰色急流，在滚滚流开，好让光线投到大地上去，使整个世界大放光明……"然后是："太阳出来了。它晶光耀眼，火一般鲜红，火一般强烈，不知不觉，所有暗影立刻都被它照明了。"可惜那时，在山巅看日出的良好时机已经过去。

　　不过很快，九九就在坝坝儿上看见了另一种"日出"，那是黄柏河建设工地上的"日出"——大坝上的非常热闹。黄柏河河水被垒起的层层大石拦截了，汹涌地奔着一条沟流去了。两山间的河道，已经被民工们挖出宽宽的槽子。槽子上上下下都是人、机器、和车辆，空压机"突突突"的吼叫声取代了扁担压在人们肩上咿咿呀呀的叫声，还有人们嘴里发出的哼哧哼哧声。挑土方的人排成了一条条长龙，穿梭在鸡公车、独轮车、板板车，还有骡马驴子之间。工地上到处都插着红旗、挂着标语。九九还在那些红旗中找到了"常枝县五连"。虽然这五个字不是很清楚，但他相信，那一定是五连的旗帜。看到五连，九九就好似听见连长在轻声低语地说着话；看见秦大碑时儿凶狠时儿善良的脸庞；还有张伟、李扁、汪狗儿，他们一个挨着一个从他眼前晃过，让他产生从未有过的亲切感。自然，工地上那些大幅标语就看得更清晰了，那不是"农业学大寨"么？那不是"以粮为纲"么？那不是"先治坡、后置窝"么？突然，九九听见广播大喇叭里传出一阵子激动人心的口号："女子连，加油！下定决心，不怕牺牲，排除万难，去争取胜利！"——女子连！九九确定那会儿，自己的耳朵里没有飞进蚊虫，夜里蚊虫们在耳朵里屙的，他早起就抠空了。于是，他从山巅投向黄柏河工地的眼光，搜寻范围更辽阔。他望见灰朦朦的山腰间，真有几个女的悬在半山腰里，正在用钢钎撬，用双手刨那些山石呢！那多半是大坝两岸的山体出现险情后，女子连在排险。原来，大喇叭是在给云层中的女勇士们鼓劲。那几个攀岩的女子中，会不会有小月呢？一定会有。小月曾经对他讲过，说她们女子连全体姑娘儿一起向指挥部发出过"排险请战书"，并将组成什么红鹰、铁姑娘战斗队。九九这么想，就认准了一条藏青色的身影她真是小月，他的心就追随着小月的身影，被悬到了半空中，他大声地喊道："小月，小月，你的手可要抓准地方，你的脚可要踩好位置啊！你还那么小，你的身子骨是那么单薄，别从岩壁上摔下，千万千百万小心啊！"

那个极偶尔的好天气，使黄柏河工地上发生着的一切，与九九拉近了距离，也让九九很清楚地告诉自己——我从来也没有离开过工地！你们在那边干各种各样的活儿，我在这头的大山上砍柴呢，这不两个月了，我每天能打四十捆柴了，几个月积攒下来的柴，能供我们五连烧火做饭用一年咧！当然，里面还有至少三分之一的好材料，可以用它们来做木模咧。五连啊，连长，我从来也没有离开过你们，我和黄柏河工地上的全体民工们一样，在为大坝建设作贡献咧！这样想着，九九心里暖烘烘的。小月啊，小月，一个坚韧存活的"野人"，他就是真男人，真男人不会做肮脏事。你等着吧，总有一天，我会用业绩来替自己摘掉狗屁的"贪污嫌疑"帽子。

九九猛然转身朝半山腰走去。他回到了清晨砍柴的那个窝子，抡起斧头一阵子猛砍，砍一阵子，他骂几句，"日你妈日的鬼，给老子作贡献！"他把鬼山上的一切都视为鬼，鬼山、鬼树、鬼草，还有他这个鬼人咧！他的确是人不人、鬼不鬼的样子了，鼻舔拉糊的脸庞；沾满叶屑、野草种子，乱如鸡窝的长发；画满肮脏地图似的衣裳，被荆棘吞噬拉扯，巾巾吊吊；长期不吃蔬菜而干裂的嘴唇，横竖都是血口子，好似刚与虎狼搏斗过。要命的是，他每天都得好些次把手指伸进耳朵，去挖那一坨坨肮脏的耳屎。那天他低头挖，第一次发现，这座鬼山上还有一个人咧。原来这个人一直躲藏着，好阳光的时候才出来陪陪他九九。九九就丢了斧头和锯子，和那个人儿玩起了迷藏，他东跳跳，西蹦蹦，看那个人在树木底下怎么跟他玩。他走，那个人就跟着他走，他停，那个人就跟着他停，又好似，那个人玩累了，一会儿躲到树荫里休息去了，一会儿又欲战不休地蹦出来。九九就把那个人当秦大碑，这不，他举起自己的一只手，抬起胳膊，捏紧拳头，瞅着手腕。手腕虽然还是那么薄片片的，却变黑了，变粗糙了，变结实了。九九在阳光下再找秦大碑的那只铁手腕，铁拳头，好去与他较量一番，却怎么也找不着。哦，是我的身板子挡住了秦大碑的手腕和拳头。九九倒是找到了另一个人。他叉开长长双腿的时候，突然发现，这两条腿会在阳光下画出一个大写意的"人"字。半山腰里的枯树老藤太杂乱，它们在那个人身上摇摆呀晃荡呀画个不休，还有衣衫不整使那个人儿很零乱。九九再次朝山顶的坝坝儿爬去，他爬到一块大岩石上，索性脱掉了衣裳，全身上下一丝不挂，赤条条、大摆摆地叉开着双腿，他就看见了一个利利索索、干干净净、大大方方的"人"。九九被这个"人"惊呆了！那一天，他就瞅着这个"人"发呆，只到太阳从黄柏河西边隐去，"人"也该回家休息了。

10

严酷的冬天很快到来，指挥部为了抢在腊月底之前结束基坑作业，翻年进入第二工期，提出了广招当地农民义务工的方案。当地人烟稀少，方圆百里之内也就招了几十个人，还包括童子工。这样，就有两个流浪汉混进了当地农民工的队伍中。那两个人是兄弟俩，哥哥十九岁，弟弟十六岁，说汉子还搭不上。指挥部招工之前，他俩已经在黄柏河工地上混了些日子。前年大旱，兄弟俩从颗粒难收的家乡逃荒出来，沿路乞讨，也不知怎么就流窜到黄柏河了，并且遇上了万人大会战的热闹。但他们也遭遇了从前未有的尴尬，过去挨家挨户地讨口饭吃不算太难，当着那么多人的面讨饭吃，拉不下脸，张不开嘴，他们只好等烧火做饭的人收了碗，去潲水桶里捞点什么吃。可是他俩逛过了好几个连烧火做饭的窝子，根本就没有潲水桶。从一堆杂乱待洗的碗中，偷偷捡起一只碗来，把碗舔个底朝天，也舔不出几颗米粒儿，有好些碗都被它的主人舔过，有那上了釉的陶器碗，竟被舔得能当镜子用。兄弟俩在女子连附近转悠的时间最长，他俩想，女人吃饭总要秀气点儿吧。这个想法也错了，女人在工地上干的活儿不比男人轻，自然饭量就不比男人小。这样，弟弟熬不下去了，跟哥哥哭着闹着要回家去。哥哥说，我们身无分文怎么回家去？他俩记得，从家乡逃出来时，搭了两次车，转了一次船，从哪儿去弄车船费呢？

于是他俩就想到了偷。

他俩在工地上东瞅瞅，西瞄瞄，就找准了目标——"柴禾棍"（这是兄弟俩给九九起的绰号），常言马瘦被人骑，人弱被人欺，好欺负的意思。很快，兄弟俩从九九身上发现了一个奇怪特别的现象，柴禾棍老是背着一个黄军包，包不离身。工地上，除了极个别模样儿像干部的工程技术员背挎包，干硬扎活儿的人，谁背包包啊？柴禾棍包里装的什么稀奇宝贝呢？他俩就心怀目的地跟踪九九。踩点时发现，柴禾棍居住的窝棚侧墙上有三个透气窟窿，其中一个窟窿的正下方，刚好是他的床铺。兄弟俩趁着白日窝棚里空无一人，把那方窟窿扒成一颗人头那么大。到了夜里，兄弟俩守候在五连窝棚附近伺机行事。刚巧这第一夜，就遇到九九半夜里起床，还提着裤子跑那么远去厕。弟弟拿着事先做好的铁钩子，还有一只小电筒摸到了五连窝棚侧墙边，哥哥站在一边黑暗处放哨。弟弟行窃时自然会产生一点儿动静，但民工们白天干活儿累得很，倒下床就入梦，工棚内鼾声四起，电闪雷鸣难于叫醒他们，弟弟很顺利地钩出了黄军包。弟弟先是从包里抓起厚厚的一叠钱，太多了，多得他的手直颤抖，他从来也没见过这么多的钱啊，多得他害怕胆怯，在心里对自己说，我们只要个路费就够了，他就把抓在手里的钱全部退回包里去，再次从军包里掏钱，第二次是用两根手指头拈出了几张钱。

兄弟两个盗得钱财后，还没来得及离开黄柏河，就遇上了招工的事儿。他俩觉得当几天义务工可以饱饱肚子，被招工这事挺好玩儿。并且招工很简单，登记报个生产大队的名儿就过关。他俩一路流浪到黄柏河来，报个边缘大队的名儿并不难，他俩想，这事儿蒙得过就过，蒙不过也无伤毫毛，如此轻松混进了当地农民义务工中。

再说九九失踪后，五连在半个月内并无警觉，因为工地上也有逃兵，不过又出了一个逃回家的窝囊废，给五连的脸上抹把黑罢了。半个月以后，从九九一个村子里出来的人报告说，九九没有回家，五连才把这事儿报告给营部。于是，黄柏河工地上就有了一个传说，传说一个贪污犯畏罪自杀了。也有另两个版本，有说他混到城市里去了，也有说他原本在家乡平原就有一个对象，做上门女婿儿去了。那流浪汉兄弟，自然从人群中听到了关于九九的传说，那个贪污犯死了 还是活着？他俩更愿意相信柴禾棍已经死了，他瘦得那么可怜，怎么还能活着呢？他是因为丢失了五十块钱而寻死，这坑人害人的五十块钱，正是他俩作的孽啊！弟弟还小不太懂事，当哥哥的总觉得良心难安，夜里老是做一个梦，梦见有一个瘪咕啦叽的男人，拿着一根长长的铁钩子站在他对面。梦醒后仔细想想，那根铁钩子正是他俩的作案工具，梦中人不就是柴禾棍么，他拿这罪证来钩什么呢？莫不是老人们说的要钩去我的魂，让我得上脏病乱病恶病死去！哥哥就对弟弟说："我俩这不快做满三个月义务工了，攒下的标工钱也有四十多块了，用这钱去还给柴禾棍吧！"弟弟不太情愿把钱还回去。好几次，弟弟想吃一颗糖，哥哥都舍不得买给他吃，只说攒足了钱好回家。但他是弟弟，得听哥哥的话。就这样，兄弟俩弄了张纸条儿，找人借了只铅笔，哥哥在纸条儿上写下一行字：

"我们是流浪汉，找你借了五十块钱，现在'0'够了四十六块钱，先还给你。"流浪汉文化不够高，只好用"0"代替"凑"字。

等到白天里，窝棚无人之时，兄弟俩用纸条儿把钱裹起来，又故意让钱露一半在外面，然后将它们绑在一颗石头上，用一根细铁丝从那个窟窿吊回到九九的床铺上去。兄弟俩做完这件事儿，连夜逃出了黄柏河，他俩想，这下子自我暴露了流浪汉身份，再不逃，被人抓起来开斗争会可不是好玩的。

11

大雪降临黄柏河两岸的那个夜晚，鬼山上安静极了。世间的动物们都有灵性，下雪前气温骤然下降，提醒动物们早早地钻入了洞穴，并且贮备了一定的粮食。鬼山上，唯有九九对这一切浑然不觉，他是平原的孩子，没有一点儿大雪封山的常识。降雪的那个夜晚，他和平时一样，让岩洞里燃烧着篝火，他在温暖中睡去，岩洞里冬暖夏凉，篝火熄灭了，他照旧睡得很香。只是凌晨睁开眼睛，几缕白惨惨的亮光从洞口处射进来，让他感到特别奇怪，迎着光亮处走去，寒气逼人。他走到洞口，从缝隙处看见了外面竟是一片银白。他撑开双手去推开洞门，比平时吃力，好似洞门都被胶粘住了，摸一摸，摸出了满手心的光滑与透凉。那不是冰棱么？蜗牛形的、螃蟹形的、棍棒形的、苦瓜形的，它们全都牢牢地粘黏着洞门四周。九九拿起他用石块自制的锤子，一根一块地敲打。洞门倒是打开了，可是他朝下望一眼，就吓得缩回了眼光，倒抽一口凉气。原来那会儿，他每天进出必须匍匐委身的岩壁，因为冻结了冰块儿，光滑像一面偌大的镜子，又像是跷跷板，人若踩上去，稍不小心，就会从跷板顶端滑落至万丈深渊。九九只能站在洞门口，望着鬼山远近的雪景想，这场雪，在深夜中悄悄地来临，它们在空中纷飞的时候，是什么样子呢？像小星星，像梅花，还是像扇子的形状呢？

往往大雪封山，得来年春季解冻，九九一点也不晓得积雪和冰棱是如何严酷。他想不过是三五天吧，可这几天又怎么过呢？洞穴不大，他怕引起室内火灾，不敢在洞内积压柴草，柴草顶多还能用二天，洞穴的墙旮旯还躺着几条葛根，起码有半个月了，怕是早已经干枯，即便还有汁液，恐怕也长霉生黑锈了。

躺在洞穴里等待死亡的那几天，九九才后悔了，自己打的柴草足够五连用一年，若是按标工计算，他每天干的活儿差不多是三个标工呢，早应该归队了。只有归队了，他才可以大模大样地回家呀！他多想家呀，想母亲，想舅舅，想弟弟，想小月，想五连的每一个人，想工地上的热闹……九九被封闭在洞穴里的那几天，他就那么一个劲地想啊想啊，洞穴里没了篝火和粮食，他又冷又饿，身体渐渐变得虚弱，好在洞顶有泉水滴落，滋润着他涓涓流淌的思念。九九就在思念着亲人和五连，嘴里不断地，轻轻念叨着她们和他们名字的时候昏迷过去。冰雪封洞五天以后，一个早晨，九九也不知是在梦里，还是苏醒过来了，他听见从外面传来似暴雨，又似冰雹急切砸击岩壁的声音。他终于发现射进洞穴的阳光，他迎着光亮，跌跌跄跄地摸到洞口，就看见了积雪融化的好风景。他复转身回到洞内，从记账的小本本上撕下一页纸，拿出笔来，抬起无力的胳膊，颤抖着手指，给小月写下了歪歪扭扭的一行字：

"小月，自从那天我俩分手后，我就爬上鬼山了。我每天都在山上砍柴，和大家一样在为大坝建设干活儿呢！"

一天傍晚，一个走路不利索，瘸腿的山里老农来到女子连，在女子连见到了小月。他把九九拜托转交的纸条儿递到小月手里，只说："一个叫九九的山里人请我帮忙。"转身就要离开。

小月听见"九九"两个字，既惊喜又奇怪，赶紧拆开纸条，真是九九的笔迹。小月读完纸条儿上的内容，泪飞如泉，她大步上前，抓住老农的衣襟，"九九，他在鬼山什么地方？"

老农只是摇头，"他拔了我田里的土豆，给十块钱，他是个好人！"

"你不要走，你带我们去找九九！"

老农还是摇头，"他住哪儿，我搞不清白，只晓得他拔了我的土豆，给了十块钱。"

小月让人看住山里老农，手捏纸条儿飞速奔向五连。

第二天凌晨，五连和女子连自觉组成了搜索鬼山的队伍。从夜半，他们就开始出发，他们打着火把，渡过黄柏河，聚集在鬼山山脚后，再分头从鬼山的几个侧面朝山上爬去。所有爬山的民工们，都在半山腰里，接近山巅的地方看见了一堆堆柴草。秦大碑在山上跑得最快，自然，他和他带领的民工们发现的柴草堆最多。秦大碑每发现一柴草堆，就让大家把火把聚拢来，一起照亮柴草堆，那简直就是一座座小山啊！有的小山竟码起了几人高。这让秦大碑和所有人都不敢相信，那是一个人干的活儿。可是最初，那两个砍柴的民工出事后，秦大碑也参加了搜山组的行动，山上分明没有一捆柴草，就算有人遇到一捆柴草，也会顺便把它扛下山去。自从这座山被人称为鬼山后，再没有一个人敢上山，且莫说在山上砍柴！秦大碑还要证实，眼前如山的柴草确实是九九的干活儿，他夺过别人手中的火把，将五把火焰聚拢在自己手中，腾出一只手来，提起一捆捆柴草仔细地照亮，然后掂掂它们的重量，每一捆柴草都不大，但却十分均匀，除了九九，没有别人是这样干活儿！因为九九是左撇子，捆不住柴草，他才做成小捆捆。同样，因为左撇子，他老是担心捆扎不结实，才要比别人多系几个结。秦大碑将火把凑近一柴草的捆扎处，那用编织的野棕叶打出的疙瘩结，果然是五个死结，他的猜测错不了。

浓雾笼罩的鬼山上，秦大碑咆哮着，"九九你个苕货，你给我滚出来！"五把火焰在秦大碑高举的手臂之上熊熊燃烧。

"九九，你做缩头乌龟啊，有本事出来我俩再打一架！"

小月打着火把，在鬼山上连跑带爬，不晓得跌倒了几次，爬起来就喊："九九，我是小月，我是小月，你听见我的声音了吗？"

很快，五连连长把这两张纸条儿的事报告给营部。营部也派了人来搜山寻人，鬼山变成了火把的星空，呼唤"九九"的声音此起彼伏，追波逐浪。

　　九九侧身睡在一孔洞穴门口，这分明不是他的安身之窝，地面透凉，人好似泡在冰湖里；风声啸，雾渐散，山崖间的藤蔓，连着枝，带着叶，从洞穴的脑门上垂下，在他面孔上方摇曳不安；时不时，碎石和泥尘从洞顶纷纷扬扬，那是两只小猴儿，眼瞅着躺在地下的人儿而无法施救，着急地用手脚刨出的结果。一阵阵血腥味，从哪儿飘来，又要飘到哪儿去？嘴角边有液体在流淌，嘴唇一定是裂开着残花般的血口子，唉！"水……水……"好像有水声嘀嗒，他想伸伸腿，不能动弹；粗尾巴的小松鼠，你瞅着我，你的眼睛哪么的亮？你比我有精气神呢！过来吧，我要捉了你，把你带回我的窝儿，与你好好地逗乐子。对了，我那洞穴里至少有两只小松鼠，你不愁没伴儿。我是怎么来到这个地方的？竹林、野草……斧头、锯子……唉，我跟那两个失踪的民工走了同一条路，人不知鬼不觉，钻了山窟窿，坐了跷跷板！这座山变成鬼山之前，那个砍柴的民工被摔成了八块，我现在是多少块？哇，疼痛、撕心裂肺的疼痛！

　　一个个人声音覆盖了他的疼痛感，他的意识相随着声音四处寻找，他看见秦大碑骂骂咧咧朝他跑过来，小月跌跌撞撞朝他跑过来，他几番昏迷，几番苏醒，生命在与死亡作最后的顽强挣扎，只为等待那些个声音近一点，更近一点，他好对那些个声音作出一番回答。

　　"我们是流浪汉，找你借了五十块钱，现在（0）'凑'够了四十六块钱，先还给你。"

　　谁的声音这么轻？那是什么东西在颤抖，纸条儿么？抖得像黄柏河上空的云！秦大碑，你别这样跪地下念书给我听，站起来好不好？这儿是冰湖，你不晓得有多凉！又要与我玩变脸术吗？一会黑脸，一会儿红脸。那就先把我好好瞅瞅吧，瞧瞧我这胸脯，坚挺了；

胳膊，长肌肉了；拳头咧，长疙瘩了；脑瓜子，成熟了咧，"水……水……"嘿，小月，小月，你手里捧着什么，撒满露珠的艾蒿叶？九九拿出吃奶的劲儿，努力吮吸叶片上的露水。渐渐冷却的血液受了水的浸润，回光返照的一瞬，他睁开了眼睛，捉住了小月的手，"小月，我是清白的；小月，我是英雄！"九九的声音低沉，沉回到他永远的灵魂中去了。当时在场的个别人回忆时说，以上这句话没错，它就是九九的临终遗言。还说，有个姑娘儿用艾蒿叶揩干净了野人脸上的血迹，人们便看清楚了他的面孔；还说，很长很长时间，那姑娘儿，都让野人失去知觉的手紧紧握住她的手，她瞅着野人笑模笑样地上了路，很平静的那种笑。

这是一个基本真实的故事，四十年后的今天，我为写作长篇报告文学走访黄柏河，凡是当年蹚过黄柏河水的人，都对我讲起这同一个故事，好似只有这个故事，才是他们记忆中最难忘却的一件事，是他们生命中永远抹不去的颜色。他们讲完这个故事后都说："那个时候的人……"然后摇摇头，感慨万端，"现如今的人，唉！"

发表于《北京文学》2018 年 8 期

小雨的日子

二男一女，三个从小在老屋里长大的孩子，两小无猜，萌生爱意。长大后的小雨嫁给了在工厂里担任工程技术员的淮海。在下岗大潮的冲击中，小雨挺起胸脯，坚强地干起了摆地摊儿、卖烧烤的活儿。两个男人却陷入心理暗流中的再一次角逐。

1

那天狗儿开着奥迪带着小雨在东山兜了两圈，就把车开回了老屋。小雨第一次踏进狗儿的旅馆，走进了豪华的办公室，四下环视，壁灯灯光、贴墙布上的色彩……都让小雨感到窘迫，屁股还没坐稳站起来要走。狗儿说："走什么，怕我吃掉你?"就伸出手超越小雨的肩头去拿桌上的茶杯。狗儿胳膊上茸茸的汗毛从小雨鼻孔底下滑过，异性粗犷的气味刺激着小雨的感观，想到老屋里的老人们，对狗儿发了财弄了不少女人的说法，小雨心绪纷乱。

一个耳垂肥厚的小姐进客房接过狗儿手中的茶杯，张扬地将小雨打量了一眼，小雨便看见了小姐血红色的耳坠招摇晃荡，好像是为肥厚耳垂做广告。待小姐离开后，狗儿向小雨介绍说她是客房部的经理。小雨问："多少间客房?"狗儿说："16间。"小雨淡淡一笑。

"笑什么，麻雀虽小五脏俱全。"狗儿把小雨拉到窗边，指着一套院说他打算在那儿改修旅馆大厅，并规划着他的远景蓝图。

小姐用一只雕花铜盘托了两杯热咖啡进来，放下托盘将右胳膊肘送向狗儿眼皮子底下，嗲声嗲气地说你看你看，今天收拾房子在床角撞的。狗儿一只脚朝着书桌下的抽屉随意一置，椅子朝左旋转了，他背朝小姐漠然地说："我这有客人，扯这些小事干什么？"小姐索性逼近狗儿一步："现在是小事了？"见狗儿的脸色不好看了，"哼"了一声，一甩手，走到门口回头将小雨狠狠瞪了一眼。

"我打算炒了她。"

小雨笑了，"只怕你炒不掉她喽。"

"其实她们好打发，多给两个月的工钱，走的时候不哭鼻子不掉泪，还要喊我一声哥。"

"你经常炒小姐么？"

"找上门来的小姐多，物竞天择。"狗儿意味深长地望着小雨："其实我需要永久牌。小雨，你知道我老婆不管老屋的事，昏天黑地筑长城。"

小雨说："我怕你把我也炒了！"

狗儿说："人与人是不一样的，我在码头上见到你的那一刻起，就打算帮助你了！"

狗儿认真了，小雨心里涌起感激的潮水，脸上不由泛起一片红晕。可是她回避着狗儿的眼睛，她看见了窗外院墙墙顶缝里那些野草小树，夜色中它们只是如云似雾的轮廓，她却分明听见了夏夜的风，轻轻吹拂它们发出的天籁之音。那是一种怎样的声音哟，如泣如诉，如哀如怨，如狂如笑……小雨从5岁时搬进老屋就睁着好奇的眼睛，看见了它们映在老屋上方的天空中。残阳如血的夏日，冰冻屋檐的腊月……一年四季，它们都在风中低低絮语，小雨永远也无法诠释那是一种怎样的声音。

父亲还住在老屋里，淮海考上大学的时候，那些十里相送的父老兄嫂们不少人都还住在老屋里。小雨想人生真是充满讽刺。

　　小雨说："徐老板，谢谢你，你是生意场上的过来人，地摊是摆不下去了，除了你这儿，你帮我想想还能干什么？"

　　狗儿顿时悲哀了："小雨，你还是瞧不起我？"

　　小雨说："不……不是。"

　　狗儿说："强扭的瓜不甜，不过，我可以帮助你。"

　　小雨说："商场门口正在办成夜宵点，听说摊位都还没划好，人们都抢着出租金了，不知还有没有空位？"

　　狗儿问："要了摊位你干什么？"

　　小雨说："烧烤。"

　　狗儿冷笑了，"烧烤，那不是人干的活！就凭你这双手，"狗儿的眼睛盯在小雨细腻如脂的手背上，"淮海，他舍得让你去烧烤，那是要烤去几层皮的！"

　　狗儿的眼睛里迅速闪过一丝阴险的神色。

　　小雨不寒而栗，"淮海是淮海，我是我。"

　　"好，就这事情，两天以后听我的信。"狗儿赞许地笑了。

　　小雨出房间狗儿没有送，狗儿沮丧地坐在淡绿色的软包装沙发椅里，冷冷地朝着对他回眸一瞥的小雨说好走。小雨下了楼，狗儿的司机已打开了驾驶室的门等候在老屋的后院里。

　　小雨请司机稍等一会儿，回到一套院敲响了父亲的门。小雨的母亲前两年去逝了，父亲一个人孤独地住在老屋里。父亲在学校里有两次分房的机会，第一次分了个二室一厅，他的学生——读了师范大学以后回学校教书，要结婚没房子，小两口找他，他就让房子，指望过两年第二次分房，谁知一等 6 年，且他已经面临退休，分给了他七楼的房子，他没有要，就住在老屋了。小雨几番想把父亲接到身边来住，但是怕父亲看见了家里的情况更难受。父亲人老了，背驼了，又患上了慢性支气管炎，话也少了。他过去说了很多的话，包括对小雨对淮海的教育，到头来静坐反思，才发现现实生活与他的正统思维方式差距很大。淮海曾经是他最优秀的学生，当初他以本位主义的态度支持淮海填报半导体物理专业，现在孩子生活得不好他觉得自己有一份责任，事业是具有浪漫色彩的，而生活却是实实在在的事情。"淮海在干什么呢？好久没来了！"父亲问。一边走进光线很暗的屋子里去翻出了一个小布包要塞给小雨，说小妹要上学了，小雨说："爸，小妹上学我们还有钱呢！"默默地将父亲房里的几样东西摆顺，才一步一回眸地离开了老屋。

狗儿第二天就给小雨来了电话，说是摊位联系好了，一个月租金1200元钱，按月交纳。白铁炉子他那儿有个现成的，多年没用生锈了，让小雨去看看，合适的话，他帮忙整修一下，先凑合着用。交待小雨要遮阳篷，桌椅什么的，还要请两个人，摊上的东西可以存放在老屋他的库房里，摊位离老屋近……狗儿在电话里讲得很具体，方方面面都考虑得很周密。

小雨早早地做好了晚饭，等着淮海回家商量事情，干烧烤，再不能瞒着淮海了，必须两个人齐心合力。天黑了，亮灯了，淮海才回家，进门劈头就问小雨这两天干什么去了。小雨说："我正要跟你商量呢！"

淮海说："商量，商量摆地摊吧？我不允许你去摆地摊！"

小雨说："不摆地摊你让我干什么？你能让我干什么？"

淮海嘴唇发乌，形象裂变，举起一只手在半空却霜打的叶一样落了下来。结婚这么多年来，他从来就没有打过小雨一巴掌，连骂都没有骂过小雨一句。原来淮海在老屋天井的那棵老桂花树下与狗儿相遇。狗儿先是拉长了脸，露出缺了的两颗门牙，"嘿嘿"地笑。淮海不知所以然。狗儿显得认真，声音低沉地说："你让小雨摆地摊？"

淮海想：小雨果然去摆地摊了。狗儿傲慢地踮了踮脚，朝向天井的上空昂望一眼。桂树开花的季节已过，夏季湿润的瓦片上仍然飘散着花的余香。狗儿的这个动作让淮海蓦然回忆起也是这个季节也是桂花树下，狗儿要与淮海公平竞争，他问淮海："你能让小雨生活得很好吗？"如果当初狗儿对自己提出这个问题是蚍蜉撼大树，可笑不自量的话，那么今天狗儿是要向自己证实他的成功，并以他的坚定、自信来嘲笑自己了。

真是冤家路窄，很少来老屋的淮海，偏偏一来就碰上了狗儿。尽管淮海内心很难承受狗儿在老屋里的挑衅，以及自己的失落感，表面上仍然很镇静地对狗儿说："干什么是我们自己的事情。"

淮海的固执与蛮横激怒了小雨。"淮海，你是国家的人，工厂的人，工厂是一台大机器，你是机器上的一颗螺丝钉，一天机器不转了，你的生命就停止了运动是不是？你是一个工程师，一个为工厂为国家作出了贡献的工程师，你很高尚是不是？所以你始终把自己置在高处，高不成低不就，可是社会在变化，人的价值观也在变化，我们不能站在过去的角度上看问题了，你应该把自己看成一只蚂蚁，搬食筑巢的蚂蚁，我没有说错吧，淮海！"小雨睁着祈求的眼睛望着淮海。

淮海不敢面对小雨的眼睛了，小雨，你现在真的这样看问题了么？"搬食筑巢的蚂蚁！"这是个与他俩的教养，见识形成悖论的问题。他认同小雨在现实面前的冷静，清醒，但是他又要坚守自己的人生信条，害怕将这个问题搬到桌面上来讨论。

小时候，老屋里有两件事对他的人生观形成根深蒂固的影响。一件事是在狗儿家里帮助他掏山楂核儿。那个冬天狗儿的妈妈每天肩扛着无核的冰糖葫芦在街上叫卖，清晨出门，夜晚很晚很晚才回家。那一天狗儿、狗儿的小哥与他三个人掏了整整一天山楂核儿，手指都掏得红肿了，才只掏了一笤箕，狗儿说还插不满一个耙子……自此，"衣食百姓"给他留下了深刻的烙印。

另一件事是狗儿偷了老屋里一户人家的自行车，那户人家的主妇每日站在天井边桂花树下咒骂小偷。狗儿的妈怕被人骂出血来了，逼迫狗儿在夜深人静时将车归还原处。淮海读高中时的语文老师屡次在黑板上写下"逸居而无教，则近于禽兽时"，他就很自然地将这两件事联系起来分析、判断。过去所受教育使他常常与小雨讨论"劳心者……劳力者……"之类的问题，那是些青春激情的日子，精神的升华孕育着爱情的升华。他是站在另一种领域去俯视底层劳动人民，尊敬他们，同情他们，游离于他们，并自觉身上肩负着解放生产力的使命感。

然而如今让他美丽的妻子去成为他们中的一个，他不敢想象自己的家庭从此是怎样的糟糕。办鲜花店最初是小雨提出的，他由衷地赞赏，支持小雨的这个想法，像小雨这样优雅的女人，劳作在鲜花之中，至少有一种情调，有一份浪漫，可以自慰精神的寄托。人生重新开头，怎么样也要选择一个高起点，可是自从小妹一场病后，家里几千元存款被洗劫一空。囊中羞涩，这些话怎样去对小雨说，说了又怎样去实现呢，他觉得自己这个丈夫做得好窝囊，于是他很痛苦。每逢精神上的痛苦无处发泄时，他就拼命地抓挠头皮，夏季正是容易脱发的季节，猛一抓就脱落一把，他恨恨地甩了一地头发，满脸哀怒地逃避小雨了，"嘭"地一声出了门。

小雨四顾茫然，最后傻了一样盯着一地散发，其间那些耀眼的银丝将她的心撕碎了。她自言自语地说："淮海，难道我愿意去摆地摊吗？我愿意吗？人生价值……我们这是大倒退啊！"

电话铃声响了，一个女子尖细的声音问淮海在家吗。小雨说："你贵姓，有什么事，我可以转告吗？"对方好像说了个姓"丁"。

2

淮海认识丁米还得从去年夏天的一个傍晚说起，那个傍晚天空中下着小雨，淮海从厂里下班后没有回家。

厂里车间各自为政了。搞机修加工，办养鸡场，开旅馆，八仙过海各显其能。目标是糊自己的口。厂里不收分文还要尽职尽责为他们提供条件。厂长让出办公楼，一楼的人全挤到二楼去上班，一楼连房子带桌椅租给一家民营企业作办公室。

淮海站在自己办公室里瞪着出血似的眼睛，吼着那个提灰桶子来粉刷墙壁的工人。他的吼声震撼了二层楼房，震撼了办公室门口的那棵老槐树。

厂长听到震耳欲聋的吼声从二楼几乎是跑下来，跑到中间的一段梯子时身体一歪，幸亏他伸出双手扶住墙根才没有摔倒。厂长扒开了围在门口的众人，关了办公室的门，然后将吊扇拧到最大一挡，然后致哀一样的神情默默地看着淮海收拾抽屉里的东西。厂长的胡碴子硬硬生好久没有剃，看上去比淮海显得苍老多了。

淮海把抽屉里的书籍全部搂抱到墙角里，关了吊扇走向墙角拧燃了打火机。厂长一把抢过了淮海手中的打火机，说："淮兄，是我对不起你！"厂长努力地噙着泪，还是有一滴泪珠淌下来落在胡碴子上颤抖着。

这两个人，在工人们中间有着至高无上的威信。工人们要去堵路游街，几个号召力强的找到厂长办公室里来，对厂长说："我们一穷二白，闹不好了不起就是坐牢，坐牢有碗饭吃，就怕影响了你！"厂长无奈地挥手，心酸地说："为官一任，造福一方，大家相信我，可是我不能扭转局面，对不起大家……"淮海在场，他说："我们的目的是要解决问题……"言语不多，却具有深刻的影响力。那几个工人回到车间里去对大家说："这厂里要说谁最亏？淮工，他说厂长在想办法解决，就等等看吧。"谁都知道，淮海曾为200万付出了怎样的代价，他亲自动手清洗硅片，由于甲苯质量低劣，以至燃烧，他轻度烧伤，严重中毒，昏迷三天。

厂长流着泪对淮海说："我不该让出我们最后这一片阵地！"

淮海说："最近公安下文了，我们能安一个人的心，就避免一份聚众堵街的不良因素。办公室里的人是吃亏了，我们莫说没钱，就是有钱也要先发给退休工人！"

那个傍晚淮海站在路边见货车、轿车、出租车、摩托车一辆紧跟一辆从面前驶过。驾驶室里的雨刷不停跳荡着从淮海眼前晃过，他就在心里喊人们都在忙碌些什么呢？我的位置又在哪里呢？当初厂里的项目成功后，淮海做的第一件事就是与深圳高科达电子公司取得联系。一封封信件都被退回了。小雨不甘心，说老板换了公司还存在，拿出 4000 元钱让淮海去了一趟深圳。10 天后淮海垂头丧气回家了。事情果然被小雨言中，过了这村没有那店，小雨没有埋怨淮海，这么长时间以来，小雨从来也没有再提起过这件事。小雨是那么好的一个人，这使淮海内心所承受的压力很重。

他冒雨走到江边。天地颜色灰暗，长江水在涨潮，浑浊与腥臭的浪花扑怀而来；成熟了的玉米在水中摇晃碰撞发出哀哀的呼唤声。江中偶尔有船只驶过灯光将江岸扫射一遍很快就消逝了。淮海听见了一个女人嘤嘤地哭泣，看见了那哭泣着的女人朝江水中走去，她愈走愈深的时候无数次回眸朝江岸上望。江风撩起她长长的披发。淮海于黯然神伤的夜色中看见了一张鸭蛋形的脸蛋猜测是个年轻的女子……

"救我干什么呢？"丁米浑身透湿地蜷缩在床旯旮里。是呀，我救你干什么呢？谁拯救谁呢？淮海站在小屋子中央耸着肩，看着这个执拗着要死去的姑娘，没有悲天悯人的表情，倒像是欣赏一只被雨淋湿了的鸡。淮海说完这句话，就在姑娘的木箱里替她找了一件衣裳丢给她，然后退出房间关上了低矮的木门。

丁米是个相貌很平庸的姑娘。外乡人。以前她在一家发廊工作，淮海问过她为什么寻短见，她只是说活得烦死人。淮海跟小雨有过两次失败后，好久没有那个过了，他在以后的日子里来到丁米的小屋趴在丁米身上，才重新获得了健康男人的满足。于是丁米的小屋，夏夜朝着天空敞开的木窗，搂着丁米躺在篾席上，凝视长江上空的月亮，让月光如水一样流泻在小屋，流泻在粗糙凉爽的篾席上时，他那颗焦躁不安的心，才得到暂时的宁静。

淮海在街上买了个大西瓜抱到丁米的小屋里来了。"你吃你就杀吧。"丁米对西瓜不屑一顾的样子。

淮海就不杀瓜了。他觉得丁米的变化很大。丁米的身体比原来胖了，人也爱打扮了。用的是羽西系列化妆品，屋子里法国香水的味道替代了艾蒿的原植物味。丁米对淮海说你来之前打电话。丁米从前没有说过这样的话。

丁米说："淮海，你近日愁眉不展的，好像有什么心思？"

淮海说："我不能再这样下去，不然就要胸前挂纸牌在街上讨饭了。"

丁米的嘴角漾起了一丝不屑的波纹，"你在我这儿不是第一次说这样的话。"

淮海看出丁米在开始讨厌自己了，就想以后少来丁米这儿了。但是他还是对丁米说了想与人合伙做山杂生意的事。丁米一听这事很来兴趣，说不就是需要钱么，我来给你想办法借钱。淮海绝处逢生，"合伙人是我的好朋友，钱落实生意落实，赚了钱我俩二一添作五。"淮海这句话一出口，就给小雨租鲜花店的钱打了半折，但是淮海想人家好好的一个女子，我冬天提苹果梨子，夏天抱西瓜、香瓜的，也该给丁米结笔账了。

3

烧烤亭里需要帮手，小雨去找金铃，金铃满口答应了。金铃说最近市里在进行文明卫生城市大检查，地摊是没法摆了，她也不想摆地摊，等治好嗓子再去街头唱歌。

开亭的第四天狗儿才来了一会，恰巧狗儿来的那会儿，地税局的一个中年男人收税来了。狗儿的眼光落在来人身上的真维斯 T 恤衫上面，好像是要研究那布料的质感，一边先入为主地问真维斯，"嗨，要收多少？"真维斯在手中的小本本上写下一串阿拉伯字？"刷"地撕下一张递给狗儿。"你娘的杀我！"狗儿眼睛一瞪，嘴里在骂，手里在递烟。对方接过烟插在耳朵上。"国企收不到钱，不杀你们杀谁？"

"你娘的杀人要先让人吃口饭，把我们杀成了饿死鬼再杀谁去？市里可是有文件下岗职工一年内不收税。""文件是文件，文件上指的是三证，你有本事办来了三证，我们自然开绿灯。"狗儿索性将一包"中华"塞进了真维斯的口袋里。在完成这个动作的时候，狗儿贴近了他一步，"她是我表妹，两个星期后再来，我等你。"

小雨见状让金铃递菜，金铃立刻递上了鸡腿、鱿鱼、臭豆干……转身再去椅子请两位先生入座。清茶、豆奶、啤酒一一拿上桌。

狗儿见真维斯在注视着金铃，也不由认真地打量起金铃了，这女孩儿一双杏仁眼，胳膊藕节一样白嫩，脸蛋与小雨竟像是一对双胞胎。金铃很敏感，她抬头迎着狗儿莞尔一笑。

狗儿刚走金铃为土豆的事与邻亭发生争执。小雨想自己初上阵手艺上无法与人竞争，就在价格上动脑筋，土豆是进的一手货，一串就比人家便宜一角钱，刚便宜了一个土豆就受人限制了。

土豆风波平息后，来了个手执鹅毛扇的妇人，身着闪光旗袍，雍容华贵，手牵一男一女两个孩子。孩子争着抢着叫着在案板上挑选串串儿。妇人的眼睛朝着小雨这边斜视了一下，小雨迅速地低下了头，专心在自己的双手功夫上。

火热的七月天守着烧烤摊，那是啥活法？脚下暴蒸，胸前火燎，两鼻孔呼呼地直喷热浪。一条汗巾搭肩头湿淋淋。苦也好累也好，小雨怎么样都能够忍受下去，就是忍受不了看见熟人，过去牺牲一切的努力都是为了什么？不都是为了摆脱与动物没有多少区别的活法而寻求高尚一点的活法么！可是到头来井底打水一场空，在她本该是人生丰硕的秋季里，却像狗儿妈一样地去生活了，并且这种劳作无休无止，生活就始终见不到希望。烧烤亭开张四天了，每天早晨买菜、洗菜、切菜、串菜，午后上亭，卸车、架篷子、摆桌椅、升炉子……紧张得没有喘口气的功夫，屎尿都夹在裤裆里，这两天竟呕吐起来了，油烟子熏没了食欲，胃囊空空，吐出的是酸水、黄胆。如此这般，四天里有三天亏本一天保本。地税、国税、工商卫生都来过了。小雨粗略地算了个账，这一个月位租金加上各种缴费要除去两千多块，摊是没法摆了，烧烤如果做不下去再干什么呢？不想干是一回事，有没有干的还是另一回事呢！小雨一走神，滋…滋………滋"，白炭火里滴了油，股股浓烟直往脑门子上空蹿，豆大的汗珠甩落在胳膊腿上，烟呛了喉管，熏了眼睛不敢咳，手腕子钻心地疼，像被无数只蜂蜇了活儿不敢丢。

等在桌边的妇人却不耐烦开腔了，"怎么回事……?"皱眉头捏鼻子，"忽"地一声抖开了手中的鹅毛扇来遮挡烟雾。

金铃见势不妙赶紧依原数送给了小雨串串儿，收了炉上烧焦的串串儿，然后走到桌边去给妇人赔不是。

妇人举起重新烤好的猪肉串文雅秀气的样子送到嘴边只咬了一口，就连肉片带涎沫吐在了桌边，说是母猪肉。也不管两孩子吃得津津有味，牵着她们就走。走到小雨身边突然说："是你啊！"脸上挂着说不清道不白的笑容。金铃早已将一切看在眼里，她要替小雨挣面子，匆忙从菜案的抽屉里数了一把钱撵上妇人要退还。妇人说不用了，走出好远了还回眸瞥了小雨一眼。

幼儿园放假以后，小雨从来就把小妹带在身边。

小妹这孩子有两大特点，一是好动，二是好吃。前者小雨不敢把她一个人锁在家里，后者小雨原来是一味地满足。如今手头拮据，对小妹用钱也紧了，孩子们是越穷越嘴馋，烧烤这玩艺对孩子特有吸引力。

　　小妹呆在炉边看妈妈烧烤，滋滋地咂着嘴，妈妈一天给一串她吃，眼看着别人家的孩子一把一把地从妈妈手里拿去吃，岂有不馋的道理。那扇鹅毛扇的妇人刚走，在商场门口玩的小妹跑过来了，她扯着金阿姨的胳膊说要吃羊肉串，金铃说你爱吃什么自己捡去吧。

　　小妹哪里知道妈妈的心里正不好受。妈妈为收税的事，土豆的事，熟人的事，窝了一肚子的气。小妹手里的羊肉串还没递出去，小雨左右开弓"啪、啪"两巴掌。小雨打的哪是女儿哟，伸出的手腕没法缩回来了。刚才炉边的生铁烙红了她的手腕，她想着心思又要忙着活儿，人都变麻木了。小妹被妈妈脸上痛苦的表情吓哭了，她猛然尖声锐嗓地："妈妈，蜈蚣在咬你了!"金铃跑过来捉住小雨的手悲凄地说："你是怎么在烧，怎么在烧呢?"赶紧跑到斜对面一户人家去弄了一块肥皂来。金铃给小雨抹肥皂的时候，小妹才看明白了，妈妈的手腕是被炭火烙的印。小妹惴惴地站在妈妈跟前，长长的眼睫毛忽闪忽闪，泪水一个劲地朝下直淌："妈妈，我再不要吃串串儿了!……

4

　　湘鄂边界的山，海拔 1800 多米。汽车行驶了整整一个大白天的时间，王右成让司机把车停靠在高山脚下一个小镇宾馆的车库里，带着淮海和司机徒步上了山。

　　一路山在云中坐，云在山里走，风景美不胜收，淮海仿佛飘然成仙地来到那间半山腰的茅草房。房东大约 60 来岁，脸上皱纹如刀劈斧削，身板子却健壮，笑声朗朗地跟王右成谈今年梅雨季节香菇收成好，从大簸箕里捡出一个肥硬的香菇给王右成们看。那家媳妇用柴火烧出香喷喷的苞谷饭，白炭火锅腊蹄子，热情地陪王右成们喝自己酿造的苞谷酒。

那夜他们就在半山腰的茅草屋里歇下了，那屋子很怪异，里面是用结实的木板铺筑，房间也多，淮海三人各自独占一间。司机搁下酒杯粗心地洗了把脸钻到房里鼾声如雷了。看情形那媳妇夜晚是会钻到谁的房间里去的。饭桌上那媳妇不小心将酒液滴在淮海的胳膊上，飞红着脸用抹布去给淮海揩。王右成说淮海初来乍到就想占便宜。那媳妇迅速瞟了淮海一眼，一双丹凤眼竟是勾人魂魄。但淮海一夜无故事。

蜜蜂带给了淮海花的信息，淮海走出茅草屋，穿过斜斜下坡路的菜园，看见了溪沟边的山坡上一片土地红艳艳。那一定是一种美丽的花，淮海有心要去看一看，将来，他要把最美的花朵都采撷到小雨的鲜花店来。他脱了鞋提在手中，高高卷起裤脚管准备涉溪过河，身后那媳妇贼着追过来了，"你不是要看盆景么？"

我要先看看山那边的花。""那是霞光，山那边有什么花，你怕是在做梦吧？"那媳妇甜蜜地笑，拽了淮海的胳膊朝茅草屋去。

淮海走在菜园子的斜斜坡地上依恋地回眸眺望，蓦然看见了王右成和司机从花那边走来，他就不相信自己的眼睛了，他俩到底是从花里来霞光里来还是梦里来呢？

事后淮海问王右成山那边开的什么花，王右成猛然愣住，然后笑说："你怕是在做梦吧？"找个机会他又单独地问司机，司机也是如此说。大家都说是做梦，淮海就想我如今能有什么梦？这次出门另一世界的清新空气，淙淙流动的溪河水，习习山风都使他豁然开朗，促使他去完成一个实实在在的愿望。他只希望回去后尽快从丁米那儿借到 20000 块钱，在王右成手中能够尽快转过来，他上山是对 20000 块钱能否获得利润，这笔生意是否保险的一个考察。

那媳妇给淮海讲了关于铺地蜈蚣的一段传说。她指着她家对面高高山顶上的一个破庵说："原来庵里住着十个年轻的尼姑。有一年苞谷吐穗的季节，不知从哪儿铺天盖地飞来了蝗虫。它们猛然袭击地里的庄稼，树枝上的嫩叶，连村民屋顶上长出的野草都没有放过。仅仅几天时间，蝗虫在这片土地上吃饱了飞走了，留下了光秃秃的荒山枯萎的土地。村民们牵老携幼爬到山上去烧香磕头求尼姑。十个尼姑眼见村民们瘦骨伶仃的样子，想不出任何办法，于是她们同时站在庵门外悲声痛哭。她们哭了三天三夜后，脚下就生长出了这种青青小果子，转眼之间庵前庵后漫山遍野。村民们用小果子充饥度日得以生存。我们这一带都叫它'尼姑泪'，你看它圆圆的小小的。"那媳妇摘了一颗递给淮海送到嘴里。果然又酸又涩又甜。淮海问这果能结多长时间，那媳妇说一年四季，秋季开始转红，一直红到明年春季。淮海想这种极平凡的小果子，救苦救难又有很强的生命力，格外心爱就买了一钵。

其实那媳妇是有意把淮海引开的，王右成看过了"美丽的花"回到茅草屋就跟老农谈妥了一笔罂粟的生意。王右成对淮海说做香菇生意只是个幌子。上山容易下山难。老农卖给王右成的货，以及送给他们的土豆、山枣，都由另一个山民替他们扛下山了。唯有盆景不好带，淮海只好自己搂抱着下山。

起初司机帮忙抱了几步路，后来俩人都骂淮海迂腐，说他们下去找个人来出几块钱帮忙送。淮海路上歇了一会，始终不见有人来接应。他硬是一步一步将盆景搂抱着下了山。

淮海回家对小雨说了去乡下收购香菇的事，小雨见丈夫开始行动了，心里高兴也对淮海说了干烧烤的事，淮海反对小雨摆摊子，小雨真干起来了，他也无奈，只好说干就先干起来再说吧！他一高兴就把那铺地蜈蚣的盆景顶到了头上，问小雨像什么。小雨说倒是像凤冠。淮海说凤冠该由谁戴，就要朝小雨头上搁。小雨一把推开笑说："就你这德性，我这辈子还有凤冠戴？"淮海拉了小雨坐下，给小雨讲了尼姑泪的传说。"到时候鲜花店开张，弄一个漂亮的花架来，把它搁在上面，小雨你说美不美？"

"美、美、美那是明天的事，今天我要洗澡了！"小雨拉了拉自己短袖衫的袖口，"你闻我身上臭的！"

小姝已经睡着了，淮海趁着小雨洗澡的时候，拖地，抹凉席，把小雨用在门口的一双凉鞋摆回到鞋架子上……他今天凌晨就上车启程了，此刻并不疲倦。

小雨走进卧室，粉红色的三角裤，胸前的白纱乳罩薄如蝉羽。多难熬的日子，女人还是从前的女人，那腰、那臀、那腿……他的眼光如水倾泻在女人身上，他好久好久没有这样注视过自己的女人了。他一把夺了小雨准备朝身上套的睡衣，拉熄了灯，"天气热，别穿了！""你今天怎么啦，发神经病了？"小雨已习惯了互相冷漠，对淮海的异常举止反而别扭。

我们应该过一种正常生活了，刚才干着琐碎事儿的时候，他想我这是在备战，倒霉，怎么想到这个词儿呢？一想到这个词儿他就紧张流虚汗了。小雨浑身上下水灵灵，散发的女人味儿又激发了他，让他亢奋了。他尽量保持着这种情绪问："烧烤亭办在什么地方？"

"解放路。"

"生意怎么样？"

"还可以。"

"明天我去给你打下手。"

小雨"嗯、嗯"地应答着扯亮了灯，将一个小小黑袋子的钱抖落在凉席上，盘腿而坐，赤裸着上身，一张一张地捡起它们，一块、五角、二角地数来。淮海猛然抓住小雨那不停颤动的乳房，小雨用胳膊肘拐了拐他的胸，淮海的手指移向乳头，小雨也没有一点感觉。

那些皱巴巴的钱勾了小雨的魂儿，她的眼光贪婪而呆滞。

如今一分钱都来之不易。文明卫生城市大检查的工作刚刚结束，对面的人行道上就像天上丢下降落伞一样迅速，忽啦啦地摆了一溜子烧烤摊。一碗饭百人千人地抢着吃，一人仅仅扒几颗米粒塞牙缝，待到夜深街上行人稀少，肚腹干瘪地守在摊边，那真是望眼欲穿啊！淮海好心酸地吞了一口涎水，没滋没味地垂下了胳膊。艰辛的生活将会把一个如花似玉的女人改变成一个庸庸碌碌的老太婆，想象起来就可怕。待小雨的鼻息声在身边轻轻地响起，他翻身下床拖着鞋去打开了冰箱，只见鸡腿、鱼、猪牛羊肉、各类蔬菜塞满了冰箱。

5

金铃说："小雨姐，徐老板要我们今天中午到老屋去，他要教你手艺。"

狗儿最近有话拐个弯让金铃传。小雨就奇怪了，"徐老板什么时候对你讲的？"

小雨探究的眼光落在了金铃新买的时装鞋上，今年流行的品牌雪菲儿，尖尖的鞋头，两根细径在脚背上交叉，极雅致让金铃添几分淑女韵味。码头上这个略带学生气的女子，在悄悄地变化着。狗儿隔三差五到烧烤亭里来一会，一阵闲嗑牙然后说哪里的保龄球馆爽得很，问小雨金铃去不去玩。金铃就乐得蹦，第二天就跟狗儿去保龄球馆了。

烧烤亭离老屋近，亭里的遮阳篷、菜柜子什么的物件每天收工后都用一辆板车拖回老屋，存放在狗儿的库房里。起初小雨金铃一起干，亭里又来了个打小工的男儿后，金铃就主动揽了这活儿和那个男儿一起干，说她顺路。小雨就不知有多感激金铃了。小雨苦也好累也好都不怕，就怕拖着板板车进出老屋。可是没几日功夫，小雨就从金铃见到狗儿时那精神气儿，那眼神儿里看出，金铃是醉翁之意不在酒。

狗儿在老屋厨房里向小雨授艺。红彤彤的白炭火，不锈钢的调料套装瓶，荤菜素菜整整齐齐摆在雪白的瓷盘里，厨子端上来。狗儿头上还戴了个西瓜皮的新疆帽，油耍滑稻。小雨金铃抿嘴而笑，待狗儿把烤好的美味佳肴递给她俩品尝后，她俩哑然了。狗儿说："不要你们评价味道，说说我操作与你们操作比较而言的特点。"俩女子相视吐舌头。金铃点着不锈钢的调料瓶抢着说："你用了8种调料，我们只用了4种。"捡起一根不锈钢棍，"烤肉串你一次拿17根，我们拿18根。"小雨却问那4种是什么料。狗儿一一介绍，"茴香、丁香、青果、银豆。"

见狗儿眼光投向自己，小雨补充其特点："我的炉火是整个儿燃烧，你的炉火是局部燃烧；我的炉火是夏天的太阳，你的炉火是秋天的太阳。"狗儿额首而笑了。递一把生牛肉串给小雨，"你试试看。"小雨就学着狗儿的手势去操作。狗儿紧贴着小雨的背去拿正她的手势，冲着她的耳根子说："小雨你说错了，我的炉火是整个儿的燃烧，你的炉火是局部燃烧；我的炉火是夏天的太阳，你的炉火是秋天的太阳。"小雨微微侧了侧身子，并不敢看狗儿一眼，"徐老板你又钻空子了，我是说正经话。"狗儿说："我也是说的正经话。"

金铃在旁酸溜溜，一跺脚，"烧焦了！"一缕黑烟像一条蛇弯弯曲曲地蹿在炉火的上空。

"我们自食其果，两位小姐喝什么酒？"小雨说客随主便。"狗儿见小雨一步步在向自己靠近，心里高兴，喝着酒就说："我闯荡外省最后是身无分文地流浪街头寻找工作。晚上走十几里路，到一片甘蔗林里去拔甘蔗充饥。没力气走出甘蔗林了，就睡在林子里，有一天被主人发现了，三个壮汉将我一顿毒打后，五花大绑丢在林子里……

"我真正起步是逃出甘蔗林以后，从那时到现在整整十五年，这十五年是社会从计划经济走向市场经济的过渡阶段。说实话，我们是钻了政策的空子。像我们抓住过的机遇不会再出现了，且如今小摊小贩遍地开花，我们曾经很艰难，而你们从现在开始起步，其艰难就不可想象了。"

小雨给狗儿斟酒。金铃看出狗儿喜欢吃牛肚，从盘子里捡了一串牛肚递给他。

"小雨，我是过来人，不容易，你以后会慢慢明白我的话。"

狗儿不再提要小雨来旅馆的事，但语言里无不流露出某种暗示。小雨怀着感激心情想：原来对狗儿的认识是带着世俗的傲慢与偏见，能在恶劣环境中站起来，就证明了他人格的力量，刚毅的个性。狗儿劝酒，她就彻底地放开了。这两年来，她和淮海互相以假笑的脸掩饰内心的不安与焦虑，有几次她想哭就朝街上跑。可是大街毕竟是大街，找个僻静之处嚎啕几声，有人走近，急急离开。今日喝就喝吧，喝它个肝肠欲断，喝它个痛哭流涕，喝它个瓦醉屋塌，喝它个长江倒流。然后再上路，前面的道路是荆棘丛生是悬崖峭壁都要硬着头皮咬紧牙关朝前走。俩人喝着酒叙起了老屋里的旧事。一旁被冷落了的金铃眼睛下意识地朝着办公室里边的小房瞄。房门半开，可见荷花缎面床罩垂地的豪华，还有墨绿色的落地窗帘，透出隐秘的森林一样的暗示。金铃也听说过狗儿在老屋里的一些风流韵事，看情形是非把小雨弄上床才心甘的。人家要过河，你不摆渡，人家就不知有多讨厌你了，金铃是何等乖巧的人，她暗暗下了自己 BB 机的电池重新装上，BB 机响了，她就借口溜掉了。

狗儿酒醉耳热，心潮澎湃，从自己抽屉里抱出了本影集给小雨看，小雨一页页地翻看，都是狗儿发迹以后的辉煌彩照，只有两张黑白照。一张竟是读小学六年级时的小雨，穿件宽背带的连衣裙，坐在把桐油椅上，景深是老屋天井里的桂花树。小雨对狗儿指着这张照片，"这……"狗儿温和地微笑："你送给我的！"小雨迅速地、努力地搜索记忆，哪有这回事呢？但是小雨想这已经是很遥远的过去了，便宽容地笑，平静地翻过了这一页。

另一张黑白照是：狗儿骑着马，淮海站在马下，马鼻子底下绳子的一头好像是牵在淮海手中。小雨眼尖看出破绽，用手指轻轻去触摸，就感觉了其间条凸出的细线，是两张照片的组合。这个判断让小雨震撼了，狗儿用心何其良苦也！他在老屋里疯狂地占有女人，是为了补偿过去么？这个念头一闪，小雨赶紧合上影集，让心镇静，对狗儿含蓄地笑。再次举杯："徐老板，这一杯我们为淮海喝！我们现在的情况是差一点，但是淮海是活出了境界的人。"

狗儿原本是炫耀自己的光辉历程，没想到里面有两张黑白照片。第一张照片总算轻松自如地应付过去了。第二张照片是居民委员会召开的爱国卫生运动表彰会上的集体留影。淮海和狗儿一道，在老屋的院子里设计生产出了一种捕鼠器具，交给居委会，人们使用起来百发百中，两人都被评为捕鼠能手，狗儿得到了一张照片，将淮海剪下来，巧妙地粘合在自己另一张照片的马蹄下。当年他这样做是情伤后的冲动，淮海去读大学期间，他寻找机会接近小雨。老屋里的青年男女们，夏日常常三五相邀去长江看黄黄的江水，映照着长长的江堤。小雨修长的双腿被霞光映得透红。美丽的女孩，让健壮男孩的心燃烧了，狗儿爬上岸，蹲在小雨身边，充满渴望地说："人说运河水清且甜，我俩明天去运河游泳。"小雨答应了。第二天小雨约了三个女孩等在巷子里。不久淮海放暑假回家。狗儿眼睁睁地见淮海带着小雨在运河游泳。

从此绝望的狗儿狠狠地创作了这样一张照片。狗儿看见了自己卑鄙的杰作，找个借口从小雨手中抢过来已经来不及。他注意观察小雨的神情，见小雨不动声色地合上了影集，他反而尴尬了。小雨说为淮海喝酒，他拉长着脸干干地冷笑了一声，慨然举杯一饮而尽。

那个耳垂肥厚的倪小姐说客房部有急事把狗儿叫下了楼。小雨从椅子上站起来，身体轻飘地走了两步，脑袋嗡嗡作响，像要炸了似的。瞅见门口有人走过，叫进来请他帮忙去厨房弄点醋。喝了半杯醋，小雨拉开了窗边的落地窗帘，索性关了空调开了窗，让风轻轻地吹拂自己。

回忆自己脚下，原来是后院的一块平台，狗儿买下这房子后，打通了城建监察的关系，以隔热遮阳为理由在平台上修建了一层办公室。小雨与淮海热恋中的一个春天，他们清晨出门去踏青，游玩了郊区，美丽的风景区三游洞，从三游洞走回老屋时，已是子夜时分。前门后院都已关闭了。他俩就绕了个大圈子转到这户人家的后墙，从靠墙的木梯爬上平台。那夜悬挂在远天的月亮好圆好圆。平台上晾晒的衣裳蜿蜒起伏像是山的屏障。老屋墙顶瓦缝间的野草小树在月辉中，在轻风中静静地摇曳，初鸣的知了声音微弱，断断续续从那边传过来。

"那野草小树，有多少年了？"

"一百年吧！"

"十年以后它是什么样子？"

"还会是这样。"

"十年以后我们的生活是什么样子？"

淮海的双臂厚实，宽阔，小雨感到了爱情的窒息。"小雨，十年以后我们有了自己的家，有了孩子，最好是女孩。""你喜欢女孩？""不，因为女孩才会和你一样漂亮。我会让你和我们的漂亮女儿都生活很好！"

同样一个月亮好圆好圆的夜晚，淮海终于从工厂单身宿舍里回家了。那时候单位还没有分房，他们新婚的家安在老屋。淮海一路疯狂地跑回了家。"成功了。CRV！我们成功了CRV！"天在旋，地在转，淮海真是疯了！"别旋了，别转了！让我给你穿上袜。"小雨将淮海随意一推，自己倒被一种吃惊弹出了一段距离。瘫倒在床上的淮海身体竟像棉絮一样轻。不到半年的时间，他消瘦得不成个样子了。小雨脱掉了淮海脚上两只不同的皮鞋，抱着他那双赤棵的冰凉的脚，用心窝焐热了它们，给它们穿上了袜。这是天寒地冻的季节。

小雨要给狗儿留言，称谓让他犯难了，狗儿是过去时代的贬意，徐老板是今天人们的尊称。既然狗儿从小至今对自己有一份情意，写名字是最合适了。可是小雨和人们一样并不知道他的名字，就在书桌上的玻璃板下，抽屉里寻找，最后在一份合同书上找出了"徐禾"两个字。

徐禾：

我马上要上亭了，不能久等，请谅解。在我最困难的时候，你帮助了我，我和淮海都会永远记住你。

再会！

6

小雨从狗儿那里学了点手艺，自己边干边总结，手里的活儿就越做越娴熟了，生意也渐渐好起来。亭子边就坐立了一个大灯箱叫"铺地蜈蚣"，这怪异的名字投合人们的心理，要知道梨子的滋味，就先尝尝梨子，有些人是迎着灯箱坐下来研究铺地蜈蚣的。淮海身上有着知识分子明显的优点，办事严谨认真一旦确定目标，心情豁然开朗，以锲而不舍的精神去投入。他每天照常上班，晚上守着小雨一起干到午夜时分，回来数钱心里有了一份踏实，有钱的日子和没钱的日子可大不一样，淮海就对小雨喊加油了，淮海摇旗呐喊别具一格——总结烧烤文化。

淮海嘴里在给小雨鼓劲，手里在干着烧烤的活儿，脚在朝另一边蹬，他从丁米手上借到20000块钱交给了王右成。王右成说最近刚出棚的香菇湿，等再晒两个星期了去拖货。于是他暗暗考察了好几个鲜花店，他曾问小雨，剑兰、玫瑰、康乃馨、菊花、风铃哪一种花寿命最长，小雨一时答不上来，他告诉小雨菊花寿命最长。并且将每一种花期有多长——具体道来。

这期间也发生了两件不愉快的事情，有一天小雨的父亲来到烧烤亭，默默帮忙串着菜，小雨要父亲回去，埋怨说他咳嗽厉害，亭里烟熏火燎，受了热湿了被呛了喉管谁来照护你呢？但是终究拗不过父亲，只好辞了那个小男孩，由父亲顶他的角。父亲也是怪，在烧烤亭里居然不咳嗽了。另一件事是父亲和淮海都坚决反对把东西存放在老屋里。小雨说："老屋里怕丢人现眼，厂里就不怕丢人现眼？淮海说："厂里大家都是一个样，你不拖我拖，多远的路我也拖。"可是淮海在工厂附近找不到窝子，工厂里每一寸能利用的土地都已被人利用了。

老屋里的巷壁被拆除，狗儿将前院里的几户人家，包括小雨的父亲在内，朝后院转移。大肆整修临街的房子，给旅馆建设一个富丽堂皇的大厅。金铃穿一套洗水布的休闲衫，青春焕发，正放开她唱歌的嗓子在指挥着三五个民工们清除着地上堆积的残渣。在坍塌的瓦砾前，小雨与金铃默默相视。金铃跟了狗儿，小雨一点也不奇怪，金铃先启唇，"小雨姐，像你那样生活太苦太漫长！"小雨咬了咬嘴唇："你能替别人拉车，也许你的选择是对的。"

金铃找小雨要回了库房的钥匙。

金铃离开烧烤亭以后，小雨请来了一个名叫秀儿的农村女孩，名字水灵，人却长得粗蛮，干事笨手笨脚。父亲咳嗽严重回了家，亭里最需要人的时候，淮海三天打鱼两天晒网，总像丢了魂的样子，这一切都让小雨劳累且不安，预感有不样之兆笼罩在自己头上。

厂长给淮海送工资来家里，手里提着一袋子卷筒卫生纸，小雨感到意外，见到劳保用品心里一热眼睛就湿润了，"淮海自己带回来就行了，麻烦您送来！"

厂长问："淮海几天没上班，是不是生病了？"

小雨一愣，手里装满花生的筲箕差点摔到地上。厂长没察觉小雨的神色，赶忙帮小雨端筲箕朝晒台上去。

小雨说："厂长您别弄脏了手，都有霉，您来坐一坐就是对我们的最大宽慰了。我的工厂倒闭以后，连个鬼影子都没有登门的，下岗了连选民权都没有了，真是透心的凉啊！"

厂长说："工厂搞不好，我就躲着大家，有点钱发给职工了才有脸面走出来，小雨，我把淮海朝外推荐，你有没有意见？"

"有这样的机会么？"小雨认真问。

"机会是有的，就是要寻找。前几年淮海放弃那个机会，多半是因为我重新当厂长，淮海是个很重交情的人。"

小雨说："都过去的事了，还提它干什么。"

厂长说："过去，过去我们都太老实了，当年我和淮海拼着性命干，工厂产值利税都打了大翻身仗，可是我给职工们的现成利益只是每个人订做了一套西装，有人建议扯毛料我都没有批，结果扯的化纤布，看见工人们这些年来仍然穿着这套西装，我心里也难受。那两年刚刚实行奖金制，我胆子小不敢发，一年创利税200万的项目，我才发给淮海120块的奖金，他将100块充了科研费，自己只要了20块，我也是胡子拉碴的人了，心里老想着的就是对淮海很内疚，现在厂里搞副业赚了点小钱，我打算星期五和淮海到上海浦东去，淮海的情况我已经给那边一个有点规模的公司老板谈过了，这次去见个面。"

小雨的嗓子发涩，声音嘶哑，"只要淮海能回到专业岗位上去就好，人都是一个精神在支撑着，您别看淮海表面上蛮好，对别人也会讲道理，什么转型阶段经济发展的规律，什么事物总是发展的，否极泰来喽，一套套的，其实他内心比谁都难受，厂长我说个家常话您别见笑，我买菜多提一个塑料袋，他说你就不能少提一个吗，地面铺满化合物，就是地球的末日了，他生就了是国家的人啊！"

厂长感动地说："国家的人，你这句话说得好，十年树木百年树人，这一代知识分子真难！"厂长见小雨的情形心里难受连连朝门边退去，"那边就看淮海的机遇了。"

这天小雨破例没有去摆摊，淮海有了一线希望她高兴，兴奋，但是又忧郁焦急，淮海会不会出事？她突然想起有一天电视上报道荆江两岸抗洪抢险，淮海说，谁要组织敢死队，我第一个报名，只要我光荣牺牲后民政局发给20000块抚恤费，这决非正常的淮海所言。现在小雨想自己是否忽略的太多了，她每天收亭以后回到家就是凌晨，仔细算当日收入，拼命地洗澡，然后如山一样地倒在床上就打鼾，如山如雷都是淮海形容的，要用录音机证实自己是否真打鼾，是打鼾就要去问医生，还有商场门口这几天卖处理品，福建产的三角裤，网状花形，价格贵也要买下它……今后早点收摊，赚钱慢慢来，关键是穷也要穷出生活的质量来。

小雨从学校接回小姝后，就做了四菜一汤，其中有淮海最喜欢吃的皮蛋拌豆腐，母女俩等待在桌边，小姝睡了，她仍然伫立在晒台上等待，拉开铝合金的窗门，中秋的夜风携裹着寒气扑怀而来，隐隐约约，哪户人家还在播放京剧《红灯记》里的选段，她好久好久没有注意过街上飘过什么歌曲了，在这个安静的夜晚，她听见歌声回忆起生活在集体中的日子，她为自己还有心情去听一段京剧而蓦然心跳，她就这样想着等着，等到月亮被乌云吞没，夜空中始终没有出现一颗星星，明天又会有雨，她想。

7

淮海到第二天中午才回家。是在外面遭人毒打了被人送回家的。

原来丁米帮忙给淮海借的 20000 块钱已经超期两个月。淮海这段时间一直在躲债。在寻找王右成。从山里回来不久王右成就到珠海去了，一晃近三个月时间，王右成消失得无影无踪，淮海找到他家里，他老婆说他去了东北。如今人心叵测，20000 块钱不翼而飞，事情恐怕闹糟了。债主在外面将淮海打伤了，让人送回家并且带信给小雨，十天以内还钱，否则后果自负。

……

祸不单行福无双降，淮海挨打没两天，小雨回家又不见了他的人影子，正纳闷间，接到公安局打来的电话，对方语言客气地请小雨去一下。"发生了什么事?"小雨一下子想到了淮海，着急地问。

"你来了就知道了。"对方说。

"能告诉我一句话吗?"

"你的丈夫涉嫌一起贩卖罂粟案，现已被传讯。"

小雨搁下电话，饥肠辘辘，头晕目眩，口干舌燥，只想喝口水。小雨在这一天，为借钱跑了很多路，碰了很多钉子以后，不知不觉又走到老屋去了。老屋大厅里摆放了两排花篮，写满祝辞的红绸像是人们夹道欢迎挥动的旗帜。她穿过花篮走向吧台小姐。小姐用陌生的眼光打量她，然后拨通了狗儿的电话，回头问： "请问大姐贵姓?"

小雨在吧台边等待，眼睛投向老屋高筑的新墙，那曾经悄悄伴着他们成长，给他们青春注入勃勃向上的力量，带给她朦胧神秘，温馨爱情色彩的野草小树，随着老墙的轰然坍塌永远消逝了。过去她牵着小妹经过老屋时总要对小妹说："记住，你的爸爸妈妈都是在这儿长大的！"现在这里的辉煌灯火照亮老街，小妹就会对妈妈说"不"了。

　　小雨身体摇摇晃晃朝茶几边走去，忽然双腿一软，就瘫坐在地上了。铺地蜈蚣静静地坐在三只脚的红漆矮花架上，小雨摘了两颗红色小果子送进嘴里，然后闭上了眼睛，她想休息一会了。

发表于原《当代作家》1999 年 5 期

短篇小说

HONGRONGHUA

洗净仙客来

尤姨希望儿子早结婚，早生孩子，了却她的心愿，儿子自己对此毫不关心。尤姨的过度关心却闹出了很多误会，也惹了不少的麻烦。两代人，两种想法，他们该如何相互沟通，相互理解？

尤姨站在三十二层楼房的窗口边，数着对面高楼里亮起的灯，一盏、二盏……七盏、八盏……她数一会儿，又朝下望望，数不清那灯，也望不清楼下的人影了，才回到客厅里，拿起遥控器胡乱地指挥电视屏幕，耳朵却长在了心尖上。儿子下班时间没规律，有时晚上八、九点，有时半夜才回家。来北京两个多月了，等待着儿子在电话里告诉她，"妈，我已经骑自行车在路上了。"每天这个时刻，成了她生活中最重要的部分。

尤姨的儿子叫仲波，在外企工作，是登电梯40层写字楼；坐飞机去见外地客户，住五星级宾馆；使用液晶显示屏的电脑笔记本，旅行腕戴瑞士导航专用表，口腔保健用冰冰蓝漱口液的白骨精。儿子在美国硕士毕业后，待了几年才海归，来北京刚工作不久，也就是说，母子俩已经分别了好些年。

尤姨这次来北京，差不多是从桃溪镇逃出来的。

有一条长河绕着桃溪镇流去，要是在春季，河岸边盛开树树桃花，河水里游动着一群群形状与颜色都似桃花的小鱼儿，有诗吟："花开溪鱼生，鱼戏花影乱。"故名桃溪镇。不论是花开，还是花谢时节，镇子里的几条小街上都弥散着腥甜的河水味道。镇子里的姑嫂们爱闻那种味道，更喜爱绿盎盎清澈澈的河水，至今都是把衣裳床单拿到河里去清洗。尤姨出门的那天早晨，太阳老早就照亮了河水。又是个星期天，在县里工作的雪柳，还有另外几个女孩都回了家，桃溪河可热闹了。尤姨从桥上走过，河里洗衣裳的姑嫂们站在被水冲湿的石头间目送她，手里拎着衣裳或者是棒槌。有人喊起了雪柳，雪柳就赶过来送尤姨一程。

仲波和雪柳是两小无猜的伙伴，仲波在县城读高三时，雪柳读高一，一个英姿勃发，一个妙龄如花，两人半个月回一次家，手牵手同去同归。雪柳还偷偷给仲波洗过几次被单。桃溪镇的姑嫂们爱看新媳妇洗出的被单，她们围拢在河滩上，议论刚刚晾晒的湿被单洗得亮不亮。由此猜测新媳妇是否勤劳、贤慧、爱干净。如此，哪个女孩没过门敢给男生洗被单呢？那几次，尤姨都把雪柳的动作看在眼里，每次她都相跟着雪柳下河，待她刚洗好，就抢过她手中的盆，自己端到河滩上去晾晒，怕被人说闲话。她把盆抱在怀里后，总要拿过雪柳的手瞅瞅，雪柳就红着个脸儿，细细地，娇娇地喘着气儿让她瞅。她的疼爱呀浮出水面，索性把盆搁地下，让雪柳的手板心贴着自己的手板心，边用腾出的那只手摩挲着雪柳的手背，边与雪柳说几句话，她未来的儿媳妇定格了就是这样的手，被冰凉的河水浸得红润润让人疼，胳膊藕节一样白嫩嫩逗人爱。

事情并没有朝着尤姨的憧憬发展，仲波大学毕业就去了美国。雪柳大学毕业回到县城教书，四年以前结了婚，婆家就在尤姨的隔壁，中间只隔了五户人家。雪柳的丈夫是县城机关里的公务员。雪柳去年生下个儿子，下地才三斤半，四个月断奶丢在婆家养，不出一年时间，长成个白白胖胖的小子，都说桃溪镇的水养人。尤姨只要一抱那孩子，就会胡思乱想，要是儿子不出国，这小子怕是自己的血脉！

雪柳上桥赶上了尤姨，两人刚靠拢，桥下就传来姑嫂们的喊声，"尤姨加油，尤姨加油，弄不好不回头！"

另一拨人却喊："尤姨加油，尤姨快回头！"

尤姨不敢回答桥下的姑嫂们，加快了自己的脚步。

很多时候，尤姨并不知道自己在窗口等待的是什么，她要服从儿子的安排。刚到北京，仲波就告诉她，他已经提前定好了董氏烤鸭。吃过烤鸭的第二天，仲波打电话回家说："今天去听音乐会，是年轻的钢琴家李云迪呢，妈你不用做晚饭了，七点钟我们在国贸见面。"双休日，只要仲波手头上没要紧的事，总会安排去玩一个景区，故宫、天坛、长城、香山。尤姨看出，儿子是要让妈好好享受北京的文化生活。不论听音乐看电影还是游玩，仲波都会表现出极大的兴趣，有心给妈妈做好导游，比方说在剧场里，他专心致志地听李云迪的钢琴演奏，一句话都不说，一出剧场，他就滔滔不绝地讲与李云迪相关的事物，古典音乐啦，唱片《肖邦/李斯特第一号钢琴协奏曲》啦……其实好多东西尤姨都听不懂，就算听得懂，她心里也装不进去，她总想见缝插针提及那事儿，她是个不爱出远门的人，不为那事儿，她不会来北京，她不来北京，仲波怎么说也得回一趟家，她倒更希望儿子回趟家。

逛香山植物园那天，两人欣赏了枫叶、菊花后，走出植物园的路边有一片草地，草地间有一棵粗壮的银杏树。仲波走到树下就放倒了自己的身体。那会儿秋阳落在地下，仲波熟睡在阳光中。尤姨用手摸了莫草地，有点儿湿，便放倒自己的身体替儿子感觉那湿的程度。

仲波和一个女孩合租套房，两室一厅连厨卫。女孩有一长串英文名，仲波叫她很顺口，尤姨却嫌别扭，只认第一个字母叫她柯。

柯最近出门了，仲波就睡在柯的房里，把自己的房让妈妈一个人住。尤姨晚上总要陪着仲波，哪怕仲波始终敲他的电脑，不与她说一句话，她也要陪，陪至 12 点，上下眼皮子打架了，她才去睡自己的觉。唉，昨晚不知仲波几点钟睡的觉！怕他受湿感冒了，想喊醒吧，又想让他补补不足的睡眠，尤姨就自言自语地说："雪柳的胖小子那腿腿可结实，才十个月就会扶着东西走路，现在一岁多了，会连走带跑了……"

仲波陡然从草地上坐起来，"妈你嘴里咕叽些什么？我难得安静地养会儿神，接触一下地气，都被你打乱了？"

尤姨来北京后有诸多不习惯，先是水土不服，双眼肿成对灯泡，吸尽两盒霍香正气，肿是消了，脸却皱成了霜打的叶，三天喝掉一桶纯净水，解决不了皮肤的干燥；饮食不习惯，仲波住在朝阳名居，出院门穿过街就是世界风味小吃一条街，仲波带着她挨家挨店品尝，什么日本寿司，全套精致的餐具七、八个，端上桌只有那么四团小小的米饭卷儿，上盖一片薄得透明的鱼，做儿戏，哪叫填肚子，什么印度荷包鱼翅，淡而无味，吃不出比碱水面条更好的味道。问询仲波平时从不光顾这条街，品的是份孝顺心肠，生活不习惯也就罢了。最受不了仲波的烦躁，那天仲波拿着手机从客厅转到卧室，带上门躲进房里去与人通话。尤姨听得电话里是个女的声音，猜测着是柯，明知道不能窥视人家隐私，可她是当妈的，妈太想了解儿子的那事儿，过去爱跟儿子提起的"婆媳妇"三个字，早已不堪出口，被难捱的时间磨成了"那事儿"。想想当年的仲波和雪柳那才多大点年纪，他们就带给她做准婆婆的喜悦、渴盼与憧憬。如今仲波过三五奔四十岁了，用桃溪镇损人的话说，仍然是——老光棍一条！仲波的身体发生了多大变化？他与这个世界的联系发生了多大的变化？想法又发生了什么变化？

尤姨在门口听得太专注，不曾想仲波突然推开门，对她大声嚷：

"你干什么啦，你？"那下子她被儿子弄得好不狼狈，闪身躲进厨房，想着儿子脸上的气色是烦躁，他不是第一次烦躁！就恨不得冲出厨房跟儿子跳脚。可毕竟是她背了理，罢了罢了，让锅铲与锅底儿打打架发泄了一通幽怨。

仲波又烦躁了，是在大庭广众之下，是她这个当妈的没做错事的情况下，她就坚决要跟仲波跳脚了，她把憋了好久的话暴发出来，"你知不知道这草地是湿的，凉了背感冒了谁给你做碗姜汤？知不知道我每天守窗口等待你回家的滋味，可你匆匆吃完饭就敲电脑，椅子坐出坑也不和妈说句话？知不知道你妈已过六十滚下坡的人了，将来一张皱巴巴的老脸会把那个……那个……"时间真厉害，把她曾经梦中真真切切的孙儿也变成虚幻的"那个"了，她的嘴唇直哆嗦，"会把……那个……吓得哭！"

尤姨冲出草地，自个儿埋着头乱撞而去。

仲波在后面喊着："妈，妈，你慢一点！"

仲波赶上了妈，扯住妈妈的衣袖，"妈你听我说……"

按说仲波是学理科的，专业又是美国本土需要的人才，如果按照学校里培养方向，硕博连读，毕业后由青睐他的导师推荐，现在应该是坐在美国某个州某所研究所里，混得好已经有自己的研究项目、研究经费，领导一批研究生了！偏是仲波去美国没多久老爸命赴黄泉，仲波回国奔丧后难于从悲痛中拔出，便向雪柳发起了激情相思的进攻信号，一封又一封电子邮件，希望雪柳能去美国陪读，并说只要她同意，他马上回国与她办结婚。雪柳也想仲波，也想去美国，无奈她是妈妈的贴身夹袄儿，唯恐身患疾病的妈妈一旦闭眼不能及时回家。仲波知道她这不是唯一理由，她还害怕英语不行适应不了美国，撵仲波撵得吃亏，撵不上将来还有被甩掉的危险。小镇女孩的好强与自卑害得仲波好受苦，109封电邮全军覆没，从此仲波以看碟打发异国漫长的夜晚。他交了个中国碟友，那女孩每半年回一次国都要买大堆光碟，分别装在几个箱子里以防海关检查。女孩的屁股浑圆，乳房奇大，他曾拍着她的屁股问："你弄掉了几个？"女孩脸不红心不跳地笑答："三个，可惜的是老三，小腿腿都知道踹我了！"他和女孩夜夜关在屋里昏天黑地看碟，直到他硕士毕业，何去何从？待在美国是寂寞，可是谁不被美国天空大地的巨大磁力吸引？那真是蓝蓝的天上白云飘，绿绿的地下马儿跑啊！恰逢震惊世界的911事件发生，有一幅漫画上，用标杆显示国际原油的暴涨与博士生找工作之下跌，好歹先混着吧，开车替餐馆送外卖，闯了几次红灯，惹下一次麻烦后，"啪"地熄火，在一个小公司里平庸地混了两年。

仲波回国之初是落上海，他把自己应聘工作的材料一份份寄出去，五个月过去仍然高不成低不就。到后来用光了人民币，舍不得花中国银行账上的美元，想留着那点钱今后从网上购买外货，打电话找在北京工作的两个大学同学借钱。一个同学说，他买了房子正装潢，自己也找人借了钱，另一个同学刚结婚，说老婆掌管经济大权。为解燃煤之急，他走进了仅有五六个职工的小公司。在小公司混着的一年多时间，他严重脱发，变成个光秃秃的脑袋。于是使用世界一流的生发药水，用这种药水不能戴帽子或者假发，之后屡次面试不中，老板都以缺乏相关工作经验而推掉他。在两同学的建议下，他去了北京。两同学以挽回不借钱给他的面子，请他的客，帮助他解决住食问题。宴席间他才知道，他俩各自都已经成家立业，有房有车。两同学调侃他的脑袋，"今后同在一个城市的屋檐下，好借光，好借光。"他说："哥们儿别哈气，还剩丁点儿底气，给我哈跑了！"想想他曾走过钢丝，有多险，要不是第三次面试遇上普林斯顿大学的校友，校友很赏识他的才干，很难说能否进这个令自己满意的公司。校友对他交底说，他们在五百个应聘者中挑选了十个人接受面试，现在淘汰得只剩四个，这四个人其中有二个博士，二个海归，强弱难决，就看美国老板眼底里谁更顺眼了。校友跟他讨论了一个无关紧要的问题，"美国男人的不修边幅与爱整洁的矛盾。"事后他反复琢磨，校友是在提醒自己，身上的这套洋黄色西服，还是出国时妈妈带着他去市里买的，小家子气十足且起了皱褶，提不起人的精神气儿。不得已取尽美元，为准备一周后的第四次面试，专门定做了一套藏青色西服。之后穿上新西服镜前一照方才恍悟，原以为秃脑袋没少让老板皱眉头，这身行头应付连坐责任。

仲波给妈安排文化生活，花二千块钱买羊皮春装，不让她做饭，带她去世界风味小吃一条街品尝各类中西餐，是向妈妈展示他虚伪的成功，实际上他内心里即坚强又脆弱，坚强是指工作上奋起直追，脆弱恰恰是妈心里装的那事儿，现在他没有精力和时间去考虑，想考虑也得水到渠成，水不指望大波大浪，至少要有点儿激情，吐几个泡泡吧。

真要对妈说话了，仲波只会嘿嘿地笑。

尤姨就急，"你说，你说。"

仲波就说："唉，我到如今还陷在奔奔族！"

尤姨说："别跟妈说洋话，妈不懂。"

仲波说："妈你别急，孙儿迟早是要抱的。"

尤姨说："这就是你要说的吗？"

仲波说："有些事我真的不知怎么说，你过了中秋再走，慢慢地看吧！"

尤姨说："看，我能看到什么呢？"

仲波觉得又惹妈生气了，想安慰妈，逗妈笑，就说："妈，亲一个！"抱住妈在她脸上好好亲了一下。

"死东西……"尤姨给弄得不好意思。儿子亲老娘，桃溪镇可没这规矩，这套肯定是从美国学来的。不过这一下让她想起死去的老伴，心里酸涩眼圈又红了，她这辈子也只有和老伴才有肌肤之亲，儿子口里的气息与老伴一个样，就把儿子与她的距离又拉近了，她想他不愿提及那事儿，总有他自己的道理，我就琢磨这道理在哪儿，噢，他让我把柯的房间好好打扫一下，柯这两天要回来了。他与柯没有一层关系，能随便睡人家女孩子床上么？尤姨茅塞顿开。

柯回来了，仲波精神饱满像换了个人，每天刮胡须，晚上也用冰冰蓝液漱口，早晨出门之前还让柯帮他看看领带打得好不好。尤姨就问儿子，"你和柯就那么回事吧？"仲波问："哪么回事？"尤姨说："亲密无间，你以为老娘看不出来？"仲波"嘿嘿"地笑，"妈也会说'亲密无间'！"

柯给尤姨的第一印象并不好，回家那天她穿条戳窟窿的牛仔裤，膝盖骨、大腿弯、连屁股上也戳两个小窟窿。卖肉啊！凭这，尤姨恨不得给她打个负80分，人倒是长得健美，美中不足的是眉梢微微挑起，说夸张点像京剧脸谱中的浪里白条张顺，若是在桃溪镇，长这种眉毛的女孩早就偷偷扯脸了，她们把眉毛扯得细长如柳，淡薄如烟，才等不及到嫁人那天呢！

恼人的是，柯回家的第二天就不让尤姨做饭，她说北京的风沙大，关门闭窗，油烟放不出去，屋里不卫生；抽油烟机不好使，油烟里有致癌物质，皮肤被污染了容易长斑点，并且现身说法地拿起尤姨的双手，"你看，你的左手干干净净，右手却长满了斑点，就是伸出右手炒菜的结果。"柯自告奋勇地把自个儿关在厨房里，承担起晚饭的任务。尤姨坐在客厅里，只听见一会儿是菜刀"咣咣咣"的声音，凭着切菜的节奏，尤姨十分赞美这孩子干事利索；一会儿是锅瓢碗碟噼里啪啦的响声，像是各路神仙在打架，尤姨又担心她毛毛糙糙砸了厨房里的东西。没用多长时间，柯就把她的西餐杰作端上了桌，一碟美式奶油沙拉，一碟土豆火腿沙拉，一碟咖喱鸡。饭后尤姨收拾碗筷，仔细地看了看摆在案板上的佐料，就明白柯这顿饭用四个字概括——水煮盐拌，不过是煮熟的土豆，撒上糖、醋、盐，再浇上柠檬汁、沙拉酱。自然，这种饭填不饱尤姨的肚子，半夜饿得咕咕直叫唤。缺油水尿就多，一夜起床小解三次。尤姨一面担心两个孩子如此生活日久，身体会垮下去，一面不满柯夺了她的权，她唯有喂喂金鱼打发长长的白日。尤姨认真地对柯进行了几日观察，从外貌、性格、工作、学历，方方面面给柯打分，结果综合评定的分数才54分。

尤姨不愿接受这个不及格的女孩。

尤姨来了这些天，算赶上了一场雨。这个风夹雨的日子，仲波老是在床上翻来覆去，弄得水货席梦思下面的弹簧"吱吱"地叫，后来干脆坐起来了，怕吵醒睡脚头的妈，没亮灯，坐在黑暗的那一头。仲波有一点动静，尤姨梦里都能听见，她就坐在黑暗的这一头问："儿，你一晚就睡三、四个钟头，怎么睡不着呢？"仲波说："这鬼天气，骚躁！"尤姨说："怕是你的心在骚躁！"下农村那阵子，尤姨就盼老天爷下雨，不干活儿，在屋里美美地睡一觉。从那时起，她开始喜欢小雨天睡觉，滴滴答答的小雨是一首多动听的催眠曲。儿子果然是心躁。下半夜尤姨起床小解，身边的被窝里是空的，摸摸被筒子里面，是凉的，还不知道凉了多长时间了！

看来柯也是不叠被子的人，第一天早晨尤姨就给柯叠了被子，第二天柯肯定是不好意思了，自己叠了被子。但尤姨总要把柯叠的被子抱到床头边，整理好。这天尤姨整理柯的被子时发现床单上不对劲，那乳黄色的布料上，栽遍仙客来，花茎纤细，花朵粉红，朝外伸张的花瓣像蝴蝶。有一朵仙客来被云遮雾罩，尤姨以为是哪儿落下的灰尘，用手去拍，指头触电似地缩回，是湿的。尤姨的心嘣嘣直跳，脸蓦然飞过一片红云，她怕自己认错了，本能地弯下腰要去嗅嗅那气味，听见门响声，脸就更红了，她红着脸去打开门，门口没人，她复转柯的卧室，想想夜里儿子的空被筒子，能错吗？"蟒儿，蟒儿，原来你都经历那事儿了？早跟妈说，也让妈早省心，妈一直怕你憋出毛病了呢！"尤姨好久没有喊过儿子的小名了，那会儿禁不住喊出了声。"柯这个丫头！干完事也不长眼睛瞅瞅，悄悄地洗了，让人家发现了有多丑，桃溪镇可剔不出这样的丫头！"尤姨就要伸出手去扯床单，准备帮他们洗了，转念想到了雪柳，要是雪柳才不会弄脏床单呢，桃溪镇的新媳妇最怕姑嫂们笑话。说是某某某三天两头在洗床单。我得惩罚柯一下，让她自己去发现，她若粗心到弄脏床单就发现不了，将来怎么做桃溪镇的媳妇？再说尤姨还真舍不得洗干净这朵仙客来，只要没事，她就会瞅着这朵仙客来发一阵子呆，说一串子话，浮想联翩，这个叫柯的不及格的女孩，不用说就是她的媳妇儿了。牛仔裤戳窟窿是年轻人的时尚、性感；眉稍挑起可是优点，生个儿子像妈妈，岂不是浪里白条转世，赤条条桃溪河里好泅水泥！只是将来究竟有多远？而这朵被弄脏的仙客来，天知道我儿撒了几颗种在上面，这种子可是要在他媳妇肚子里发芽，变成个胖小子的。

尤姨加入到楼下花园间那些休闲的人群中了。下午四、五点钟，花坛边小道上大多是推着婴幼儿车的保姆，刚从幼儿园接回家的孩子们在踢球，还有几个样子很可爱的混血儿，身材高大的菲律宾保姆。尤姨注意上了一个湖北的中年保姆，拿着对方那条褐红色的背巾把玩。那有坐垫的背巾比起桃溪镇的背带，要科学多了，问保姆在哪儿买的，保姆说："是孩子他妈妈从加拿大带回来的。"问多少钱一条，保姆说："可能十几美元。"尤姨说："近一百块人民币吗？贵了点，使缝纫机踩一条背带才几块钱。"尤姨一时兴趣浓厚，"让我试试看。"保姆就帮助她用背巾背上孩子，一边问："你的孙儿多大了？"尤姨说："我儿子还没结婚，不过年轻人办这事快。我得有点准备。"尤姨背着孩子在小道上转了一圈，又转了一圈，觉得舒服极了。她想象在桃溪镇用这背巾背孩子，做家务带孩子两不误多好，要牢牢记住这事说给儿子听，让他有机会去加拿大多带回几条，它在桃溪镇肯定抢手。想想还是先带一条，让桃溪镇的媳妇们眼红一下。尤姨还给保姆孩子时，乐哈哈地亲了一下孩子嫩嫩的小脸蛋。

第二天，尤姨大清晨就起床，听见仲波在卫生间洗漱得差不多了，赶紧进厨房，煮好一碗荷包蛋递到仲波手上。仲波本来不爱吃鸡蛋，见妈妈端着个碗跟在自己身后旋进旋出，不愿扫妈妈的兴，就吃了蛋。上班的路上他琢磨这事，妈妈干么事硬要煮蛋我吃，还说："要好好补补身子。"

转眼就是中秋节，尤姨打算在北京好好过了节再回家。老伴是八月里丢下了她，因此每年中秋她一个人待在家里特别想老伴。那年送儿子出国，他们准备一家三口坐飞机去北京，临行前老伴身体不适改变主意送到省里。在候机大厅，仲波请一个女孩帮忙匆匆照了张全家福，收了照相机，他先拍了拍妈妈的背，亲热了一下妈妈。再要与站在妈身后的爸爸拥抱时，老伴却用力推了儿子一掌，让他赶快进站，说："到学校了就打电话。"站里边的儿子一步一回头，想多看老爸几眼，却望不见老爸的身影了，只有老妈扒在出入境检票门的拦杆边目送儿子。原来老伴一个人坐在候机厅里嗑瓜子，他一边从塑料袋里捡出瓜子来嗑，一边把嘴里的空壳子吐到袋子里。起身离开时，他又一颗颗捡起不小心落地的空壳子扔进袋子，半路上仍然从袋子里捡出瓜子来嗑，尤姨说："你太不爱干净了！"抢过老伴手中的袋子扔进了垃圾桶。尤姨那时一点也不知道，老伴的肝癌已经到了晚期，早在一年前，老伴就知道癌症缠上了身。常言龙生龙，凤生凤，老伴可是一条真龙，六六届的高中毕业生，初中时连跳二级，下乡插队落户断了他中国第二个陈景润的梦，他在儿子身上狠狠投入以弥补失去，儿子从小爱撒尿，他亲手为儿子宰杀了32条狗；一年365天，他一天不挪给儿子拿牛奶；儿子得了严重痢疾要输血，他让自己的鲜血流进儿子身体；为了给儿子攒学费，他撕了化验单，硬是把身患癌症的情况瞒着所有人，没有吃一颗药，打一次针；那年暑假儿子忽然爱上小提琴，夫妇俩专程把他送到市里去学习，老伴逢人就说儿子在跟某某学小提琴，好像他嘴里的某某是盛中国，全世界都知道似的。那天，夫妻俩出了候机厅，就守在另一道铁栏杆边，那里边是大片草坪。直到飞机从跑道上缓缓滑翔，老伴也朝着机体起飞的方向追去，嘴里大声喊着，"小杂种，你飞了，你飞了啊！丢下老妈一个人……"尤姨只要一想起老伴那天的行为，就觉得他太反常，他怎么会骂儿子小杂种呢？他还捡起石头子儿朝天上的儿子砸去。是的，儿子从小长大，每一步都在父母的把握中，他是替自己从此失去对儿子的把握而失落？是对老婆未来的担心？说不出他的来由。

桃溪镇的人从来是自己做月饼，他们不叫月饼，叫酥饼。因桃溪镇是姊归县的一个小镇，姊归是屈原的家乡，他们的饼馅就叫"桂浆"源于屈原《楚辞·少司命》"援北方闭兮酌桂浆"。桃溪镇人一般在头年的中秋前后采摘桂花，用糖、酸梅腌制，装进紫砂陶罐，埋进地窖，第二年取出。

尤姨想按家乡的风俗过一个中秋，事先问仲波乐不乐意，仲波当然乐意，并向柯渲染家乡的中秋节，说妈妈做的饼最好吃，柯也高兴。只是桂浆怎么弄呢？尤姨来北京时没想会住到中秋，倒是柯的一个包裹提醒了她，快递两天就到，从镇上送过来也只三天。尤姨准备给雪柳打电话，让她帮忙办这事儿，拿起电话改变主意还是打给了雪柳的婆婆。婆婆倒是个办事麻利的人，让尤姨在中秋的前一天收到了桂浆。

尤姨要做月饼、要按家乡的风俗挂橘灯，还要做八菜一汤，正缺个帮手，柯的单位放了半天中秋假，尤姨乐得和柯一起忙活中秋盛宴。尤姨难得逮住与柯单独在一块儿待几个小时，她让柯搓桂浆，自己揉面团，一边笑眯眯与柯聊天，她聊桃溪镇的水，河水里的桃花，下河洗被单的姑嫂们，姑嫂们的眼睛可厉害，最爱挑剔新媳妇洗的床单。她说着瞟一眼柯，一会儿又瞟一眼柯，儿子和媳妇上了床，做婆婆的该提醒的事就得提醒。可是柯一脸的无知，还笑得浑身直抖动，"都什么年代了，还有人用棒槌在河里洗衣裳？"柯的笑很美很动人，尤姨从面盆里抽出白扑扑的手想捉住女孩动人的美，就像当年桃溪河边待雪柳，用自己的掌心掌背去疼爱准儿媳妇。可是柯不脸红，不娇喘，不经意地从尤姨的双手间抽出了自己的手。尤姨就叹气，换了个话题问柯的工作啦，问柯的父母啦，问柯打算什么时候结婚。

柯反问尤姨，"跟谁结婚？"

尤姨说："文化人开通、透明，可你这个丫头，还不好意思！"

柯说："你看见了，我们根本没时间谈恋爱。"

尤姨说："先结婚，后恋爱。恋爱是一辈子的事。"

柯说："我赞成你的后一句话，可是不恋爱就结婚，搞不准的。"

搞不准你跟我儿子随便上床，但尤姨说出口的是，"准不准你问我这个当妈的。"

柯说："阿姨你越说我越糊涂了！"

尤姨说："丫头，你今年三十二了，为你自己的身体作想也该结婚了，年龄大了怕难产啊！"

柯说："这个我知道。"

尤姨说："你父母知道你俩的事么？关系确定了，就要一起回家去看看父母。在我们桃溪镇，还兴送彩礼呢！虽然你们白领不兴这一套了，我还是会嘱咐儿子要懂规矩，要孝敬岳父母大人的。"

莫名其妙！柯手中的桂浆被掷出去，软塌塌地贴在墙上。柯怨尤仲波对妈说了不该说的话，但看看和眉善目的老人，她把冲到嘴边的真实吞回了肚。

柯是从网上认识仲波的，仲波发了一条招租启事，介绍了出租房和他个人的基本情况，并强调需要一女性作室友。同室居住一段时间，柯很满意这个室友，最欣赏仲波玩哑铃的时刻，高高的个头儿，发达的胸肌，男子汉十足。这是一个不甘平庸的男人，与自己相同，这样的人注定了要牺牲一些什么，才能获取一些什么。柯还注意到，搁在墙角落地下的哑铃最初是三个，过半个月，减少至二个，再过半个月，减少至一个了。有一天仲波正在将哑铃举过头顶，两边各挂三个铃，他对柯说："我这套哑铃要当废铁卖掉了！"柯说："换上80斤的，观众不肯离席。"仲波说："谢谢你的鼓励。"柯见仲波挥汗如雨，抽一张面巾纸递给他，再进厨房替他冲一杯咖啡。仲波的陶瓷杯特大，里边分隔着两个小杯，一个装咖啡，一个装绿茶。柯知道仲波早晚喝水的习惯。仲波用细而长的陶瓷小勺搅动着杯里的水，便搅出了单身男女柔柔的情谊。两人都在试图接近对方，不知从哪天夜晚开始，互相都把自己的房门悄悄敞开了，然后有一天晚上，柯坐在自己的小书桌边听音乐时，感到一双手搭在自己的双肩上。她起身让他坐，他坐下后就让她坐在自己的双腿上。也许是选择同室居住的那一刻，他们就选择了性伙伴，也许他俩都是有一定阅历的同类人，太明白自己，明白对方，这使他俩相依相偎平静地听完那首音乐，平静地上床做爱，第二天平静地写下一份同居协议。

　　夕阳从窗口溜去，尤姨的脸上仍然明亮亮，她丝毫没有察觉柯的情绪变化，至于趴在墙上的面团，她以为柯到底还是个大孩子，乐着，疯玩呢！儿子没带楼下大门的钥匙，按响了门铃，她从视频上看见儿子提着好大一袋橘子，赶紧开了房门。家人在一块做饼这是第一道节目，挂橘灯这是第二道节目，摆盛宴这是第三道节目。每道节目都得由她拉开序幕，她是家庭主妇，家的主心骨，所有一切都是围绕着主心骨转动，就说挂橘灯，必须由她挂上去，孩子、孙子们去点灯，灯亮后再拿钉子戳泉眼，端个碗接住泉眼里流出的水，这水就叫金水。中秋节太多的事情要做，主心骨就表现得特别突出，而这些活动往往带给主心骨妈妈无比的快乐。在桃溪镇就有这样的故事，说一个死了娘的家庭，儿女不愿父亲的女友拉开节目的序幕，父亲就和女友在中秋早晨临时举行婚礼仪式。当然，尤姨早作好了中秋的准备工作，客厅的窗下牵好了一根红绳子，横栏的粗绳下坠着无数根细细的绳子，等待着橘子悬挂上去。

柯不愿破坏尤姨的好心情，忘记了尤姨对自己的误会，她提了凳子，准备上凳去挂橘子。仲波说，"你想夺妈的权，这个权可夺不去的，妈你说是吧？"

尤姨说："她自己会有的，说来就来了！"

柯不懂意思，"对，今天没有，明开就来了。"

尤姨说："这话阿姨最爱听了！"

三个人正说笑得带劲，仲波的手机响了。

这个时候，尤姨对电话非常敏感，她丢下手中的活儿，走到仲波跟前，听见他在"嗯嗯嗯"的，对方说了好长时间，仲波才说："今天实在抽不出身，我要跟妈妈在一起过中秋。"仲波放下手机了，尤姨长长地嘘出了一口气。

尤姨就去挂橘灯，她想饼已经起锅了，菜也都是半成品，张灯结彩，气氛就出来了。

尤姨刚刚挂了四五只橘灯，儿子的手机又响了。有了刚才的表现，这次尤姨放心，儿子是知道老家风俗的，更知道为娘的心。

站在凳子上的尤姨很快就撑不住了，她好几次望过去，仲波刚放下的手机又响了。尤姨感觉有几个人在轮流与儿子谈话。最后仲波朝妈走过来。尤姨跳下凳子，心也相跟着落下了地。儿子说："妈，今天真是太不巧了！这会儿请我去聚会的老板对我很重要。"

尤姨心里难受，可天大还是儿子的事，她有气无力地说："别跟妈说这么多了，妈都懂，快去，快去吧！"

仲波说："那我就去啊，尽量早点回来。"仲波进屋去换西装了。

柯说："阿姨，他去他的，还是我俩准备……"柯的话还没说完，她的手机也响了，她的一个同学刚从新加坡飞回。柯对尤姨说："是我最好的同学，从初中同到大学。我把他安排好了很快就回来。"尤姨说："既然是你的同学，就接家里来吃饼，多一个人更热闹。"

一个人静下来的时候，尤姨就想桃溪镇，平时想，这会儿更想。尤姨正想着桃溪镇，雪柳的婆婆来电话了。那婆婆有两个儿子，小儿子就是雪柳的丈夫，大儿子虽然住在市里，却在乡里开采有煤矿，每个星期都开着自己的车，带着媳妇和一双儿女赶回家过双休日。年年中秋节，两个儿子、儿媳、孙儿孙女都围着婆婆绕前绕后好不热闹。那婆婆告诉尤姨，她今年做的酥饼又增添了一种花样，她家的橘灯全亮了，她让尤姨猜猜谁的金水最多。尤姨想说是雪柳，因为雪柳心细手巧，每年中秋是她戳出的金水多。但尤姨说："是小孙孙喽！"

那婆婆在电话里大笑了，"算你猜对了，果然是小孙孙的金水多，不过是雪柳抱着他，捏着他的胖手手讨金水。"

尤姨怕那婆婆在她面前夸雪柳，那婆婆偏夸雪柳。

"你们家谁的金水多呢？"那婆婆又问。

尤姨的橘子都还没挂完呢，谈什么金水，她撒谎说，"当然是没过门的媳妇金水多。"

那婆婆稍歇片时，"别说什么过门没过门，有媳妇了就好！"

尤姨又输了一次，老老实实多说了三个字，倒让她开导起我来了！

对方还在说："不出明年吧，你们家的小孙孙也会讨金水喽！"

刺探家情？尤姨说："那是，那肯定是！"想想还是不服输掉的这次，就告诉那婆婆，"北京带小孩时兴背巾，胸前背后都好使，孩子在里面能坐也能站，大人用着舒服，孩子养着科学，还很漂亮呢！"

那婆婆说:"能帮我带回一条吗?"

尤姨说:"那是外货,加拿大产的。"

那婆婆问:"加拿大是什么?"

尤姨的声音就响亮了,"加拿大呀,就是挨着美国的那个,那个在北美洲,那个说是林子里的树叶比我们山里的积雪还厚的国家。"

尤姨想,等着吧,等我的小孙孙先坐上背巾了,回桃溪镇转一圈,再给你带一条。

尤姨做完所有事情,就站在窗口数驶进楼下的小轿车,那些车进进出出从没间断过。它们有的从拥挤的东三环来,有的驶向川流不息的车海中去。那天儿子从北京西站接回她,出租车就是从这个车库直截开进单元楼的,一下车儿子就按亮了电梯门。她觉得这个车库太长太大,隔老远才一盏灯,里面的汽油味熏得她头晕目眩,好像一闭上眼睛,天就会塌下来似的。以后尤姨去超市买菜什么的,绕着道也要避开车库。这会儿尤姨恨自己为什么要看那些车呢,越看越迷糊,越看越空洞、茫然。一串数字,一排汽车,一个车库,它们里面都暗藏着她读不懂的东西,大车库、大城市、大变化,所有现代化的一切都在分离着她和儿子。她是属于桃溪镇的,儿子属于哪儿?她在儿子的生活中永远是客人吗?儿子的心还能不能回到桃溪镇?

已经好几天了,儿子和柯都没有发现床单上的那朵云雨仙客来。

尤姨每天进房间打扫卫生,都要检查床单被换下了没有,她要让柯自己去做这件事。她等待儿子们等到十点多钟了,他们还没回来,她就和往常一样走进柯的房间,瞅着那朵云雨仙客来罗嗦,她奇怪自己,当她瞅着它轻轻地说话时,她的迷糊、空洞、茫然烟消云散。她说:"孩子们都在忙自己的事业,我不能拦着他们,哪怕是过节。不管怎么说,这媳妇是实实在在的了,下种也是实实在在的了!像你们这样忙,将来哪儿有时间带孩子,在北京也好,在美国也好，我就不信你们能生出三头六臂来，工作孩子两不误，桃溪镇也有在外地工作的儿女，不也把孩子扔在父母家里么？用火车上中铺那个年轻人的话说，'现如今老人是个宝！'有了孩子，我敢肯定，你们瞅着空就要朝家跑，到那时候，我就是今天雪柳的婆婆，还愁你们不围绕着我，绕着我团团转呢！"

尤姨说着就歪倒在柯的床上，手掌覆盖在那朵仙客来上，这一天她实在是累了。

第二天早晨，尤姨发现柯房间的地下有一张打印纸，要不是那张纸是崭新的，她就把它扔进垃圾桶了。尤姨捡起纸首先就看见了儿子在上面的签名，还有"同居协议"几个醒目的字跳进她的眼帘：

经双方友好商量，本着互助互利的原则，自愿签订如下同居协议：

1. 甲乙双方以各占百分之五十的比例共同承担房租、水电、煤气、暖气、空调等费用。两人的生活费用（包括伙食费、出游交通费等）共同分担。

2. 应尊重对方的工作性质，在工作方面给对方力所能及的支持。由于乙方正在准备考雅思，甲方应帮助乙方补习英语，每周六或者是周末，甲方应给乙方上两小时英语课。

3. 乙方愿主动承担做饭，洗衣的家务活。打扫卫生由甲方负责，如甲方没时间打扫卫生，由甲方出资请清洁工。

4. 双方应注意个人卫生，每天必须洗澡，内裤天天换，不准把臭袜子乱扔，要保持坐便器的干净洁白。另外双方要互相督促提醒对方坚持早锻炼。一方生病，另一方应无偿给予关照。

5. 双方都应以工作、学习为重，不宜贪恋过密的性生活。一方对另一方有要求时，应尊重对方，不应有丝毫勉强。

6. 双方都有自己的生活空间，有权在外面结交各自的同、异性朋友，而对方无权干涉。

7. 双方都应友好对待各自的亲人、朋友，安排照顾好他们的宿食，及旅游事宜。

8. 如因性格不合等原因分手，应好聚好散，和气分手，不准对对方作出任何伤害性的言行。

本协议一式两份，各执一份，自签订之日起生效。

尤姨把这份同居协议看了一遍又一遍，她问自己，怎么会是这样呢？回答自己，不是这样又是哪样？她何止一次、二次问及儿子谈对象的事情，每次他都在回避，要是正儿八经谈对象，他不会是这种态度对待妈妈。尤姨来北京后才开始接触电脑，主要是求助于电脑弄懂儿子与柯对话的词语，比方"奔奔族""跑酷""7时代"，还有令人恐惧的"过劳死"，她用拼音输入"同居协议"这几个字，很困难，半个小时才完整了这几个字。她从电脑里得到了一大串"同居协议"。一条条挨着读，其中有一条她读了好几遍，因为只有那条协议写有"双方应共同朝着结婚的目标迈进"她琢磨人家为什么强调这一条，儿子压根儿不提这一条？如果儿子写上这一条，至少留给她一点退而求其次的想头。凭着她简单的理解力分析，儿子和柯是商量好了，有意把这张打印纸丢在地下，让她明白他们的关系和处境。那好，我捡到了，还读了几遍，也许我并没有完全读懂，但我总是在试图读懂。她干脆把这份打印纸贴到了柯的房门上，想想这张纸就是她的道理，这道理是讲给儿子听的，儿子你早就应该把自己的想法、做法，今天，明天，明明白白地讲给妈妈。她就撕下它，重新贴在了儿子的房门上。

中秋夜晚仲波和柯同时回家，两个人在电梯门口不约而遇，柯劈头就问仲波，"你是怎么对你妈说的，她把我当儿媳妇了！问我们几时结婚，她让我尽早带着你去见岳父母，巴不得明天就抱孙子呢!"仲波说:"难怪妈最近怪怪的,你不知道哇,有一天我下班回家,她屁颠屁颠地跟进跟出,问我那会儿忙不忙?忙就以后再说,还说什么儿子你总算让妈踏实了!"柯说:"你妈该不是发现你上我的床了?"仲波说:"都怪我。弄不好了!转眼就是元旦,妈肯定会要我们回家,要是我们不答应,她会亲自去买火车票,在这儿等也要等着一起回家。我们老家有很多规矩,儿女哪怕远在天涯海角,一旦确定了恋爱关系,就得回一趟老家,过去叫订婚。"柯就笑说:"我跟你回家吧,假戏真做演到底。"仲波说:"我急得要跳楼,你还开玩笑,给我想个办法吧!"柯说:"是哪档子事,就给你妈说哪档子事。"仲波说:"我们这算哪挡子?说得清楚我不早说了!"柯说:"事到如今,说不清楚也要说。"仲波说:"你让我怎么说?"柯想了又想,才想出个主意,先把同居协议亮给尤姨看看,再看尤姨的态度来定夺怎么处理这件事。仲波摇了摇头,但没别的办法,只好如此。两人尽管把个电梯按钮上上下下地按,躲在里面讨论了好久。好在夜已深,没受到别人打扰。

不过这份同居协议原本放在柯的书桌上,是风把它吹到了地下。

尤姨等待着儿子把心里的想法,现实的做法讲给妈妈。在她等待的第一天里,客厅里的金鱼缸破了,尤姨不知道是自己横冲直撞,撞破了玻璃,还是玻璃原本就有裂痕,水从缸里流出来,死了几条鱼。幸好客厅角落里还放着个旧鱼缸,可能是原租客留下的。尤姨悄悄地换了鱼缸,把旧鱼缸移到房外楼梯的垃圾桶边,把落满灰尘的新鱼缸搬到客厅中央来,又从花鸟市场买了几条鱼添进去。这么大的事,儿子回家了没察觉,柯回家了也没察觉,尤姨心里不舒畅,丢魂失魄的样子,也懒得与他们念叨,以免搅扰他们。尤姨尽量告诉自己平静点,平静点,心才慢慢平静下来。使她平静的原因是夜里的一个梦,这个梦里重温了老伴当年在机场追着飞机大声地喊:"小杂种,你飞了,你飞了啊!……"的镜头。尤姨总算理解了老伴那时候的心情，梦里还有老伴坐在回家的客车上，连续几遍说给她的话，"我怕你将来一个人待在镇子里孤独！"尤姨想，她并不是第一次做这个梦啊，她还是赶快回桃溪镇做梦去，有老伴陪着，儿子对不对自己讲什么都不重要了。她坐地铁去北京西站买好了提前三天的火车票，然后跟开始来京一样，安安心心地给儿子和柯做晚饭。

这两天仲波不再安排妈妈看电影听演唱会了。柯也不说油烟不卫生毁容之类的话了。两人能早下班都尽量早下班，特别老实地吃妈做的饭。他俩都察觉尤姨一定读过了同居协议，她没有大惊小怪，大吵大嚷地责备他们，而是平静地接受了这件事，这就值得他们为之肃然起敬。仲波跟柯商量，晚上谈话容易被电话打断，明天就是星期六，我们带着妈妈出去，找个环境优雅的地方谈。可是当天下午仲波被公司派了差。临走让柯陪着妈妈转转，先别提同居协议的事。

星期六柯要带尤姨出去转转，尤姨想起三里屯附近有个神秘的地方，从街上望去，里面的建筑物全是白颜色，它们周围有茂密的树林和鲜花。柯在的士上告诉尤姨，"你是说挨着剧院的？那是阳光妇产医院。"医院分室外和室内花园两大部分。柯和尤姨坐在室外花园的木椅上，相跟着那些坐在椅上的男男女女，老老少少们朝前移动。她们看见室内也有同样的木椅，椅子上也坐着朝前移动的人，不过是清一色的男人。那些男人被一个个地点名，然后由护士领着，在某间屋子里换上一身素白的衣裳，头戴一顶透明的蓝帽子走进产房。柯告诉尤姨说："这就是阳光医院与所有医院的不同，它让婴儿第一眼看见的人是爸爸，它让丈夫守着妻子分娩，亲手替妻子擦去额头的汗水，了解女人当时的痛苦，今后好好对待妻子和孩子，它让男人与女人一起分享新生那瞬间的幸福！"还有，柯指着室内花园里说："那些婴儿是躺在自然的阳光中，而不是温室里！"尤姨就看见那天早晨的太阳，带一点儿淡淡的蓝，穿透玻璃洒在一排排摇篮间，还有绿色的植物在雪白的蚊帐上方轻轻地摇曳，还有护士晃来晃去的婀娜身影……宁静、温馨，像水融进尤姨的心湖，心又起快乐的波澜，她说："这地方真好，将来你的孩子也会在这地方出生?"

柯说："说不准，有几个国家的阳光妇产医院比这更好。"

尤姨只把柯好好地瞅了一眼。

第二天早晨，尤姨寻找了几条街，终于买到了一包明矾，顺带还买了个大塑料盆。她要亲手替儿子洗床单，怀疑北京的自来水有点儿浑，黏糊糊的不爽手，用明矾沉淀了水，洗净了那床栽满仙客来花朵的床单。儿子出差了，柯不知逛哪儿去了，早晨十点多钟的太阳很好，阳光跟头天一样带点淡淡的蓝。尤姨把床单搭上晒台的不锈钢自动衣杆子上，搬把小椅子坐在床单下，用桃溪镇女人的挑剔眼睛寻找那朵云雨仙客来，却怎么也找不着了。有只粉红蝴蝶飞来，老在床单的一个地方盘旋，一会儿，蝴蝶与一朵仙客来重叠在一起，尤姨的眼睛就湿了，她湿着眼睛与它们又轻轻说了一番话。

柯回到家里，发现尤姨已经走了，餐桌上留着一张条，她急忙给仲波打电话。仲波接到电话时刚回到公司，美国老板正在办公室里等着他，准备马上出门去会见北京的一个客户。他对老板说："很抱歉，我这会儿不能跟你去了，你另外派个人。"他见老板不高兴，烦躁毛病又犯了，顾不得对老板解释，大声地对他说："我要去西站找妈妈!"

发表于《北京文学》2009 年 1 期（总第 557 期）；被《小说精选》全国原创类畅销期刊选载

预约晚餐

她很明白，共进晚餐只是一个形式，有了这个形式，她还会在内心里将自己与他保持一些明朗的印象。她与他，能有这么一次愉快的晚餐吗？

吴鱼刚从儿子房间里退出来，老朱来了电话，问她明天有没有事情。尽管老朱说话含蓄，声音浑厚低沉。吴鱼还是把话筒捧得很近，唯恐儿子听见了他俩的对话。儿子放寒假一回家，吴鱼天天围着儿子转，这使她几乎忘了老朱。现在老朱来了电话，她想还有一个多星期就要过年了，年前年后亲朋好友相聚是传统习俗，况且老朱早就说过要带她出门散散心。她回答，没什么事，这几天天气还不错。老朱在电话里沉默了一会儿，说你过来再说吧。

夜晚儿子熟睡以后，吴鱼从箱底里翻出了一条雪白的真丝长围巾。这条商标正规，产地苏州，质地柔软，两角绣有白色梅花的丝巾，是老朱送给她的唯一礼物，平常舍不得用。吴鱼又找出了几件旧衣裳，看看哪一件衣裳与丝巾搭配。最后挑中一件胭脂红的对襟夹袄，扣是盘花琵琶。穿上夹袄披上丝巾在镜中看了看，虽然四十出头的人，没有发胖，穿收腰衣恰到好处，整个人平添一分古朴雅致的韵味，就满意地笑了。以往每次到老朱家都是穿着黑灰蓝一类颜色老气的衣裳，明天一反常态，老朱怎么想？过去吴鱼一直都为老朱着想，俩人约会毕竟是偷偷摸摸的事情，穿着鲜艳招人眼，怕给老朱造成不好的影响。现在吴鱼预感今后与老朱在一起的时候不会多了，世上没有不散的宴席，按照常情明天是要在外面找个地方共进晚餐的，也许这次晚餐是第一次也是最后一次，那么就鲜亮一次吧，为什么不鲜亮一次呢！

吴鱼前年下岗，去年离婚。吴鱼下岗以前在工厂幼儿园工作了二十几年。吴鱼能歌善舞，喜欢给孩子们背唐诗，讲《格林童话》《老人与海》《钢铁是怎样炼成的》，会一手好剪纸。前几年市教委组织全市幼儿教师演讲比赛，请她介绍剪纸艺术与幼儿教育的经验，她说孩子们的心灵是一个好奇的世界，这个世界需要色彩。朴素的语言，得到了台下教育局的干部、幼儿教师、家长们的一致喝彩。当年她被评为市里的十名优秀教师之一。教育局长亲自带领这批教师旅游观光了泰国、马来西亚等四国风情。幼儿的家长们私下议论奖学金说，吴鱼阿姨的额头永远是那么光洁，像十几岁的素朴雅致的少女。这话传到吴鱼的耳朵，她淡淡地笑着说，是孩子们的天空照的。

吴鱼的儿子李景就是在母亲为小朋友们，也为儿子营造的温馨环境中长大的。李景去年以本地区最高分数考取北京大学，一时传为美谈。李景的目标是大一英语过四级，大二英语过六级，大三考JRE，硕士博士学位，美国哈佛大学、耶鲁大学在李景脚下划出了起跑线，蓝天白云下，美利坚正向踌躇满志年轻人的明天遥遥招手。这次李景回家却突然向母亲宣布一个意外惊人的消息，他要在这个寒假里联系单位去打工。吴鱼目瞪口呆。

没几天功夫，儿子自己联系了江南的一家公司，由于要过河，儿子每天早晨六点多钟就要起床搭第一班轮渡，下班后很晚才回家，吃完饭就一头栽进他的小书房。儿子学的是计算机专业，除了啃他的专业教材以外，还满嘴什么《大众软件》《新潮电子》《电脑技术》，都是些封面设计非常精致漂亮的杂志。吴鱼问儿子哪来这些书，儿子说是借的。儿子很懂事，自从母亲下岗后，就没有找母亲要过一分钱买书。儿子在学校里争取奖学金申请特困补助，经济上开始寻求自力更生的道路。儿子说江南公司目前拥有国内最先进的电脑，暂时不能为我所用，却可为我所识，这就像一个孩子学声乐，家里没有钢琴不行，我找到了一台很好的钢琴。儿子对自己的果断决定感到满意。儿子在星期天休息时就给母亲侃故事，儿子很会侃，侃塔斯拉瓦神统，人兽相处的和平世界，侃历史学家陈寅恪历经劫难的遭遇，侃日本著名作家大江健三郎。儿子正面望着母亲，鼻梁挺拔，两眼炯炯有神，不时问一声："妈你懂了吗？"吴鱼似懂非懂，但是她连连说懂，心里却想，这是我的儿子么？北大学生！身体不见长高一丁点儿，络腮胡与知识的崭新如破竹之势，噼里啪啦猛长在属于他们的春天。他向你展现丰富的世界，把不可估量的未来描绘给你，让你去购买。你必须去购买，这是感情、责任与义务，是天经地义的事情。学费生活费、佳洁士牙膏、剑龙牌牛仔裤。一条佳洁士牙膏，占去了儿子一个月生活费的二分之一。吴鱼心疼地问儿子，儿子说："一条水货牙膏用一个星期，一条名牌牙膏用一个月，哪个合算？没钱人都想用便宜的，越用越穷。"这话像重锤敲击吴鱼的心脏。吴鱼为不能走进儿子的全部世界而感到从未有过的失落。面对儿子的忙碌，自己却无所事事，这日子是什么滋味，夜晚梦里都惶惶。虽然目前有老朱接济，可是说到底自己与老朱算什么，这种关系还能维持几天呢？吴鱼更因无力为儿子的世界输入养分而焦灼。儿子带回了阳光，阳光下却划出了一片沉重的阴影。去年秋天往深处走的季节里，吴鱼收了剪纸摊子，在河边抢小菜卖的时候又被人掀下河伤了身子。她常常像孤魂一样飘游在街上。一天她默默伫立在江边生锈了的铁栅栏的阴影下，不久前的草坪上还有一片平房，叫做滨江市场，市场撤了变成废墟，废墟上又搭起了木架子准备施工，灰灰的一座铁房子，上面写着保安联防几个歪歪倒倒的字。吴鱼的猫就是从那一片平房间跑失的。

吴鱼将养了四年的一只黑白色相间的、漂亮的猫送给了人家。那是个非常懂事且灵活的尤物，名叫西西。吴鱼只要出门，西西会抢先一步蹿到紧靠门边的沙发椅背上，替主人拨开门栓子。西西吃鱼要花钱，吴鱼力不从心把它送给了人，然后一步三回头离开了它，没想第二天西西满脸哀怨地跑回来了，吴鱼又抱过去，不久人家就给弄丢了。丢了西西，吴鱼变得爱自言自语了，她常常目光呆滞地说西西没有了，我做了一个梦，西西身上光秃秃。儿子第一次对母亲大吼："是西西重要还是我重要？妈，你要为我活着，为你自己活着！"吴鱼自从受到儿子的警醒后，痴说的毛病好多了，那天她站在江边触景生情又自言自语地说："没有了，什么也没有了！"后来天空中飘起了雨，她一点知觉都没有，后来有一把雨伞撑在她的头顶上，她侧过脸望着她身边穿灰色衣裳的人忧伤地笑了笑。她就与他默默地走过了一条大街又拐进了一条小巷，走进一个豁然开阔的院子。

撑伞人在一幢很高的楼房前停步，他问吴鱼："四楼就是我的家，去不去坐一会儿？"吴鱼昂头接纳的目光温和平淡，并且有长者风度。院子里静悄悄，他们身边不远处的花坛里，菊花在朦胧夜色里黄黄地闪着。吴鱼不吭声，男人也不再问，向吴鱼伸出了一只手，吴鱼把自己的手递给男人的一瞬间，莫名其妙地一阵感动。

吴鱼就这样走近了老朱，老朱把她带进了自己房里以后才告诉她："我姓朱，你就叫我老朱吧。"老朱一直都没有告诉吴鱼关于自己的真实身份。老朱家里有宽阔的客厅，翡翠色大理石地面，墙角立着一丈多高的仿唐景泰蓝花瓶。红漆老式报夹上有十多种报纸，吴鱼由此猜测老朱是某个机关的干部，至少是副县级，属于那种为人谦虚，四平八稳，一辈子没有当过一把手的干部。不过老朱是什么对吴鱼并不重要。吴鱼凝望着老朱卧室床头墙上 28 寸的彩色相框，指着框中两口子抱着的大约一岁的小男孩问："这是……"老朱说是我孙子。吴鱼就深深地望了老朱一眼，她想一个抱孙子的人，在落雨街边的夜晚向陌生女人伸出自己的伞，这有着出其不意的浪漫与诗意，嘴角就漾出了浅浅的笑。老朱敏感地抓住了这细微的表情问她笑什么？吴鱼说没笑什么，就又笑了。老朱说你笑一笑好，刚才在街上，我感觉你很苦。说着他的一只手搭在吴鱼肩头上，又缓慢地从肩头上滑下来，插进自己风衣的口袋里。老朱问："你在哪儿工作呢？"风衣的右角朝向吴鱼的腰际阔阔地敞开。吴鱼垂下眼皮子飞速地瞟了一眼，那是一种比较厚实的斜纹毛料。

吴鱼从下岗以后就想一个问题，自己是一只比蚂蚁还要小的小虫。曾经幼儿园里在家长们中间搞民意测验，选拔副院长，好几个人暗示她走上层路线，好友说你跟刘局长也算走了一遭，这关系不用白不用。她说我这样蛮好。她喜欢平淡的生活，更喜欢离孩子们近一点。下岗名单于她如五雷轰顶：41 岁以上女工，不包括正科级以上干部，她 41 岁零两个月，刚好划在框内。她没有去找局长，局长的侄女从幼师学校毕业刚弄到幼儿园来，同时还搭了一个女孩子。现在这只小虫是否要躲到一片树叶上去栖息一会呢？这是一种假设，一片假设的叶，她的心在渐渐走向苍老，很难相信有什么真实的幸运了，即使是假设，也足以让她心灵深处一阵颤动，眼睛就湿润了。她就在老朱那风衣的裹挟下顺从地坐在老朱身边了。

老朱接着问吴鱼现在干什么，吴鱼说："前一段日子卖剪纸。我刚做剪纸生意时想得很美，在小学门口摆个地摊儿，边剪边卖，这玩艺是我热爱的事业，赚了钱自己也解了闷，可是在这个炎热的夏天里，我从早到晚蹲在学校门口，太阳晒得肩背上长满痱子，还生了一场热毒病，只赚了 98 块钱。最后一天，一个中学生模样的男孩牵着一个漂亮的小女孩来买剪纸，兄妹两人蹲在摊边挑挑拣拣选了十张，我高兴又送了他们两张，没想到男孩递给我的是一张百元的假钞票。"吴鱼的脸涨得紫红，就像是刚刚受骗。"我是一个阿姨，多年与孩子们相处，见到天真烂漫的孩子就觉得亲切，说真的，有时恨不得把心掏给他们，怎么会去防范一个小孩子呢！"这件事吴鱼在心里憋了很久，对老朱讲了心里就舒畅多了，眼光回到相框上问："她是你的老婆？"老朱点头。吴鱼说："很年轻的，该说夫人。"老朱说："夫人到省城照护孙子去了。"老朱眼里流露出了某种暗示。

吴鱼除了丈夫以外第一次走近了另一个男人。她在老朱欣赏的眼光中一层层地脱光了自己的衣裳。老朱好像是怯惧她美丽的胴体，当她一丝不挂躺下去时，老朱仓皇地抓过已经挂在衣架上的风衣轻轻地盖在她的身上。这完全是一个巧合，但是这片假设的叶落下来了，很多很多假设的叶。吴鱼安静地闭上了眼睛，她的眼睫毛湿了，在这刚刚走过来的昨天里，她像是孤寂了一百年，因此，叶片将她带入了记忆中年轻的河流：与要好的女朋友吃着巧克力嗑着瓜子看一场开心的电影；在下雪天里三五个女子相约沿着东山上的铁轨漫无目的的散步；还有琪琪的父亲史安，一个头发浓密的男子，吴鱼下岗以后常常思念起史安。起初史安接琪琪回家经常喜欢在吴鱼身边多待会，见吴鱼收拾房间他就帮忙递个小椅子什么的，吴鱼将他的殷勤看做是家长为孩子贴近阿姨，没有朝深处去想。有一次吴鱼给琪琪的毛线帽缝了几针，史安找到借口请吴鱼去吃饭，有棱有角的大男人红着脸邀请吴鱼，吴鱼心里就慌得厉害，她受不住史安那样凝视着自己的眼睛，她只要望一眼那眼睛，身体的某处就有股暖流突突涌出。可是吴鱼谢辞了史安。不久史安调到另一个单位，来接孩子的是琪琪的妈妈了，吴鱼再也没有见到过史安。

吴鱼从那条河流回到现实，冲到洗浴间关上门，让雾气腾腾的水彻底地冲洗自己的身体。老朱大概在门口敲了一下门，又返身到客厅里去了。吴鱼听见老朱穿着拖鞋的脚步声缓慢而迟钝，回想老朱刚才喃喃地说你不错不错时，就问我为什么走进一个陌生人的房间，并且走进了这个陌生人的身体？她在扇形的梳妆镜里看自己的形象很奇怪，几颗泪珠滴落在两腮。但是她揩干净了脸颊挂着笑意回到客厅，她不想为自己的第一次把这种情绪影响给老朱。

老朱不停地喝着茶。她发现杯里的茶叶像米粒一样均匀整齐，就问老朱，这是五峰春芽么？老朱说你能识辨出春芽不错。吴鱼就黯然神伤地望着老朱不说话了。过去幼儿园里每年清明前后都有人送茶叶给她，并且给她介绍关于春芽、毛尖、剑毫这些茶叶的学问。上班的日子里不知有多么充实。老朱问："你渴吗？"就剥了一只芦州柑递给她。临走时老朱说你等等。吴鱼不知老朱是什么意思，站在客厅的中央望着他走进卧室，看见他打开抽屉抱出一个盒子，很快从盒子中取出了一叠人民币，走到吴鱼跟前他问，你没有带包么？吴鱼低头看见厚厚的百元钞票，她不知所以然了，这一瞬间就像古代神话中突然出现一条白浪滔滔的河水，将她与老朱分隔在两岸。那是怎样一只盒子？他为什么拥有这样丰实的盒子呢？老朱望着吴鱼疑虑、惊惧、敌意的眼睛温和地笑了，他说你拿着，我这辈子除了老婆还没有像今天这样贴近个女人！老朱把她的双手捧在怀里又说："看得出，你是一个纯洁的女人。"他的脸庞贴近了她热烈地亲吻了她一下……

儿子酣睡正甜，吴鱼连喊几声景儿。儿子不醒，翻了个身又沉沉睡去，被掀开的雪白的被窝里，暖烘烘地散发出浓烈的体味。吴鱼过去习惯被儿子身上这种成长的气味包围，习惯在这种气味的包围中弯下身去亲吻熟睡的儿子。现在她站在儿子床前，腰身僵硬着再也弯不下去。她找不回从前母子之间自由自在亲昵的感觉了。这次儿子回家的第二天，她就把儿子带到街上，用老朱给儿子的压岁钱在专卖店里为儿子买了一件鹅绒休闲衫，还买了佳洁士牙膏、高级巧克力糖。儿子问："妈你现在有钱了?"她沉默了好一会儿，无法回答儿子。儿子过去爱问妈你找到工作没，后来知道母亲卖剪纸艰难，卖小菜又摔伤了身体后，便保持缄默。可是儿子不问，吴鱼心里就更难受，她总觉得儿子那双早熟的眼睛在窥视着自己。

现在吴鱼几乎是儿子的唯一依靠。有时吴鱼也要儿子到父亲那边去走走，儿子去了总带回沉闷与廉价苞谷酒的气味。当初丈夫搞公司也搞上了一个女人，如今公司垮了女人也跑了，他只有骑着一辆破自行车，车座上绑着两个透明水缸大街小巷地跑，给人家的公司推销净化水，赚点小钱有时还不够他自己抽烟喝酒。当初吴鱼与丈夫离婚时，儿子还在读高中，两人三番五次问儿子跟谁，儿子毫不犹豫地选择了母亲。吴鱼曾经问过儿子为什么要坚决地跟着妈，儿子说是父亲抛弃了你，吴鱼说是我主动提出离婚。儿子说，你提醒过他允许他与别的女人在一起，你是尊重他的，至少尊重了他的隐私权，他没有尊重你!吴鱼惊异地听着儿子说完这番话。她想长大的儿子是父母的一面镜子。

儿子睁开眼睛就吵，要你早点喊还是喊迟了。吴鱼说，我喊了好一会你自己醒不来!吴鱼现在很在乎儿子对自己说话的态度。儿子心急火燎，穿衣上厕所像打仗，吴鱼围着儿子团团转，儿子穿衣，她就替儿子挤牙膏，儿子刷牙，她就替儿子接好洗脸水。她担心儿子莽莽撞撞跑上大街出事情，一边递给儿子烙饼一边说儿子，反正是实习，迟一次到也没有关系。儿子说："妈你不懂。"倔强地推开母亲送过来的烙饼。盛饼的青花瓷碟"哐当"砸在地上。吴鱼为儿子眼睛里的不屑之色及粗暴举止惊呆了，矮矮地站在暗处，端碟子的手在颤抖。吴鱼恍然明白自己在渐渐失去从前那个开朗、活泼的自己，同时失去了做母亲的尊严。你能大声地高兴地对儿子说，妈赚来钱带你进专卖店买鹅绒衣，下岗以后我不是没有努力，我也曾千辛万苦!我有什么错?吴鱼心里像打翻了五味瓶，红了的眼圈里蓄满了泪。

　　偏是儿子也不知母亲心里怎么想，笑盈盈一副讨好的面孔送到母亲的眼皮子下，摇着母亲的双臂说："妈，我就搭下班船去，你说的也是，迟一次到有什么关系。妈我把地上收拾了，我们一块儿吃饭，锅里还有烙饼吧？我们好久没有在一块儿吃过早饭了！"儿子一口一声妈把吴鱼的心又喊活了。

　　吃着饭，儿子说："妈，我有一件事情还要与你商量，开学后我要报名献血。""什么，献血？"吴鱼睁圆了眼睛。儿子说献血法公布了，学校提倡义务献血，第一批已经献过了。吴鱼说不献。儿子说我现在献血，今后你生病需要血，就可以无偿得到血。吴鱼仍然说不献。儿子说："妈，你过去不是说人人为我，我为人人么？"吴鱼说："过去是过去，现在是现在，现在我们贫穷，谁献给我们？"儿子就不吭声了。为使母亲平气，儿子又说："妈，我的身体是你给的，你不让献就不献。"儿子放下碗准备出门了，吴鱼才站起身对儿子说："你自己认定该怎么做，就怎么做。"她不能违背自己对儿子一贯进行正面教育的逻辑。其实这时，她比以往任何时候都更想在儿子跟前明亮一点。儿子就笑了。儿子说："妈，我们的公司这个星期六开联欢会，老总希望每个职工都带家属，我也带上妈行吗？"吴鱼说："你才去了几天，就我们我们的，你也算个职工么？"儿子说："我算个准职工吧，老总对我还比较赏识，他还问到家里有几个人呢，老总说星期六热闹，要安排一些娱乐活动，请你妈过来看看。"吴鱼的脸上放光，她问："老总真的还提到你妈么？"

　　儿子说是真的。吴鱼就想象星期六的太阳一定很好，暖暖地照在轮船的甲板上，冬日的江水清澈如镜，河对岸山色青青，风光旖旎。儿子会站在船舷边，依傍在母亲身边给母亲讲故事，母亲永远都爱听儿子的故事，因为故事的影子里有一个前途光明的儿子。吴鱼一想到江水、轮船，心情就豁然明亮了。吴鱼突然对儿子说："妈准备过两天还是去卖剪纸。"儿子迷茫地望着母亲的脸:"妈你不是说卖剪纸赚不到钱么?"吴鱼说:"再试试看,对了,翻过年就是清明节,做花,在学校门口去卖,学生每年都要为烈士扫墓。"吴鱼兴奋了。儿子惊喜地说妈你这想法真酷。大拇指甩出一声悦耳的鸟鸣:"妈等着吧,星期六!"儿子离去的脚步声轻捷而自信。将一天的空白抛给了身后的母亲。吴鱼今天与老朱有约会,几次想对儿子说要他晚上回家自己热饭吃,却把到嘴边的话吞进了肚,她怕儿子询问。现在是下午四点,街上车水马龙,正处在高峰期的前奏。吴鱼走进了老朱住处的大院。在院门口她昂头朝老朱的楼上望了望。老朱是一定站在橘黄色的落地窗帘背后望着她走进院子的,老朱说他每次都这样。今天老朱从楼上俯视的女人,不是穿着灰暗的衣裳低着头走路的女人,而是穿着艳丽的衣裳围着白纱巾挺着胸脯走路的女人。

今天吴鱼上楼脚步的节奏比往日快,刚到门口,门仍然一如既往地打开了,自然是小半开,开得无声无息。老朱迎接吴鱼的眼睛蓦然发亮,但是像转瞬即逝的星立刻黯淡,且眉头上的川字皱纹不易让人察觉地深陷了。他指着对门朝吴鱼打了个手势表示轻点,把侧身挤进门的吴鱼朝自己怀里拉,另一只仍然捏着门栓的手就要将门轻轻地推上。

落座后,老朱问吴鱼今天怎么这样打扮?吴鱼说:"这样不好么?"老朱说:"好是好,我们这个年纪,别人看不见,自己也要笑话自己。"老朱说着就要去拉上窗帘。吴鱼想,这多像做一道算术题,老朱站在窗口迎接她走进院子,然后做贼一样地开门。然后拉上窗帘两人走进老朱孙子睡过的小房间,那单人床头的一角安放着一只很精致的按摩器……开始几次两人先在沙发上谈谈闲话。老朱谈他的孙子,吴鱼谈她的儿子,老朱喜欢谈时事,吴鱼爱讲过去幼儿园里的琐碎事儿。后来不知不觉一切都从简,一切都公式化、程序化。如此人似乎变成了简单的机器,而吴鱼在最初的麻木中获得一份安慰后，便是赤裸裸的物质交换了。这是让吴鱼头疼的问题，她不愿意明确这个问题并且剖析自己，想糊涂下去，如果不是儿子回家的话。

接下来呢，吴鱼的眼睛迅速将老朱卧室的门瞄了瞄。门仍然是紧闭着的，尽管吴鱼到老朱家来了无数次，那挂着彩色相框，设置着豪华双人床的卧室的门，仅仅只是第一次朝着吴鱼敞开过。当然吴鱼从不介意，她甚至站在老朱的角度上去体谅过他的心情。他应该从感情上保留他夫人与孩子们的天地，她从来没想去占有。吴鱼突然在老朱背后说："你开了这个门再拉上窗帘。"她指着卧室的门。她想今天是最后一次，她昨夜为与老朱分手的事想了一夜，分手后她必须要有勇气与力量面对明天。老朱就呆立在客厅中央怔怔地望着吴鱼了。吴鱼见老朱很犹豫，就抬头看了看墙上的钟然后说："你忘了我们今天的主要内容了?"老朱脸上露出无奈的表情，说这个时候，这个时候出去么？眼光落在吴鱼艳丽的衣裳上。

吴鱼点了点头，她想哭。她已经四十几岁了，与老朱的这一场经历，从前没有过，今后恐怕也不会再有，有时候吴鱼很矛盾。共进一次晚餐只是一个形式，但是有这个形式，与老朱分手后，吴鱼还会在心里将自己与老朱的关系保存一些明朗的东西，这又是吴鱼在矛盾思想下的产物，但这对吴鱼很重要，哪怕是自欺欺人。

吴鱼忍住泪水朝心里咽，摆出一副要走的样子，眼睛却巴巴地望着老朱。她希望老朱朝她走过来，然后两人一起出门，好聚好散。其实最初是老朱提出在外面去走走，找个风景秀丽，最好有亭台楼阁，依山傍水的地方，两人在一块儿吃一顿饭。之后吴鱼以为老朱健忘，几次提醒他，他总是支吾搪塞或者推迟日期。吴鱼不理解，他应该实现诺言。今天她会在这个晚餐上郑重其事地对老朱致辞，感谢你这一年来对我的帮助，将来我有能力还是会偿还的！可是老朱朝窗边走去了，他的头半缩地朝窗外望，回头对吴鱼说，现在正是人们下班的时候，怕不好吧？吴鱼望着老朱的眼睛突然模糊了，稍息，她对老朱说："我走了！"老朱说："这样吧，星期六我们早点。"吴鱼深深地望着老朱，声音细若游丝："不了！"老朱住处的大院门口在下班的时候确实热闹，摆水果摊，卖山楂葫芦，擦皮鞋的都在各自忙碌着。

吴鱼被一个说乡下话的年纪大约半百的汉子拦住了，硬递给她一碗热喷喷的玉米粥。吴鱼无奈接过碗，喝着粥才感觉风飕飕吹得脖子发凉，才想起丝巾丢在老朱家了。喝完粥随着进进出出的人们再进大院，天像是要下雨了突然灰暗，那高楼每个单元的楼梯口前都是黑洞洞的，吴鱼也不知摸到了哪个单元，按响了门铃。开门的是个蓄短发的中年妇女，吴鱼赶紧说对不起，那妇女热情爽朗地问她是不是找朱局长。不等吴鱼回答，她告诉说："朱局长在我们隔壁的三单元，也是四楼。"吴鱼的耳根子蓦然发烧，她说："不，我不是找朱局长。"吴鱼从找错了的四楼下来，径直走出大院走上了街。

发表于《朔方》，《短篇小说选刊版》2000 年第 9 期下半月版（总第 203 期）转载

一亩三分地

在城郊的一片土地上，菜农们纷纷废弃自己的菜园子，盖楼房，办农家乐。有一对夫妻却执着于种菜，脚踩在自己干净而肥沃的土地上，踏实地劳动，吃自己栽种的绿色蔬菜，获得内心里的满足感。然而，人们对这一亩三分地垂涎三尺，他们能安心地过这田园牧歌的生活吗？

那个初春的早晨，我脚蹬一双网眼透气的蓝色休闲鞋，手握着一把小铁铲，一个人朝山上爬去，准备去挖点野韭菜给母亲治病。母亲的心脏血管功能不够好，一直吃阿司匹林，上十年下来，胃被吃出了毛病，无奈停了西药。我想寻找一种代替西药的好办法，于是就想到了野韭菜，在网上查了查，"薤白——百合科多年生草本植物小根蒜和薤白的鳞茎，以干品或鲜品入药。通阳散结，可用于冠心病的治疗。"真好！我想从这个春天开始，每周爬一次山，给母亲挖一次野韭菜。支持我这个想法的有利条件是，我们初中的老同学们，每周要来一次江南农家乐聚会，这样的聚会活动已经进行两年了，我们也选定了相对固定的场所——灯笼秀。

灯笼秀坐立于九道弯的半山腰，是一幢二层楼的砖瓦房，房屋四周全是镶嵌着雪白的瓷砖，大门的房檐下挂着一排南瓜般大的灯笼，老板要是高兴的时候，会点亮灯笼，让鲜红的光焰在笼子里跳跃闪耀，此起彼伏，哪怕是大白日里，整个门面都被镀上一层喜气的红光，就像太阳给大地铺上一层暖暖的色调，让人格外舒适。

九道弯是长江西陵峡段临江的一带山峦，只要爬上半山腰，或者是站在灯笼秀的院坝里远眺而去，就能看见长江东去的滚滚流水，江面上缓缓行驶的货船和白色的旅游船。十多年前，九道弯还是一座十分寂寞的大山，九道弯的村民们靠政策吃饭，劈山开荒，学大寨，造梯田，种上水稻和苞谷；之后退耕还林，水田变旱田，山上遍布的橘树，是村民们的又一杰作。如今，三峡一带种柑橘的多了，市场上便宜时二三角钱一斤，卖不出好价钱。秋天的橘树下，霉乱的果子成堆，村民们也懒得拾掇，就有人连根带果子拔掉橘树，种起了蔬菜。再后来，一座悬索桥，从长江两岸横空出世；一条水泥公路，从汇入长江的支流九龙河畔起步，沿着河水的逆向蜿蜒而来，蛇一样从九龙山下盘向山巅，盘出了九道弯，故，人们将过去的九龙山改称九道弯。

便利的交通，给九道弯居民带来了发财致富的好机遇，有村民把自家的老宅地七修八整后开餐馆，有的索性废了田园盖大房子，摘掉了菜农的身份，抛弃了头顶上的草帽，腰里系上了厨爹、厨娘的围裙，下厨办起了农家乐。如此辛苦三五载，手头上攒足了钱，就请人下厨，自己只管当老板。也有连房带山地一块儿出租，拍着鼓囊囊的衣兜随了儿女远飞他乡，早几年政策允许时，也有人完全卖掉房地产，悠哉游哉享清福去了。

那天，我一走进灯笼秀，就钻到厨房里去找铁铲。豆渣嫂正在用石磨推磨黄豆。可别说，连汁带汤的黄豆，被煮熟后就叫它懒豆花，还有豆渣炒腊肉、豆汁泡椒，都是灯笼秀的招牌菜，它们正像门楣下挂灯笼添加气氛一样，用这古老碾碎豆子的方法，让人远远地闻到磨碎的黄豆香，悬吊起来客的味觉感。起初，我们定点灯笼秀，也是投这般好处。豆渣嫂是长江上游的四川女子，下嫁到这九道弯多年了，她个子矮墩墩，脸蛋儿红；会下厨做一手好菜，泼辣利索，四川女人的特征在她身上表现得十分明显。这不，她见到我，立刻搁下手里的活儿，站起身，一边撩起围裙揩着双手，一边问我："你要铁铲子做什么？"

"挖野韭菜啊。"

"你要上山？"

我朝山上望去，"是，山上能挖到野韭菜吗？"

"挖的人多呢，谁知还好不好寻。山上还有狗呢！"

"谁家的狗？"我自以为对九道弯这一带的农家乐都熟悉了。

"这九道弯还能有谁？不就是那个老褴褛吗，嗯，她的哑巴老婆养的狗。"老板娘满脸不高兴。但她还是从厨房角落里给我找了把铁铲子。

"老褴褛——"这是一个什么样的人？仔细回想，九道弯的另一户农家乐也曾以这样不满不屑的口气抛出过"老褴褛和他的哑巴老婆"，对，还是讲他们的荤段子呢，说他两老不要脸，一把年纪了，割了茅草铺油菜田里，就在油菜花间干那事儿。讲得在场的人都发出了哄笑声。这事儿留给我的印象是：褴褛——撕不碎捣不乱吗？油菜花儿漫山遍野的时候，菜农在田里干那事儿，还挺浪漫呢！我一路好奇地想着，不知不觉，双脚已经离开水泥路，登踏上高处的羊肠土泥巴路。第一次上山挖野韭菜，能否寻找到它们，生长得怎么样？我心情迫切地搜索小道两边的野草，结果令我失望，在初生的野草间，灌木边，偶尔能发现一二棵，顶多三五棵为一簇的野韭菜，色深绿，叶尖带黄，长得比香签还纤细，瘦弱不堪、稀稀拉拉捏不成一个把儿。

我抬起头朝天空望去，却望见了和地下大不一样的景色，小路边有一道用树枝扎成的篱笆墙，墙内的蚕豆植株生长得好个茂盛，数不清的紫白色花儿，形似蝴蝶，张开着翅膀在天空中飞翔。昨夜下过小雨，身体稍稍轻触一下篱笆墙，栖歇在花瓣上的露珠纷纷洒落，我的脸上，便有了点点滴滴的冰凉。

山上果然有狗。狗比人眼尖，我还没发现它，它已经汪汪地叫着朝我冲下了山。

叫狗不咬人，咬人的狗不叫，况且它只是一条形状普通的黄毛家狗儿，不用害怕。转而一想，山下农家乐的林子做大了，什么鸟儿都有，顺便来爬山的人，掐了人家的蚕豆芽儿，拿回家下面条吃最可口了。但人家心里不恨死这些贼子，放了狗，就咬你一次，赔你一次打针的钱，杀鸡吓猴，做出个故事来好传说——看谁还敢祸害庄稼？这事儿还真说不准呢！罢，罢，我欲转身时，黄毛狗已经冲到我脚下了。

"幺儿……幺儿……"好像是狗的主人在唤它。

黄毛狗回转身呆愣了几秒钟，再回过头来，瞄了我两眼，然后埋下头，绕着我转了一圈，翘起个尾巴甩了又甩。我也养过狗，知道狗儿甩尾巴是表示高兴，刚刚悬着的心落下了地。我进入了农家的领地，况且这儿有狗，不敢再擅自往前走了。我站在篱笆墙边，找一处稍大一点儿的窟窿，探头朝里望去，望见里面是一大片空空的土地，有两处角落里，还保留着结满油菜种子的植株，它们证明着，这里边刚刚收割了油菜籽儿。

田地里有两个躬着腰背在劳动的人，一男一女，显然是夫妇，男的在前头不停地挥舞着挖锄，大块大块的土壤被翻了身，春光明媚的天空下，坦露出黑黝黝的胸脯；女的背着只大背篓，挪在男人身后三米远的样子，低着头在捡拾新翻土壤里的杂草。

"喂……喂……"我一时不知道该怎么称呼。他们朝我望过来时，我说："我是来挖点儿野韭菜的。"我怕引起他们误会，以为是来掐蚕豆芽儿的贼子。

那男的耳朵不错，隔着老远的，他居然听清楚了我的话，他回过头来，大声地对我说："挖吧。"

我轻轻地对黄毛狗说："伙计，你老板给我发通行证了！"

一会儿，我就走到篱笆墙的尽头，得转身了，从那大片土地的侧边——走过田坎小径，朝高处爬去了。田坎小径边没有篱笆墙的遮挡，我与田里的夫妇距离很近了。我想，这儿是他们的田地，先征求他们同意才好动作，于是问："这儿有野韭菜吗？"

"多呢，刚刚有个人挖完野韭菜下山了。"还是男的回答我，说完这句话，他就埋头干活儿去了。

我顺着狭窄的田坎小径走过去，登上一米多高的梯田，再穿过一片橘树林子，在橘林边的另一道石坎下，我终于发现了长得很粗壮的野韭菜。哇，那是过去的梯田坎子，经岁月风化，大部分石头都变成土泥。石与泥夹杂的缝隙处，还有橘树下，初春疯长的各类野草里，都暗藏着颜色葱绿，茎叶鲜嫩的野韭菜呢！它们三五成群，映亮了我的双眼。我挖一处，捏一大把，真清爽！时不时，我手中的铲子戳进石坎里，被石头反弹回来，我非但没有碰撞的疼痛感，倒觉得是一种乐趣，挖得心情格外舒爽。

我边挖着，心里的想法儿，也像野韭菜一样，一窝一窝地朝上蹿。我找过许多地方，还没发现过这么肥沃的土壤，这么鲜嫩的野韭菜呢！到了这季节，天知道，有多少来玩农家乐的人爬山，上山了，又有多少人在这地方挖野菜。这坎下的土地，坎上的橘子树，坎边的野韭菜，应该都是这户人家的，这对夫妇并不阻挡，只说："挖吧，挖吧！"他们对谁都是这样的态度吗？连黄毛狗都表示友好，把我送到橘树林子里才转回去呢！而挖野菜的人，并不是每个人都很自觉，这不，我脚下就有几个刚刚刨挖过的坑。这人工垒起的田坎子，本已腐朽，弱不禁风，若是坑大了，岂不垮塌？于是，我把眼下的那几个坑填了；自己挖一处，就填一方土。没用到一个小时，把新挖的野韭菜搁手心里掂了掂，估计有斤把重呢！我想，既然把野韭菜当药，至少要让母亲坚持吃上一年，那么，我每周来挖一次，来日方长，可别因为贪多，搞坏了与这户人家的关系。

从窄窄的田坎小径往回走的时候，我又望见了田里劳作的夫妇。

男的还是在前头挥舞挖锄，女的还是跟在后头，从新翻出的土壤里捡拾杂草。之前女人背篓里几乎是空的，那会儿，女人背篓里已经被杂草填满了。昨夜下了点儿小雨，地面潮湿，一股股土腥，一弥弥野草芬芳，从大块大块新翻出的、有无数蚯蚓在拱土的地里头钻出来，阳光和春风，把它们的气味向周围传播开去，送到那些蚕豆枝藤上，和蚕豆花儿的清香聚合了，汇拢了，变成一种更浓郁的乡土气息。

我有点累了，也是被这初春的田野，清新的气息吸引住了，索性从包里找了只塑料袋垫地下，一屁股歪栽在田坎小径上。

我默默地望着田里劳作的夫妇。我过来时，他们可能刚下田，身上还穿得很整齐，那会儿，男的早已脱了外套，只穿着一件深蓝色的背心；女的呢，也只穿着一件棉织的，休闲式圆领衫。他们好像没有看见我，只顾埋着头干活儿。我也不想与他们说话，这样好好地看着他们干活儿，他们是不是褴糊和哑巴夫妇呢？管他呢，心里只觉得这是一种很难得的、宁静的世界。也不知这样子看了多长时间，后来看见那女的用手在比划，好似问男的，"你累吧？累了歇会儿。"

男的把挖锄插在土壤里，锄头把子夹在腋窝下，掉过头对女人说："不累咧，今儿晚一点吃中饭罢了。"

说着，男的又挥起锄头干活儿了。他挖了一方土，才又掉过头来，对女人说："你饿了，先回去吃饭吧！今天不会下雨，我吃完中饭再来收拾这地里头的杂草。"

女人又比划，好似说："不咧，你挖完了田，我捡完了草，利索咧。”

以后我每周来挖一次野韭菜，每次挖完野韭菜，路过田坎小径时，就要在田坎边坐一会儿。黄毛狗和我混熟了，它特别恋人，并且像有特异功能，每一次，我的双脚刚刚踏上泥土小路，它就欢快地跑下山来迎接我；我坐在田坎边时，它也总是乖乖地蹲在我身边，和我一样，望着田地里它的主人们。

我第二次来，就见他俩在新翻的土壤上栽种着西红柿秧子，那些秧子顶多两个巴掌长，却已经开着小小的黄色花儿了。橘树田的坎上，有一幢用白色塑料棚搭就的温室，温室里培育了西红柿、黄瓜、丝瓜、辣椒等秧子。每年清明前后，菜市场里就有卖秧子的郊区菜农，那多半是他们田里栽不完的秧子。自然，这对夫妇正在栽种的西红柿，是从坎上温室里弄过来移栽的。

从移栽各种蔬菜秧子的那一天起，他夫妇俩就起早贪黑劳作在田里头。春天的各色野草疯长，菜秧子还没吐出嫩叶片儿，草就长过了它们的头，锄草、拔草得一遍又一遍，很多时候，他夫妇俩躬着腰背，在田里拔野草的样子使我十分感慨。有一次，我看见他俩各自拿着个电拍子，一红一蓝，在丝瓜田那长到膝盖高的秧藤间挥去舞来，随之，“嗤……嗤……”我听见细微的电击声，看见天空中有无数金头黑背的小飞虫在仓皇逃命，原来，它们正鼻涕虫似地紧贴在丝瓜叶上，默默地吞噬着那绿色的生命呢！我好生奇怪，有这样子种菜的？事后我问褦糊。他笑了笑，“消灭有害瓢虫还算轻松省事的！”然后指着他的哑女老婆说：“豇豆逗蚂蚁，她一个个捉虫子呢！”

哑女不吭声，只是瞅着我笑。

“你们不打农药吗？”

“挑出去卖的菜，自然是要打农药的。每种蔬菜都有它的天敌，我俩个，对付得了那么多敌人吗？不过，我俩总是分不清，哪片田里的菜是留给自己吃的，索性都不打农药了！"

"那么除草呢，听说除草液很省事儿？"

"这与打农药是一个道理，能消灭杂草，就会破坏土壤！"

"真好！谁买到你们的菜，谁可占了大便宜。"

还有一次，我走过田坎小径，发现他夫妇俩站在一块儿，拢得很近很近。我想起他俩在油菜田里干那事儿的传说，我自己的脸，倒像天边的晚霞一样被烧红了，发烫了，别误了人家的好事，我想赶紧逃跑，却听见了襁糊的声音，"已经有十二颗果子了，还有六朵花呢！"我倒转回来，却原来，他俩是在数果子。我发现西红柿植株的芽巴子上，全都吐出了青涩的小珠珠。一眼望过去，这偌大一片西红柿田啊，他俩数得清吗？真是一对痴情的菜农啊！

那个春天，我挖完野韭菜后，老是这样子，抚摸着黄毛狗背部柔弱的毛，坐在田坎小径边，看这对夫妇在田里劳作、休闲的情形。他们没法像正常人那样对话，便总是在忙碌，我也喜欢这样安静地望着他们。好几次，当我从小径上往回走的时候，竟情不自禁地吟诵："相看两不厌，只有敬亭山。"

有一天，我终于进入了那片土地，与他夫妇近距离接触了。

那天，天空中飘着小雨，我打着把伞去爬山，在半上坡上，看见他俩各自背着个装满什么东西的大背篓往山上爬去，雨水淋湿了他们的衣裳和头发。我赶上一步，问襁糊背的什么东西。他告诉我说："枯树叶子，沤肥用的。"

农村的个体农民，不论种粮食还是种蔬菜，主要是用猪粪之类的畜牲肥，他们却从大街上扒来些树叶子沤肥，多麻烦啊！这一次，我怀着太多的不解和新鲜感，跟在他俩屁股后面走进了他们田里头。

在田里头，我才第一次看清楚了他俩的形象，男的穿一件藏青色工作服，胸前有两个小兜，兜上方写有湖北某分公司几个字。一看就是在附近工厂打过工的人。女的圆脸盘，皮肤白里透红，两腮深深的酒窝儿，好似蓄满了菜地里的芳香。他俩都是中等个头儿，长得壮实、健康。在郊区，如今能守在耕种土地上的人，一般都是面容难看，或者老者，难得发现他们这样健美的人。

我先是弄清楚了他俩姓甚名谁，男的调侃地说："他们背地不是叫我褴糊吗？你就叫我褴糊好了！你不知道，我还有一个绰号是梯田女婿。"他指指身边的哑女，"她年轻时，是这方圆千里挑一的美人儿，她父亲原是九道弯的村长，当年带领大家开梯田，招女婿就一个条件——帮他想点子引水上山。女儿相了五次亲，老村长都看不中。我是第六个，我可不问老村长和他女儿对我什么看法，与她见面的第二天，我就扛把锄头，跟着老村长上了山，不出一个星期，我和老村长站在山巅上，我告诉他，在山巅上挖大坑，若大坑里长年蓄满水，那水就会朝山心里慢慢渗透，然后再在梯田边层层挖渠道。"

他指给我看山下的情景：一条水泥路往山上爬起来，从山下到我们站立的地方，有五六个弯转，五六层水泥路坡道，每层坡道上就有三五幢房子，几乎都办成了农家乐。他说："前几年，这整座山都是梯田，从山顶望下去，蔬菜长得那个绿啊，我儿子读初中时，语文课本中有个形容词，叫绿盎盎……"

说着，他长长叹了一声气，"唉……"

褴糊夫妇俩带领着我，绕到他们的田旮旯里，那里有一大坑，他们从山下背来的树叶子全倒在坑里沤肥。原来，在离这一亩三分田不远的地方，有一专业养猪户，规模不大，倒也喂有十几头猪。褴糊需要的肥料全靠这家养猪户供给，多年来两家合作得很好。前年，郊区不准养猪了；那就烧火粪肥田吧，去年，又不准烧火粪了。褴糊对我说到这些，又长长叹了一声气，"唉……我生养过儿女，种菜没了肥料，就跟娃子断了奶一样咧，我的心，猫抓狗咬般的疼咧！"没了肥料，菜还得种下去啊！他夫妇俩，只好从山下沿江树林子里搂抱些枯树叶子，背上山来沤肥。

从我走进他们田里头的那一天起，我觉得那一亩三分田，是属于他们的，也是属于我的，因为我从那片土壤上看见的，是一种难得的坚持、执着与个性。我十分地留恋那片蔬菜园子了。初夏的阳光，浅浅地晒在土地上，园子里的西红柿成熟了，黄瓜、茄子、辣椒都成熟了；淡蓝的天空，潮湿的土壤，成熟了的季节。我打着遮阳伞，在田坎边坐的时间变短了，只要我有空，就下田帮他俩采摘西红柿，我亲眼看着它们成长起来，收获果实就很有趣。每次我回家的时候，他们总要让我捎带上一二袋西红柿。

那些日子，无论天晴还是下雨，襁褓每天都要挑着担子去菜市场卖菜。我问过他，为什么不用三轮车或者自行车托运？他说习惯了，再说没多远，去江北过个桥，上了街，转个小弯弯就到了菜市场。

一亩三分地里的西红柿还没卖完呢，一个让人们兴奋不已的消息在九道弯不胫而走，说是有人要用八万块钱，买襁褓的一亩三分地。许多人后悔，有说自家田地只卖了二万块钱，有说自家田地只卖了三万块钱。当豆渣嫂告诉我这个消息时，我一点儿也高兴不起来，反倒有一种说不清、道不白的沉重感。豆渣嫂说："八万块钱，他赚呢！哼，难怪襁褓不卖给我那块地，原来是想赚大头啊，有心计！哼，这块橡皮膏药，这次，买主儿一拿一个准……"那会儿，我正在搓麻将，牌局不太好，豆渣嫂这一句话，一声哼，使我心烦意乱，原来豆渣嫂也打过一亩三分地的主意，襁褓早把她给弄得罪了！我随便丢了一颗筒子，让人胡了，站起身，没好气色地对豆渣嫂说："买家出十万，你看襁褓卖不卖？"

麻将是搓不下去了，我离开灯笼秀，一个人朝山上爬去。我想钻进西红柿田，立刻把这事儿讲给襁褓。我站在田坎上，一眼望过去，望不见襁褓、哑女和那条狗。过去从来没有过这种现象，他们一家子，除了清晨去江北卖菜，一直都守在田里头。有那么一瞬间，我的双眸好似被遮天盖地的雾给挡住了，没有了红色的果实、绿色的植株，脑子里一片茫然。我钻进西红柿田里，想寻找，想好好呼吸那片土壤的气息。我找到了人的气味，不是一个人，而是几个人混合的、冲突的气味，还有烟酒的气味——莫不是，该发生的，已经发生了？

我的猜测没有错，正是这天上午，村长来找褙糊谈出卖一亩三分地的事儿。

九道弯村长有个习惯，晚上爱咪几口酒，咪了酒就要倒头睡觉，所以每天的下午饭吃得晚，事情都安排在白天做。那天清晨，村长就给褙糊打电话，说要到他家里来谈事儿。褙糊在田里用手机接电话说："我在干活呢，劳驾您爬爬山行吗？"

村长说："行"，就挎了个黄色书包，顺手抓了两包烟，一瓶酒爬山来了。褙糊见村长果真上了山，立刻明白，人家要地的事儿猴急得狠，才请村长出面当说客呢。他把村长领到橘子树下。

村长抬头瞄一眼桂满青涩小果子的橘树，"今年又是果子的大年成咧！"村长是话中有话——果子收成越好，果农越霉头，咋，看着的好果子，卖不出好价，岂不急死人！

褙糊就说："这几棵歪脖子不值钱，只当是捡来的；我有西红柿、蚕豆、黄瓜、南瓜、丝瓜、茄子、竹叶青……"

村长说："今儿，知道我为什么找您吗？"村长比褙糊小几岁，说话总是十分客气的。

褙糊说："得罪您了，又让您爬这道山，过这道坎。"他想起上次有人要买地，村长也当过说客。

村长一边从包里摸出烟酒来，黄鹤楼的烟，晓东村的酒，"今儿我叔侄俩先喝酒，再说事儿，长话短说行不行？"

农村兴辈分，哑女的辈分低，褙糊上门女婿随了妇家，村长为叔，褴糊为侄，不过是套近乎。村长带来的烟酒半头还在包里头，褴糊眼明口快伸手去拦村长，"做侄儿的让叔叔爬田头来，够得罪了，哪敢让您破费！"他的眼色还没使出去，夫唱妇随，哑女已经朝山下跑去了。

一会儿，哑女提着两袋子东西上来了。褴糊接过哑女手中的酒，在村长眼前晃了晃，"村长喜欢喝白云边的酒咧！"

村长说："这事儿急昏了我的头，哪儿顾得上喝什么酒！"

褴糊说："别急，别急，你看我这田里的果子，多新鲜的下酒菜！"他的话还没说完，哑女又跳到坎下，分分钟摘了七八个西红柿，装在草帽窝子里搂了来。

村长虽然说每天都喝酒，但他一沾酒就上脸，连眼睛也红着呢。一杯酒下肚，他鼓突着一双红眼睛对褴糊说："这九道弯，就你傻咧！"

褴糊笑着说："哈，哈，您说的是啊，别人要么卖地卖房，逍遥快乐；要么自己办农家乐，三五年下来，赚够了钱。我不傻，谁傻嗬？"

村长说："知道就好，这九道弯早晚会画红线，您回答我一个问题，是不是自己打算在这块田地上盖房子？"

褴糊摇摇头。

"那我真搞不懂您了！"村长嚼了几颗花生米，喝了一口酒，"你不为自己攒钱，也应该为儿女留两套房产吧？"

儿女之事，可是褴糊夫妇俩最认真对待的一件事。他们养育一儿一女，儿女都很优秀。儿子凭着托福和 GRE 的优良成绩，自己考到美国去读硕士，毕业后就留在美国工作了；女儿还在北京大学读书。去年儿女回家过年，褴糊夫妇俩就把关于这块地的想法说给儿女们了，一是继续种菜；二是废了菜地，盖一幢两层楼的房子，征求他俩的意见，心里边又执着于继续种菜，还补充说："我们现在的住房四大间，万一政府要拆迁，也会分个三室一厅，足够宽敞了！"没想他俩意见一致，说爸妈想咋地就咋地，只要爸妈活个自由自在，他们就高兴。

于是，褙糊说："儿孙自有儿孙福！"

村长就等着褙糊这句话呢，"好，你要自己盖房，我没得话说，你自己不盖房，那就卖掉它吧，买主愿出八万块钱呢，早卖地的人都后悔，眼红你呢！再说，这次的买主是有来头的！"

褙糊听着这话就反感了，"这一亩三分地，从分田到户就是我家的，有地契，有界碑，他们天大的来头，总不能说抢了去！"

村长想，褙糊啊，褙糊，上次您不买我的人情也罢，那是个小萝卜头儿，这次您不买我的人情，可是给我出了天大的难题呢！打算圈这片地的人，已经来找村长两次了，第一次就给村长交了底，说他是规划局局长的小叔子。什么局不好，偏是规划局！村长打冷颤，冒虚汗。咋的，一年前，他通过过去与规划局的工作关系，把亲侄儿弄到局里上班去了。侄儿学历大本，专业与岗位只能打个擦边球，勉强进去，人家先给了个合同工，绳套子还在别人手上呢！果然没几天，规划局某副局长就给他打来了电话，虽然电话里一字不提谁谁买地的事，可是人家上头的人，无事不登三宝殿，哪怕是一个电话，你得拿心里左掂右掂，掂了又掂。再说城郊结合部的村长，说小，蚂蚁大点儿芝麻官，说大，修路搭桥，拆迁建厂，市里局里镇子里，头上的婆婆多着呢，他们找上你，桩桩事儿都得摆平！为此他也没少见世面。当时，村长试探地问买主："这不早就说要划红线？"

买主说："今年搞不定，明年总会搞定的。"

这下村长的猜测错不了，这人多半又是掌握内部消息，他要的就是占个地，然后用最便宜的材料匆匆造幢楼，顶多二三年，赚拆迁费就是几百万呢！

村长站在禤糊的角度设身处地地想，他也不愿意做这样的说客，过去的九道弯，山清水秀，果树飘香，蔬菜鲜嫩，村民们安安静静，心安理得地过自己的小日子。现在这整座山，就像安插无数台不停转动的机器，音响、喇叭，嬉笑声、吵骂声；水泥山路上，车屁股放烟抛雾，日日夜夜喧闹不止，闹得人人心神难宁，鸡犬不安。禤糊他保留着一亩三分地，算是替村子里保留了一份原汁原味的风景呢！

但是，眼下村长很无奈，不得不对禤糊说："这次是规划局的人，你知道我那侄儿，去局里上班还是合同工，饭碗捏在别人手心里，算我求您帮个忙，让我侄儿倒数几个钱给您也行，不会亏待你的。"

话说到这份上，禤糊也只好勉强应付了，"您让我想想……"转瞬，他心里喊："不行！"既而笑脸赔礼，"叔啊，我岁数比您大，辈分比您小，可是第一次喊您叔，叔啊，叔，您让我给你帮什么忙都行……"

这下子，村长烦死了，打断他的话，"除了这几分地，你能帮什么忙？我俩换老婆答应吗？"

禤糊仍然满脸堆笑，"换，咋不换呢，您老婆年轻着咧！"

村长被将了一军，拿一双鼓突突的眼，狠狠地剜了禤糊一下，"我日你的龟孙媳妇儿！"

禤糊见村长醉意不浅，"哈、哈"地笑出了声，倒让村长丈二和尚摸不着头脑。他笑说："村长，您瘪球了咧！"

"烧说！"村长吐出一口呛人的酒气，"说正经事吧，你应该明白，你这块地不是宅基地，是山地，明儿一拆迁，它一钱不值。傻逼、犟逼；傻逼，傻逼咧！"村长站起身，一跺脚，"我劝你自个儿还是好好想想！"酒也不喝了，掉过头，从坎上橘树林跳到菜田里，穿过茂密的西红柿植株，踏上田坎小径。

"拆迁……"襁糊喃喃自语，笑容消失了，一层愁云浮上脸颊。

哑女望一眼襁糊，再望一眼村长的背影，捡起地下村长带来的烟和酒，把它们搂在怀里赶着追村长去了。

一个周末，我又挖野韭菜来了。我站在田坎小径上，望向西红柿田，没有发现襁糊和他的哑巴老婆，田野里只有收成后，零星地挂在枝头上的西红柿，和其他蔬菜。周围静悄悄的，想到近日关于一亩三分地的种种说法儿，我难免一阵子惆怅，呆呆地望了一阵子田野，爬上田坎，埋头挖我的野韭菜了。

后来，我听见了襁糊的声音，比平时说话高了八度，好像是在跟人吵架。

还有一个陌生人的声音，"我出九万怎么样？"

"不卖。"襁糊很果断。

"十万。"

"不卖。"

"十五万。"

"你把这两个数字倒过来我也不卖！"

虽然我没有走拢去，但已经明白眼下正在发生的事情，一定是买主找上门，找到襁糊田里头来谈价钱了。襁糊——啊，我好生佩服你，好一个有个性的奇葩！我心里这样想着，就搁下手中的活儿，下坎儿去看热闹。

西红柿田里除了襁糊夫妇俩，还有另外三个男人，其中有两个称得上彪形大汉，有一个是中等身材，偏瘦。我刚走拢去，就见其中一个汉子皮肤黝黑，满脸凶杀，圆瞪着恐吓与威胁的双眼，额头几根青筋暴突，就像即将挥打对方的鞭子，他把恶狠狠的面孔朝襁糊的脸凑过去，这样他们两个人，只差额头抵着额头了。襁糊不退让，不眨一下眼，与那人僵持着。我的心，相跟着那即将发生的暴力行为，被悬吊起来，我想喊叫，没等我喊出声，只见那个汉子的手指已经戳到襁糊脸上去了。襁糊才不由自主地倒退了两步，"你干什么，想打人？"

"就打你，打了你怎么样？"对方朝前逼进一步。

我想上前拦在他们中间劝架，心却颤抖得厉害，双腿发软，这不是大街上，是空山野岭！

我犹豫的瞬间，只见哑女一把推开了她的丈夫。她好大的力气，竟把丈夫推出三米开外。她挺胸上前，横拦在那家伙跟前，嘴里大声地喊："老公，操家伙！"

襁糊顺手拿起了竖立在田坎下的锄头。但是他的身体却紧紧地贴在坎墙边，丝毫不动弹。倒是哑女摆出一副天不怕，地不怕的泼辣劲儿，她指着黑汉子大声地说："你们来吧，谁敢伤我老公一根毫毛？强盗入室——我自卫！别看你们三个，再来一双，看我俩如何收拾你们，让你们一个个嘴巴啃地，屁股朝天！"

三个汉子蒙呆了，两分钟后醒过神来，才齐声笑对哑女说："嫂子莫动怒，莫动怒！"

没想这么一场十分惊险的真戏，收场如此迅速，简短。三个汉子没趣地下山了。

事后，我大感难解，牵起哑女的手，问道："原来你不是哑巴？"

哑女哈、哈、哈地笑。

襁糊对我解释："她是装聋作哑！"

他说这几年，想买他这块地的不是一个、二个人，个个都是打定了主意，死纠缠，难免得罪人。她脾气不好，与人发生争吵，落得自己的身体吃亏，索性闭了嘴巴，不说话。时间长了，人家认识不认识的，都叫她哑女。

哑女笑过之后，开口对我说的第一句话，是指着我手中的野韭菜，她说："这个，把根留住，它们才会越生越多！"

哑女没想到，她看似随意的这句话，给我出了天大个难题。我回家后再次问中医，查网络，了解野韭菜的药理作用主要在于根部的薤白。薤白的提取物能明显降低血清过氧化脂质，抗血小板凝集，降低动脉脂质斑块、动脉粥样硬化作用。所以，我才坚持每周来爬一两次山，给母亲挖野韭菜。之前，我曾在好些山峦田地寻找过它们，从来也没有找到像这样旺盛肥硕的野韭菜，特别是那一颗颗薤白，呈半透明的乳白色，圆润饱满，如玉似珠，是这一亩三分地养育了它们，如今哪儿去寻找这样肥沃的土壤呢？

我还想起有一次，褓糊扶着一株寸把长的黄瓜秧子对我说："它很快就完蛋了！"

我问他为什么。

他说："它没有长势。"

我又问："你怎么看出它的长势？"

他说："它从土壤里钻出来时，是两片嫩芽儿，已经五天时间了，仍然是两片嫩芽儿，芽儿中间没有吐出叶蕊。"他让我看看其他的黄瓜秧子，那些秧子的两片嫩芽儿中间，果然都有一至二片叶蕊。"如果它今天没有生长势态了，害虫明天就会来侵略它，吃掉它。植物是这样，其他的事物也应该都是这样，凡事都有它们自身生长发展的规律。"他说完这话，又指给我看那黄瓜秧子，"你看，这就是虫眼儿。"果然，那么脆弱的嫩芽儿上，有两个针眼儿大的窟窿，我的眼光从虫眼儿转移到褓糊的工作服上，盯着那上面的几个字想：他也曾经走南闯北，四处打工，还是回到一亩三分地上来。他有种菜经验，还有深奥的菜园哲学。再朝深处想想，既然是哲学，就可用之四海而皆准，这个菜农真不简单啊！

褓糊接着说："像这株黄瓜秧子——呈现死亡势态，在我这一亩三分地上，是极个别的现象，这片土壤，几乎所有植物生长势态都很好，别人一株黄瓜藤子上结二十条黄瓜，我这里要结四十条；别人一棵西红柿结十六个果子，我这里结三十二个果子；别人一根根地摘豇豆，我这里是一把把地摘豇豆。我俩……"说着，他自然且深情地牵起了哑女的手，"我俩起早贪黑，伺候它们生长，瞅着它们生长，就说西红柿，从开花长到青涩的小果子，小果子从黄豆那么大，长到花生米那么大，再长到苹果那么大，我们总也瞅不够咧；还有土壤、植物、花儿的香气，我们总也闻不够咧！还有咧，江北买我菜的都是回头客，老熟人咧！他们说我的辣椒是辣的，豇豆是甜的，西红柿又圆又大，白菜煮出来的水是绿的，我一天不去江北卖菜，就有人给我打电话咧！一年又一年，脚踩在自己的土地上，靠自己的劳动，吃自己栽种的、真正的绿色蔬菜，心里的踏实、满足感，只有我们自己最清楚，这就是我们的活法儿。人，就不能有自己的想法儿，自己的活法儿吗？"

"说得好啊！"我感慨地赞扬。也对自己提出了问题，是继续连根带茎叶挖野韭菜，还是将韭菜根保留在土壤里？一连好些天，我思来想去。嗯，我站在田坎小径上，收拢了遮阳伞，走进一亩三分地，戴上了他们的草帽，学着他们的样儿采摘果子时，我的身心就已经融入了这片肥沃的土地。我没有理由不遵守——这片土地上，人与自然长期达成的和谐生长规律。下一个周末，我又来挖野韭菜时，不是带铁铲，而是带了一把剪刀。我用剪刀一茬一茬地剪。完了，我经过田坎小径下山去时，看见田里的哑女，便从塑料袋里掏出一把剪得齐整整的野韭菜，举过头顶，朝着她挥了挥。她望着我笑。她的笑总是蓄满阳光和雨水，很甜润的那样儿。

没多久，我竟然发现了一种现象，沟道、田坎边的野韭菜，一茬一茬的，都是很整齐的、被剪过的样子，几乎找不到坑坑洼洼、土壤被乱刨乱挖过的痕迹了。我好不欣慰，显然，其他来挖野韭菜的人，也都学着我的样子，有一个人这样做了，就有十个人这样做；有十个人这样做了，就有一百个人这样做，形成了一种风气，风尚。尽管季节已是盛夏，我看见了来年春天，野韭菜在这一片土地上蓬勃生长的景象。

　　夏天过去，秋季来临，野菜们茎枯叶黄，花谢籽生，为着下一个春天的复生和兴旺而准备着。因为野韭菜的茎叶都老了，我爬山的时候就少了，偶尔去一次，只是下田加入他夫妇俩劳动的队伍，稍干一会儿就累了，一如既往地坐在田坎小径上，默默地看着他们劳动。

　　有一段日子我没去爬山，哑女追来了电话，她说："您能上山来，看看我的襁糊老头儿吗？"我听见她的声音有点儿凄惶，甚至于哀求，想起那一次——他们在自己田里头被骚扰的情景，赶紧问："发生了什么事吗？"

　　她告诉我，九道弯在挨家挨户登记，不几日就要划红线了。襁糊几乎每天都要对她说："'我看见反铲挖掘机把下面的五道弯、六道弯都填平了……它们朝九道弯开上来了。七八辆挖掘机呢，小松200，黄色的！'他梦里也在说这个事儿呢……"说到这里，对方没有了声音，电话却没有挂断。我耐心地拿着电话，很快，听到了哑女从电话那头传过来的哭泣声。

　　"襁糊……他……他是不是脑子出毛病了？"

　　幻想症——？我听见自己脑子里一声轰响，丢掉电话，搁下手里的活儿，就向九道弯奔去。一路上，我老是想，我能帮这对菜农夫妇做点什么呢？远远地，我看见哑女早已经等候在半山坡道上。我与哑女一见面，她的眼眶里就盈满了泪水。才几天没见面，她的圆脸消瘦了，酒窝儿消失了！我一句话也没说，拉着她的手，让她带着我朝一亩三分地爬去。

　　远远地，我就看见了襁糊，他一个人站在田坎小径上。哦，还有那条黄毛狗蹲在他的身边，就像菜地里的丰收之季，它那么乖顺地蹲在我的身边，和我一起望向田野的时候一个样子。这情景令我心里好一阵难受！襁糊呢，凝视着他脚下的一亩三分地，不，他的眼光似乎放得更远一些，那么专注地眺望着更远一些的土地，好长时间，他的身体一动也不动，好像一尊雕塑，以至我怕惊动他而停下步伐。哑女走在我前面，见我站着不动了，她也停步回眸，满面愁容地望着我。我想，我只能做一件事，让这对执着于土地的菜农夫妇——成为我心中的永远！

发表于《朔方》2017 年第 12 期（总第 588 期）

月光下的艾蒿枕

　　这是底层下岗工人渡过难关的真实生活写照。师徒两个寡妇，为了攒钱给儿子娶媳妇，无奈、聪明地出租一套房子，两家人拥挤在一套60平米的房子里。岂不知，正值青春蓬勃的两个儿子睡在一张床铺上，从精神到身体融合，直至私奔……

　　槿花喜欢在久晴后的夏天里擦锅。

　　这天槿花埋着个头擦锅，颈脖子没转弯，吱吱嘎嘎的声音没有间断。槿花卖汤圆，整吃的东西要干净，她每擦好一只锅，把它举上头顶看看。金属反光投射在她背后楼房的碎石墙面上，在装潢过的铝合金玻璃窗、原生态的木框架窗之间蹦跶，最后扑回她怀里，她脸上就有了抱回光娃娃的笑容。

　　剑兰不声不响拿起地下的一只锅帮忙擦，心里头有个声音压倒了金属声——肯定是庆生的对象吹了！

　　剑兰见过庆生的对象，那女孩模样儿周正，她家在江南，做菜农。她愿意与庆生发展关系，有两次因为夜晚没船过河，都歇庆生家了。槿花把这件事喜滋滋地告诉剑兰。剑兰替槿花高兴得没法说，她与槿花门对门，母子俩相依为命的生活处境也一样，庆生能说上媳妇，儿子浩林就可见希望的曙光！可能女孩也把歇准婆家当成一件大事——我都歇你家里了，难道不好意思开口找你要件衣裳吗？女孩在超市看中了一件衣裳，对庆生说起那衣裳。庆生虽然穷，倒也有几分大男子气魄，真要给女人买衣裳就跑商场，哪会在意超市。女孩又对槿花说起那件衣裳。槿花很在意，悄悄把包里的钱数了又数，但想女孩和自己睡一张床上，庆生并没有动她一根汗毛，再说如今打着谈朋友的幌子，骗钱骗物的女人多着呢！女孩和儿子的基础没牢固，这钱闹不好是白掏。槿花就对女孩说："等秋凉出柑橘的时候，庆生跑押车的活儿来了，他会给你买漂亮衣裳的。"

女孩不吱声，闷闷地红着个脸。庆生再约女孩，女孩就对庆生说拜拜了。

剑兰的劲太猛，没擦几下软了手腕。槿花接过剑兰手中的东西，讪讪地对剑兰说："我跑超市去看了，那件衣裳标价是二百四十块，买了衣裳，这个月我喝西北风？"剑兰说："我看是个本分女孩，她试试你母子俩懂不懂疼她。"槿花懊悔莫及。剑兰脑子转转，槿花要是手头宽裕扔二百块钱，这媳妇也许敲定。若是我俩合住，租一套房子出去，攒着房租将来换媳妇多好。这话剑兰难得说出口。不久槿花喊剑兰去她家吃饭。那顿饭因为春季里的野菜让剑兰猛增胃口。爆炸花椒叶，青油、脆酥、麻辣；凉拌野韭菜，又香又冲，冲得眼睛鼻孔直淌水；且不说其他，单单这两样菜，是料非料，是菜非菜，尽其蔬菜与佐料的美味。剑兰借着胃口的强烈刺激说："我们要是天天能吃到槿花阿姨的菜，那真是幸福的日子！"她用眼求助儿子帮腔。槿花见剑兰鼻头酸眼睛红，泪湿两腮，忽然地好感动，"要是我能给你幸福日子，宁愿天天做菜你吃。"槿花也想到合住了，索性把剑兰的心思挑明，"你母子俩搬过来住不就幸福了。"这话诚恳。剑兰与槿花是师徒，更是姐妹，两人之间什么好事都可能发生。

剑兰是穆工的老婆。穆工是哈尔滨人，籍贯山东。大学毕业后留北京某科研所工作，因支援三线建设下放到剑兰她们的工厂。穆工那山东大汉的体魄，纯正的普通话，学历、地位已经够抢女孩子们的眼珠了，系统内的联谊会上，他的一首《我爱五指山，我爱万泉河》，使女工对他的暗恋，达到高山仰止的地步。据说有几分姿色的女孩，故意让自己的（扩散炉）熄火，引出穆工来解决问题。但普遍的现象是，只要有女工抬眼看见厂办公室三楼，那刷着红色油漆的拦杆边走过穆工的身影，车间里就会悄悄地、兴奋地传递着一条消息——李双江快来到我们身边了！

槿花是在一次排队买饭时，近距离地接触了剑兰。那是栀子花开的季节，剑兰手拿着搪瓷碗和不锈钢饭勺子，从外边走进食堂，驻足在槿花身边。槿花闻到了她身上的花香，毫无来由地高兴，又非常紧张。槿花在后方车间干冲工，活儿是把板料送进庞大似虎的机器，让虎口吞进它，吐出有形状的模具来。活儿累不说，弄不好就让自己的手指头变成血肉模糊的"模具"。所以像槿花这样的女工，特别羡慕、向往前方车间的女工，她们穿雪白的大褂和鞋子，在专用澡堂冲浴后，方才进入四壁透明的真空车间看仪表、守机器。剑兰因为穆工出了名，她那细长白净的脖子，尖削削的下巴，代表了前方车间女工的秀气与文雅。槿花看出剑兰是嫌排队太慢，正犹豫是否退出食堂。她低声问："要我帮你带饭吗？"槿花无意帮剑兰带饭，实现了她调进前方车间的愿望。之后剑兰再也不用走出车间排队买饭，而槿花只是作为那个时代的学徒，为师傅做了一件微不足道的事情。两个女人开始了马拉松似的交往和友谊。

两套房子之间选择谁？剑兰已经搬过一次家了。穆工病逝前后，被外省老板接收的工厂里，如剑兰这般年纪的工人，内退的内退，买断的买断。她原来住的那栋干部楼宿舍里，上楼下梯遇见的邻居，也换了好些个陌生的面孔。唯一能听她谈穆工，谈那次排队买饭，谈消耗了她们大半辈子青春的工厂，这所有过去的骄傲和辉煌的人，只有槿花，槿花是剑兰人生最美丽时期的一面镜子，她不能丢失这面镜子，她就卖掉了工厂里的住房，搬来与槿花做邻居了。

两套房子的面积都是 60 平米，简易装潢，结构与材料相同，只是槿花比剑兰晚两年装潢，房子明亮整洁些。槿花心下难舍，别人住哪有自己住爱惜呢！但她还是决定出租自己的房子。

合住后，两个儿子自愿组合共一间卧室，她与剑兰共一间卧室。槿花每天照旧天不亮就起床，去楼下院子里生火，用捡来的旧家具劈柴、煤球炉子仍然搁梯道口的老地方。每每她生好了火，庆生就给她推来了三轮车，帮她把火热的炉子、小桌子小凳子、锅瓢碗勺搬进三轮车，推到老地方去。中午，槿花卖完了汤圆，顺便从菜场带回菜来做饭，多了两张嘴，多摘一把菜罢了。剑兰则包揽了屋里的卫生。剑兰先把脏兮兮肥皂盒拿给槿花看，那若狗皮膏药一样紧贴盒沿的皂渍，让槿花不好意思地垂下了眼睑。剑兰并不是要槿花脸上不好看，而是要表现她自己爱干净，她把每块无色皂一分为四，让它们小巧精致地躺在洗刷后的盒子里，再拿给槿花看。槿花看出，剑兰不完全是爱干净，而是节约，就跟商量合住的事情一样，剑兰总是迂回曲折。那么拖地又是怎么回事呢？剑兰每天要先扫地，再用湿拖把，再用拧不出一滴水分来的干拖把，最后还用拖把将剩余的细碎垃圾拢在一块儿，拉来一截卫生纸，把它们抓在纸中扔掉。然后遍遍搜索，用沾了水的湿润指头擦干净地面的一粒尘土，一根头发丝。太过分了！她这么偷着干活儿的时候，要是偶尔一次被槿花撞见，她会仓皇地背过身，掩饰地说：“都怪这白色瓷砖，真难伺候！”

槿花一直认为自己生来就是个粗人，文化没剑兰高，也没剑兰那些雅趣爱好。丈夫鲁莽爱闹事，这致命的个性克死了他。而剑兰不应该过这样的生活，外省老板接手工厂之初，已经找穆工谈话了，准备委以重任。但厂里的工程师们过去一直存在的派性斗争，延续到外省老板的办公桌上，为竞争上岗，斗得遍地鸡毛，一塌糊涂，斗得外省老板擂桌子赶人——"我带自己的工程师过来！"之后京派靠着背景和关系陆续回到北京；本地工程师走了边缘学科的路子，被企业聘请成了打工一族；穆工的前程命运却急转直下。如穆工待家里无所事事者，先后去天堂报到，最年轻的只有 45 岁。现在别看两家人男耕女织，井井有条，可剑兰心里是不是别扭呢？如果不是别扭，她何以这样发狠地干活儿，把地面拖得能照见人影儿？槿花替剑兰难受，但槿花的情绪很快就被日复一日的辛劳驱散。

起初剑兰的确不习惯，晚上难于成眠，早晨好睡觉，槿花起床的动静哪怕小心翼翼，还是会吵醒她；槿花母子俩乱丢东西，教都教不好，想想也是，人家一辈子养成的习惯，你能在朝夕之间改变么？还有一件事情简直莫名其妙！那天庆生刚洗完澡从卫生间出来，剑兰就抱着衣裳进去。透湿的卫生间里，混杂着浓浓的男性体味和淡淡的香皂味。剑兰挥动手中刚脱下的衣裳去赶跑那气味，哪儿赶得跑，拿过水龙头冲，冲也冲不散，水雾腾腾，反而回撞出一股燥热、酥软的细流，在她的身体内鼓动，好久未有过的鼓动，耳朵嘟子火烧火燎，气味更加无孔不入。"这孩子，毛巾也不知道还原，洗脸盆边堆坐小火山似的！"喃喃这话，气味瞬时凝聚成个人形儿，庆生这孩子，肩膀上的肉好敦实，她垂下眼皮子，又刚好触着他那滚动的喉结，洗过澡的庆生，喉结像被雨水冲洗过的果子……她取下庆生的毛巾回原，竟凑上鼻尖去嗅，错了，错了，这孩子，唉！看不出槿花竟会喜欢红色，给儿子也买红色的毛巾。红白相间的条纹，陌生的毛巾！她捂嘴惊叫，倒退，倒退，像被人发现的小偷一样瑟缩到墙角落里。

同桌共餐，四个人的距离被拉得更近，剑兰换了衣裳。正襟危坐，她要以母亲的姿态来维持现有的生活秩序。她用母亲的眼睛去看庆生，眼里的水波多了一个层次，浮在表面的这一层母爱，尽可以毫不掩饰，庆生敦实的肉肩，鲜活的喉结，腋窝下隐隐散出的体味，这孩子有多健康！哪个当妈的不喜欢健康的儿子？相比之下，浩林更显孱弱，"让你多吃点，你就是不肯吃，看看庆生哥，都是三十出头的人，人家偏高出你半个脑袋！"剑兰边埋怨儿子，边夹起一片中方蒸肉，先送到庆生碗里，喜欢就多瞄一眼，当妈的多瞄一眼儿子有什么关系。

浩林却望一眼碗里凭空落下的肉，怔了怔，夹起来丢还给妈。妈妈早知道他不吃猪肉，对他的餐饮习惯放任自流，为何当着大家的面偏给他夹肉？浩林是个非常敏感且言语不多的男孩，他把对妈妈的问题当杂草沤在肚里。

两家的儿子很快玩到一块儿去了，在并排摆放了两张单人床的窄小空间里，能让人闹出动静来的东西是那张小书桌，桌面下有四个组合柜。桌面上是浩林那台老式的十二寸电脑。剑兰宁可从牙齿缝里省出钱，也要给儿子交纳每年近一千块钱的网络费。浩林中专毕业，在外省打了两年工，之后跳槽搞什么直销，剑兰就反对，直销失败，剑兰逼浩林回家来自学软件。浩林把自己的抽屉向庆生敞开。庆生在那些奖状和作业本中挑出日记本，随便翻了翻，最后停歇在一匹铅笔素描的飞马上，马下画了二、三朵云彩。日记上写着些什么内容，庆生没读下去，他移开了眼睛，"这个我不能读？"浩林接过本子，"没什么好读的！"脸色起了变化，更像一张白纸，"你是属马的？"浩林"嗯"了一声，把本子重新递给庆生，"想看你就看吧，小儿科的游戏。"庆生倒是更乐意把自己的抽屉朝浩林敞开。他的秘密是满抽屉的石头，指头般大小、圆溜溜、光润润、色彩斑斓。他从石头里翻出一把自制的木质弹弓，举起弓，拉直橡皮筋，侧身、跨腿、瞄准三点一线，弹丸待发。浩林拍着手说："酷！"脸上才有了点红色。庆生这副架势，若在有云的天空，茂密的树林中，哇，只要想想就痛快！

一个熟悉的面孔出现在剑兰她们这个杂居小区里，这个女人是剑兰和槿花的同事。她住在这三国鼎立的另一栋楼房里。她打牌三缺一了就跑来敲剑兰的门。最近没来敲门，剑兰几乎忘记了这个人，要是早想起这个人来，她就不会合住。

偏偏最近剑兰老与这个女人相遇。这个女人瞅剑兰的眼睛怪怪的，好像她是猎狗的嗅觉，从剑兰身上闻到了两家人的味道，使剑兰躲之不及，硬着头皮迎上去。她们互相盯着对方手里的蔬菜袋。女人说："待会儿他们支桌子，我过来叫你。"剑兰瞟一眼几米开外的化粪池，池底管道破损，粪便污水无法外排，掀起池盖，时间久了，连小区路面都遭到严重破坏。剑兰眉头皱出几道非常的厌恶，捂了鼻子，"这儿臭！"她打算永远回避这个女人。可是女人还想纠缠她。剑兰说："我不能打牌了，腰疼！"女人忽然冒出一句，"你和槿花住一块儿吗？"剑兰的身体颤抖了一下，塑料袋子里的鱼蹦了出来。女人说："你的鱼蹦远了！"剑兰瞟一眼在地下轻轻弹动着的鱼儿，再瞄瞄对方，认为对方识破了她的紧张，嘲笑她，她心底里的愤怒无可名状，"远了就远了，一条小鱼儿值几个钱！"鱼儿似回应剑兰的不屑，蹦起丈把高，蹦到化粪池里去了。那女人眼见着一条活鲜鲜的鱼蹦进粪便里，鼓起一串肮脏的气泡。她屁股一撅，捂上鼻子走人，"穆工的老婆，嗯！"

剑兰打开房门，把东西搁门口就奔槿花的早点摊来，"刚才我遇见了厂里的那女人。"

"遇见就遇见了，不就是个同事吗？"槿花很平淡。

"她知道我俩住一起了！"

"知道怎么样？厂里谁不知道我俩好！"

"天大的事到你这儿都轻松！"

剑兰真后悔，当时应该找一句妥当的话搪过去，"她住她的，我住我的！"只要理直气壮，谎言也能当真，况且这谎言并不是欺骗别人，而是欺骗自己。剑兰也找出许多同类例子来说服自己，原来工厂里的那栋旧楼房，和眼前这栋旧楼房，里面不少老职工却搬走了，他们上有老下有小，只好与父母挤一堆，或者搬江南农村，租更窄小的房子，用手头获得的租金养家糊口。可是剑兰你是谁？你一直在努力地把自己塑造成知识人，文明人，有教养的人。你是那样优雅的女人，你才属于穆工。现在可好，人家躺门旮旯里嘲笑你的文明、知识、教养呢！剑兰夜晚躺床上，辗转反侧弄得木板床"吱、吱"地响，吵醒了槿花，两个人都不吭声，偏着个头互相瞅着，偶尔不知是谁轻轻地叹声气。槿花劝剑兰，"睡觉要靠意志，多想身体是大才能克服，别想乱七八糟的事。"剑兰闭上眼，默默地念"意志、意志"，可是她没法赶跑那女人，她脑子里不是那一个女人，而是那些个女人。

除了那女人以外，她还想一种叫作水杉的树，很奇怪。不是想一棵杉，而是无数棵很高很笔挺的杉，它们的高度映绿了半个天空；它们伸入在水底的脚，荡绿了满湖的水。那女人与水杉是毫无关系的两件事，她怎么会把它们扯在一起想呢？想那女人使她烦躁，想那水杉使她兴奋，她能睡着觉吗？睡不着，只好在床上盘腿而坐。

一尊黑影立床上，槿花又哪能安稳睡去，抱过自己的枕头摸索到剑兰床边，要与她交换枕头，"睡我这个艾蒿枕熏熏，看你服不服它。"

过两天剑兰扯了两尺宽橡筋，把单人木板床两边都钉上粗大的钉子，睡觉前把橡筋系在钉子上，用它捆绑自己的身体，这是残酷的惩罚，但她眼睁睁地望着槿花，听见了槿花的鼾声，她才嘿嘿地笑了。

连续几天，槿花没察觉剑兰这套鬼把戏。不过剑兰没受多久罪，就给自己松了绑。

剑兰积极投入到杂居小区的义务劳动中，她参加这项义务劳动是从街上看见了一副"文明城市、卫生城市、环保城市"的大标语，这提醒她尝试着做一件事——给报社记者打电话，把小区化粪池的事捅出去。记者接到电话的第二天，抱着摄像机来到小区。记者让剑兰站在化粪池两米开外的地方，装出一副愁眉不展的样子，用手指着那肮脏粪坑，那正是她的鱼儿淹死的地方。剑兰想，打死我，我也不会在这种地方亮相，我待这儿，原本是命运与我开了个大玩笑！她就拉了个衣着邋遢的老头子。那老头子倒是乖乖儿，记者说什么，他做什么。当天记者就发出消息，文字配有图片，速度之快，是剑兰始料不及。这件事给剑兰很大鼓励，她天天上网学习"三城联创"精神，死死抠住"解决小区卫生、环保问题"这一条，准备为挽救她自己，让自己睡个好觉，干一件惊天动地的大事了。

两个大男孩从书桌下钻出来，钻到树林中去了。庆生的确是个弹弓高手，一弹一个准。他每弹一只小鸟就让浩林先看好。小鸟在远远近近的树上唱歌呢，只见子弹飞去，歌声戛然而止，树枝抖动，稍近一点的，还能听见小鸟落地的声音。庆生让浩林去捡，浩林说太残酷了。他嘴里这样说，心里跃跃欲试，巴不得庆生多弹几只，他好学习他的技术。后来有一只受伤的小鸟从树林里飞到他们脚边，浩林抱起它，它的爸爸妈妈很快飞来，在浩林头上凄厉地盘旋。浩林对小鸟说："去吧，跟你的爸爸妈妈回去吧！"把它放回了树林，自己的手板心却留下一条血印。回头再看小鸟，怎么着挣扎也飞不高了。浩林又说太残酷了，不想玩了，庆生只好收手。

两个大男孩继续朝远处走，也不知走了有多远，发现了有云的天空，茂密的树林，林是溪河边的林，溪河两边的树林夹出一片天空，那云就特别的深，那天空就特别的小。溪河里遍布大石头，清亮亮的水从石头缝隙间流去。他们从来也没见过这么亮的水，这么深的云，还有树林外的路，他们是从路上过来的，以为就是一条平常的路，现在把云、路、水放在一块儿，路就变了，宽广得了不起，他们有了在路上赛跑的欲望。浩林总跑在前头，眼见着把庆生甩在后面，他就跳进溪河，蹦上河水中的一块大石头。站在石头上笑庆生，"像个乌龟在公路上爬！"庆生拢近石头的时候，迅速瞄了一眼浩林的胯裆，刚才蹦水把他白色的休闲裤湿了个透，浅色变深色了，深色把青春勃起的隐私暴露。庆生不自觉地把手伸向自己的胯部，身体就有了异样的反应。他的裤子同样湿透了，要是躺下去，也会和浩林一个样。于是他抽出的手捏了一把浩林，"看不出，你简直是只小白兔，朝前直蹿的！"庆生就躺下去了，与浩林并着肩。他们很累，想闭上眼休息会儿，刚闭上眼，一片兴奋的树叶从身上飞过，又醒了。索性望天空吧！庆生把天上的云彩想象成妈妈给她做的艾蒿枕，一只洁白的大枕头好柔软，好舒适；浩林则把云彩想象成河水中的漩涡，自己是一片树叶，树叶在漩涡边打着漩，打着漩，玩得不小心卷进去了，变成一条滑溜溜的蛇，瞬间什么也看不见了！

"浩林你的想象力真丰富，话也多，回家里就变成哑巴了！"

"我不愿和妈说话，讨厌她。"

庆生睁大了眼睛，把浩林好好瞅了瞅。

"我妈妈的眼睛是刀子。"浩林又说。

庆生更不解了。

"从小我妈就爱说我，说我不像我爸的儿子，倒像武大郎的后代；说我爸是搞高科技的，我身上应该有遗传基因，落这份上是我自己不成器；有一次我的手伤了，她给我洗脚，掰着我的脚丫子说连脚指头都不如你爸！我说我是灰指甲。她说你爸十根脚指头伸出来，个个珠圆玉润。"

庆生嗤笑，"肉麻！"

"肉麻吧？我最难受的是她不说，她不说的时候，我就从她眼睛里看见了刀子，那把刀子刺向的是她自己，她这个人太好强，反而作践了自个儿！"浩林说到这里忽然从悲哀中拔出，让身体变了个姿势，双肘撑石，双手支着下巴，脸贴近了庆生，"告诉你个秘密，我上网是玩游戏，游戏不好玩了，就读新闻，读困了就虚拟，虚拟没意思，就看电影……网上太好消磨时间！"

太阳悄悄地溜走了，树叶发出了飒飒的声音，石头变阴了，变凉了。两个人的裤子都还是湿的，趁着起风，他们脱了裤子，把它挂在身边的树枝上，虽然衣裳是干的，干脆也脱了。这真是一个奇妙的世界，整整一下午，没有听见公路上发出汽车的声音。他们可以继续躺在大石上，说云彩，说妈妈。庆生说他的妈妈认识很多野菜，什么红菌、茴香、野韭菜、水绿菜、蒲公英……"你别看我妈妈这几天的汤圆卖得好，说不定明天、后天，上面一搞检查，拆摊了，她就提着篮子来挖野菜，她说野菜比家菜好吃，吃不完就卖；还说野菜是有机蔬菜，有种水绿菜，炒出来的颜色油亮亮，嚼嘴里脆嫩嫩的；路上我指给你看的木槿花吧，我外婆最喜欢，才给我妈妈取名叫槿花。这花儿下锅了，仍然一朵朵地盛开着，非常美丽，跟汤圆一样又软又糯；还有艾蒿，我妈从来不买枕头，扯两尺白布，用艾蒿做枕芯。枕着它睡觉好香呢，消炎杀菌，夜蚊子最害怕它，还可治咳嗽病。"浩林从石头上坐起来，"你说的是真的？"庆生说："我妈这几年没犯咳嗽的毛病了，说它灵！"浩林问："现在能摘到吗？"

风刮大了，把浩林的那条白裤子吹到水中去了。他们捞起裤子拧干了水，继续躺石头上说话。裤子不知是什么时候吹干了，两个大男孩也不知是什么时候回的家，只记得他们离开那块大石头的时候，两人不约而同回眸望去，月光似溪水流泻在石面上。

如果说把改变小区面貌当做一场大戏来看，那么剑兰是这部戏里呕心沥血的编导，也是一个最热情的群众演员。她给主管城市建设的副市长写了一封信，向市长汇报了小区的恶劣环境，指出已经造成的严重危害，表达小区全体居民的心声，言词恳切，简明扼要。小区居民谁见到信，都要在信上签大串名字，把隔壁左右、楼上楼下，爹娘儿女的名字全签上去。她和小区里几个热心居民找到市政府，把签着几百人名字的信件交给市长秘书。

很快，杂居小区被列为市里的重点整治项目，发生了一场翻天覆地的变化。这个夏天的梅雨季节，居委会的、区城建局的、市政维修的，几方面的领导站在小区的雨水中，指东画西筹划改造方案。接着掏粪汽车吐着长长的舌头，"轰轰轰"地吸干净了小区地底的粪便污水；粗壮的水泥管取代了地底的破损管，堆积如山的沙石料填补了原来千疮百孔、污水横流的肮脏路面。

槿花擦得铮铮亮的几口钢精锅，在剑兰这儿充当了道具，工人们进场，从开挖地底至铺平地面，剑兰轮换着用那些锅烧开水，泡茶水给工人们喝。现在她不用回避那女人了，我与槿花合住了，不就是合住吗？合住并没有改变我剑兰，我仍然是穆工的女人，是那个有知识、讲文明、有教养的高雅女人。

一片光亮的水泥地筑就，它把三栋旧宿舍楼房，把整个小区全映亮了。小区里有许多女人，认识与不认识的，她们都跟剑兰一样爱干净、热爱美好的事物，过去小区的肮脏把她们的脸面丢尽了！有几户人家嫁姑娘娶媳妇，不得不找来大片棚子布搭在粪坑上遮丑，让插满鲜花的婚车捂着鼻子经过。谁没做过改变小区面貌的梦，梦想竟成真！她们对剑兰说一声"谢谢！"的时候，脸上的笑容全闪烁着新区特有的光亮。剑兰能睡好觉了，那女人，那些个女人，还有那水杉，都不来打扰她了，她聪明地诠释了水杉，它是向她预示小区今天的绿洲呢！她脸上有了红润，洗澡时竟又闻到庆生的体味了，她没有紧张和窘迫，从容地拉下庆生的毛巾，毛巾在她手中搓出一串串雪白的气球。若不是后来发生在剑兰家里的一件事，好心情会一直伴着她走下去。

两家的儿子准备出去闯闯。

庆生每年都要替人押几趟车去省外，有外出经验；浩林则不同，长这么大，还只是读大学去了省城。他俩订下出门的日期后，浩林像小孩过年一样屈指而数，但担心妈妈不会让他出门打工，他只能"离家出逃"。他想为妈妈做一件事情弥补不孝不忠，想起妈妈每年秋冬之交都爱犯咳嗽的毛病，最好用艾蒿给妈妈做个枕头，他把想法说给了庆生。庆生也要给妈妈换个新艾蒿枕。于是他俩在野外采摘了很多艾蒿，把两只扁丝袋塞得满满的，扛着艾蒿直截去了布店，扯了几尺白色的纯棉斜纹卡，然后找了个路边的裁缝摊。

两个大男孩，各自抱着一只洁白的大枕头，从新区光亮的水泥路上走过，一个男孩太像男孩，一个男孩太像女孩。他们的下巴同样顶着枕头的一端，时而因说笑什么，让枕头的那端暂时游离开去，但很快又亲密相连了。他们脸上都很阳光，尤其是浩林，他从自闭中解放出来了，他有了知心朋友庆生，他马上要飞翔起来，不管外面的世界怎么样，只要能使翅膀抖一抖，就尝到了改变的滋味。因此他不仅外貌上像女孩，对庆生小鸟依人的仰赖，时时从眼神中流露。那些天，尽管太阳出来早，人们比太阳更早地溜到光亮的水泥路面上来，晒被子的、生煤火炉子的、推出婴儿小车散步的，来享受新区的干净环境。人们都用好奇的眼睛看着这两个抱枕头的男孩。他俩把枕头抱回家后，才发现一双枕头的缝线都是虚线，用手轻轻一拽，线全松了，两个人抱着枕头从小区的水泥路面上又走了一趟。于是有关两个儿子抱着大枕头回家的消息传进剑兰耳朵。

剑兰问槿花，"你看见屋里有两只白色的新枕头吗？"

"你买了新枕头？"

"是庆生买了新枕头。"

槿花好不纳闷。"庆生他买枕头干什么？他不是不知道，我从来自己做枕头。"剑兰让她自己去问庆生。

剑兰在小区的路上又遇到了那女人。现在她与那女人很自然了，有时候还巴不得多站一会儿，听那女人夸她有文化，会写信之类的话。这天，那女人说："我看见浩林和庆生了，他俩一人抱一个大枕头回了家。"剑兰怔了怔，"你真像联邦调查局的女特务，连我们儿子的名字都清清楚楚！"那女人就得意地讨好，"可惜浩林是个男孩，要是个女孩，你和槿花亲家打定了！"剑兰刹时色变，但装出毫不在乎，"真那样，请你当媒婆喽！"

不单单是那女人，小区里继续有女人对她说："看见你的儿子了，和卖汤圆的儿子两个，一人抱一个白色枕头回了家。"

每逢夜半天凉，剑兰都要去给儿子盖毯子。现在她望而却步，庆生的床挨着浩林那么近，给儿子盖了，给不给庆生盖呢？显然庆生的体质比浩林强多了，他需不需要盖毯子呢？她给庆生盖毯子合适吗？剑兰站在儿子房门口，从没关紧的门缝边朝里望，但是她的身体突然痉挛，触电似地捂住自己的嘴，退回卫生间去了。浩林和庆生睡一张床上，睡在谁的床上？这并没有关系。问题是他俩睡的姿势，是重叠着的两个人，剑兰不敢再看下去，事实上不仅仅重叠，还都是腹卧，她轻轻"啊！"了一声，是不是惊动了他们？是不是浩林的眼睛还朝门口望了一下，留在她脑子里的只有一个概念——两家的儿子睡到一张床上了！其他的细节，她把它们抹杀了。她宁可承认，是自己对那女人、那些女人们的瞎猜疑，是曾经看过一部同性恋电影引起的幻想。

儿子就是儿子，儿子是装不出假的。第二天，剑兰试图从浩林脸上得到某种证实。浩林的脸色比以往更苍白，因为额头和眼睛都低垂着，额顶的头发忽然拉长了，变浓了，罩住了他的半个脸，不愿意让妈看见他那双眼睛似的。吃饭把碗里夹点菜，端一边去了，扒完一碗饭就丢了碗。庆生虽然还上桌吃饭，但食物进嘴里跟大鱼吞了小鱼儿一样，没用牙，快溜。发生了这种事，每个当事者都会别扭，不自然。剑兰想，我还没问你们，没说你们什么呢！唉，这种事最好她根本就没有看见，但已经不可能了！

两种情景相互重叠在剑兰脑子里，一种是那女人关于"打亲家"；那些个女人们关于"一人抱一个枕头回了家"。一种是两个儿子睡一张床上。即使那女人和那些女人们是善意的玩笑，剑兰并不怀疑他们是善意的玩笑，因为她是这个杂居小区的有功之臣了！可是事情的发展往往相反，家里出了这种事，认识的人越多，自己的臭名气就越大了。并且她必须一个人承担人们的嘲笑，槿花太累，不忍心怪罪她。

　　剑兰在家里翻箱倒柜寻找枕头，可枕头没有找到，夜里，儿子们的房门却闭紧了。心里搁着这事儿，剑兰没法不让自己半夜起床，当然她不会再去发现，若再发现，就是偷窥了，这个道理她明白。她轻轻推了推房门，确定是紧闭，一股火焰要把她的心烧焦，你们，你们不知自己错了，以闭门来抵抗我，对我示威吗？她从儿子的房门口走到卫生间，蹲便坑屙了一脬尿，又转回儿子门口，真恨不能一脚踢开门，然后把槿花从床上拉起来，"看看你的宝贝儿子，如何勾引了浩林！"她没有，她什么也不能做，她只能冲进卫生间，又屙了一脬尿，这次是强迫自己屙尿，利用这时间把事情好好想想。

　　重新回到儿子房门口的剑兰妈妈，看见夜黑着，从窗口射进淡淡的月光。她把身体靠在墙上，不敢让自己发出丁点儿动静，剪纸般的影子。她看见了那两个白色的大枕头，飘飞在窗外的夜空中，它们雪白透亮，周身遍布细细的绒毛。好密好美，合欢花瓣似的绒毛哟！它们朝着月亮缓缓地飞去……一会儿，它们一前一后，一会儿，它们一上一下；谁挪下了谁，谁都会回眸张望、等待，然后肩并着肩地又朝前飞去。它们要钻进月亮吗？月亮又是什么地方？幸福、美满、白头到老的婚姻殿堂！剑兰妈妈泪如泉涌，她和槿花只想抠点钱给儿子娶媳妇，却没想到两个光棍汉拢了堆，也会是干柴烈火！

　　剑兰作出决定，这个家，必须赶走一个孩子，要赶就赶儿子浩林，他不是一直闹着要出外打工吗？想想不妥，这些年来母子关系如绷紧的弦，这事若不说透，不明不白把这颗混蛋子儿弹出去，这孩子也许永远不会回到自己身边！说透吧，你怎么去说？你又知道儿子心里究竟怎么想？几次话到嘴边了，"你有一只白色的大枕头吗？"却吞回了肚。你尽最大的努力去理解，真正搬到桌面上来，弄不好就谈崩，以前这样的教训可不少。这一次，这一次毕竟是说不出口的丑事！再看看浩林这德性，还没与他谈事呢，他就拉下了浓密的头发，恨不能把整张脸都罩进去。

　　这个早晨剑兰打算去找槿花谈谈。槿花的早摊设在菜场的路边上，过个街转个弯就到。剑兰还在半路就看见了庆生，他推着三轮车刚从菜场撤出来。剑兰捏算日期，这不是七月十二号，省市要进行"三城联创"的大检查吗？她给市长写信就是抓准了这个日期，这个对她特别重要的日期怎么给忘了，不然也好提醒槿花，让她睡两个好觉，她真是急糊涂了。剑兰朝前径直来到菜场。菜场卖早点的摊位全拆掉，小巷豁然宽畅，干净了。槿花在自己的摊位边扫地。两个穿着城管制服，手握对讲机的小伙子指着地下说："这儿，这儿，扫干净点。"槿花弯着腰，身上的粘胶布罗汗衫松松垮垮，颈背处暴露在外。小伙子一个指东，一个指西。他们指点到哪儿，她的扫帚就伸向哪儿，槿花是哪一天提火炉子不小心，或者搓汤圆的坐姿不端正，让背上毫无商量地多出一坨肉来？剑兰这样想着的时候，返身朝回家的路上走来了。

　　剑兰对庆生说："我想与你谈谈。"

　　庆生刚把拖回家的东西收拾好。两个人站在宿舍楼的门口，庆生说："你说，我听着。"

　　哼，你倒没事人一样！要是以同样的方式对浩林说，浩林会怎样？恐怕会躲，庆生你脸皮厚，你就面对这个现实。事实上，你若不是无比的强，浓郁的体味，敦实的肉肩，随时滚动的喉结……不会发生这种事！剑兰从参加小区的义务劳动后，时间少，生活充实，很少给庆生搓毛巾。这几天她每次洗澡看看那毛巾，男人身上的油腻完全包裹了它的本色，能充分利用水的地方，实在忍受不了有污痕的东西，更不堪赤裸着身体面对它，她发泄狠毒似地拽下它，把一片薄香皂全用光。把毛巾的底边处搓破了。

"你每年都要出去押车吧？"

"那得等到出柑橘的时候。"

"有没有押其他水果的车，比方说苹果、香蕉？"

"有，我不认识那些老板。"

"我明天去帮你找个老板，你赶快出门跑押车。"

"你什么意思？"

"你知道浩林在自学，还有两个月就要考试了，请你给他一个安静的学习机会，我希望你现在就答应我。"

庆生不吭声，头扭向一边。

剑兰朝庆生挪近两步，眼睛逼向庆生，"这孩子，我与你妈都大半辈子了，她了解我爱操心，可都是为你们好。你能答应我吗？"她哀求了。

庆生沉默了很久才说："行，我答应你。"转身就走。

剑兰却从背后喊住了他，"庆生你，有一只白色的大枕头吗？"

"我和浩林准备出门打工，我俩各做了一只艾蒿枕，想送给你们两个妈妈的。"

恰恰是这天早晨，浩林给庆生留下了一张纸条，"庆生哥，我走了，请你代我把艾蒿枕送给我妈。"

他们藏枕头，是为了到时候好给妈妈一个惊喜。他们商量过，不管两个妈妈是否同意他们出去闯世界，他们还是要先征求妈妈的意见，如果两个妈妈同意了，他们同时把洁白的枕头送给妈妈，那是一件多么快乐的事情。庆生睹物思人，想到头天晚上，浩林对他说："我又看见了妈妈的眼睛，跟刀子一样。"即使剑兰不找他谈，他也会找剑兰谈谈的，只谈浩林对妈妈的感觉，但不是现在，应该很快的，谁知浩林抢在他之前一个人先走了。当天庆生去堆杂物的小屋儿里寻找枕头，却怎么也找不着那两只枕头了。过两天庆生也走了，他身上什么东西都没带。

　　从此，这个杂居小区里的那女人，那些女人们去菜场，总会见到剑兰，她坐在卖汤圆的槿花身边。槿花背后的空中，撑着两把蓝色的伞，伞下的两张小餐桌被太阳劈成一半阴一半阳。剑兰有时坐在阴凉处，有时坐在烈日下。这个夏天过去，她的双臂被晒成了煤炭色，与她身上穿着的白色汗衫形成强烈反差。早晨的菜场人来人往，热闹拥挤，偶尔这个时候，剑兰会不声不响地跟踪一个大男孩，拦住那男孩瞅了又瞅，才悻悻然地往回走。槿花只要看到这情景，就会放下手中的活儿，急巴巴去追回剑兰，把她按坐在餐桌边。坐立不安的剑兰附在槿花的耳边说："我看见了，两只雪白的大枕头，它们在月光下飘啊，飘啊……"槿花轻轻拍着剑兰的肩，"我们的儿子，浩林、庆生，他们会回家，会带着自己的另一只枕头回家的！"

发表于《山东文学》2009 年 11 期

城市噪声

我在梦里喊着你的名字，
我白白地看着你的脸，
我想对你说声爱却不能！

20 点零 40 分的这场电影是《爆炸. 魔鬼末日》。菁说看电影行么？书平说那就看电影吧！尽管书平约菁出门散步，是为了躲避家里的爆炸声，脑袋里很不情愿继续爆炸，但是菁挽着他的胳膊，抬起她那张秀气的瓜子脸，小鸟依人的样子使他心里的压抑感抖落了一些，他没有理由不满足菁，菁是他这几年中谈的第五个女朋友。二年以前他和唐尧到长江上游的一个县城去谋生，回来坐了几天的船。凌晨一觉醒来发现上铺换成了个女孩子，于是单调而沉闷的轮船上，空气变得甜润了。菁穿一件雪白水洗布的连衣裙，倚扶着船舷，飘逸的裙摆下露出瘦而玲珑的脚。书平和唐尧几番跟着菁走出房间，不知如何把握接近的机会。夜幕降临快过船闸了，菁爬上铺，唐尧匆匆瞥一眼她的脚，对书平耳语："你没有诗意么？她的脚！"菁在几乎挨着头顶的灯下看报。书平和唐尧恳切地邀请她一块儿打牌。玩牌时菁问他们是干什么的。书平说，"大篷车！"唐尧重重咳嗽了一声，"莫贬自己。"他碰了碰书平的胳膊。他那时巴不得书平插翅找个对象，休息日他们出外游玩有一双鸟儿。

"什么叫大篷车？"

"没正式工作，到处流浪呗！吉卜赛女郎！"

菁噗哧而笑，"哦，女郎！"后来她从他们两人对话中发现了宝藏，眼睛突然发亮，"喂，大篷车女郎，我刚才读你的诗呢！"她踮起脚尖从床上捡起一张当日的市报，递给书平，脸上飞过一片红晕。书平读的是普通大学，专科毕业生，才疏学浅，偶尔写首豆腐干似的小诗，不过是消磨青春，不想能遇上像菁这样谈他的诗眼睛里放射出光芒的女孩。唐尧见他两人的脸上都流露出一见钟情的欣喜，说："我是不是做了个大媒人啊！"

书平单独住在一栋六层楼房的最底层，他的隔壁是一家效益很好的私营印刷厂。厂里的工人三班倒，车间里一个庞然大物——切割机每天 24 小时不停地发出刺耳的声音。咬断纸张的血盆大嘴正顶着书平睡觉的头部，中间只隔着一堵墙，书平在家里就像是生活在火山口上，时刻都有爆炸的不安与危机。菁只到书平的家里去过一次，那次是个难得的星期天，隔壁静悄悄的好像没有人加班。书平一路小跑出门，到公用电话亭去给菁打了电话，回来时捎带了一挂香蕉。事实上他俩那次相见已经走过了很长的一段序曲，马路边，桥头下的夜晚，都留下了无数的吻和无法深入的遗憾。门被敲响，书平打扫卫生手里拿着一辆竹制的玩具风车，刚刚抹干净正不知朝那儿搁，就顶在头上了。站在门口的菁满脸狂热与惊喜，她一蹦三尺高伸手摘掉书平头上的"帽子"。书平去抓风车，抓住的却是菁的胳膊。风车飞向床头，菁的胳膊顺势缠绕在书平的脖子上，于是人和风车都在床上疯滚……俩人激动人心地进行实质性的飞跃时，隔壁突如其来的尖锐声让书平抱着菁的双手松开，猛然跺脚，瞪直了眼差点没把菁的舌头咬断。

书平去窗口买了电影票，他俩手牵手挨着查找座号。菁在开发区的一所民办小学教语文，一口好听的普通话，看电影偶尔贴进书平的耳朵低声说话，嘴里呼出甜丝丝的气息，这让书平与她在一起就想亲近她，两人很近很近地坐在一块儿，他拉过她的小手，安抚在自己的双腿间。菁很顺从，眼神里流露出对书平的信赖，这种时刻真美妙，它给予书平一点点人生的满足感。

一只形状像海底章鱼的机器虫，伸长着的八只触角爬满了巨大的宽银屏幕。一首木乃伊飞速向机器虫前进。章鱼的每一只触角都潜藏着无数吞噬生命的吸盘，木乃伊被那些触角卷入了，就像无情的浪涛瞬间淹没了一只杰出的小狗……"唉哟，你掐得我生疼！"女孩子的尖叫声从背后传来。书平抖了抖肩，粘着唾沫的瓜子壳被抖落在他的身上和菁的大腿上，"长眼睛没有？"书平终于发出了吼声。然而，后排四男将一女夹在中间，八只眼睛像森林里伺机猎食的畜牲，发出炯炯的光。黑暗中好几只拳头树直了，"活得不耐烦了要挨两下！"菁见势不妙拉了拉书平的衣袖，小声嘀咕，"留着这劲，去对付你该对付的事！"书平按耐住窜上心头的火气。这些人，狗屎不臭都要挑起来臭，你就是天大的委屈也得忍耐。然而，温情脉脉的菁第一次以这样的口气对书平说话，证明菁对他开始不耐烦。凭什么要让人家女孩子去为你等待为你苦恼呢！

木乃伊从章鱼腹部穿越而出，他迎面飞去的摩天楼顿时摇摇欲坠，既而分崩离析，是霹雳冰雹……是玻璃碎片……是漫天飞舞的雪花？书平突然从座位上跃起。随着雨中飞鹰似的哀嚎，刷刷刷无数双眼睛朝着幽暗剧场的后排方向集中。书平的身体轻飘飘了，他就是那首能够飞跃的木乃伊了……菁皱了眉头，"你又头疼了？头疼就走吧！"书平按着太阳穴，"走就走吧！"俩人在黑暗中摸索着穿过一排排的观众席。

书平大学毕业后先是应聘在一家公司干打字。那公司里有位女孩一分钟能打 160 个字，书平不眨眼地盯着电脑屏幕一分钟才能打

90 个字。熟练工男孩是干不赢女孩的，何况工作报酬是每个月仅领 100 块钱的误餐费。书平愿意干打字是看好这个公司微机运用的实力，自己好学点东西。然而如果四个月内仍然干不好打字，等待着你的只能是被解聘的厄运。书平分析自己在这一个季度中充其量是为公司提供廉价劳动力，他便在干了半个月后就离开了公司。之后给牛奶制品公司推销酸奶，给净化水公司推销净化水……书平谈的第一个朋友是个还算漂亮的女孩。女孩喜欢在电影院门口睁圆她那抹着蓝色眼影的眼睛，望着书平嗲声嗲气地说，书平我最喜欢吃"心太软"了。她总是让书平给她买两根，咬一口左手的咬一口右手的，瞄着书平嘻嘻地笑。她与书平的分手可谓速断速决，她问："书平你有住房吗？你有稳定的工作吗？"书平一时沉默着。她就从书平身边站起来了，居高临下地把涂着蓝色指甲油的尖尖五指插进书平的头发中去，然后抱住他的头颅给了他一个响亮的吻，"书平你很可爱我很可惜，请你记住我这张脸蛋吧！"

书平认识菁的时候，正在给省里的一家报纸做报童。当然大学生与电影上的小报童有着质的区别，书平每天早晨六点领到报纸后，把它们装在口袋相连的两个黄色大包里，用自行车后座驮着，骑往滨江公园。他在公园的草地上把十六版的报纸一张张摊开，这样要闻、国际新闻、国内新闻、体育新闻、财经新闻、人与社会、九州方圆、读者之声都会尽收眼底。他尽量背熟那些对订户有说服力的文章，根据文化层次、个人素质、职业爱好，因人而异地进行宣传，连中缝都不放过，因为中缝上往往登载当日电视。到公园要经过他的家，有家而不能入，他万般沮丧。后来发现公园里地绿天蓝，他就庆幸自己的选择了，只是夏天要顶着烈日，冬天要冒着刺骨的寒风，骑着自行车大街小巷的跑，还得忍受双腿的酸疼。现在天大的苦难他都要顶下去，报社年年都招人，本科与专科是分水岭，谁让你少壮不努力？搞发行总算没浪费专业。他已经 28 岁了，工作、爱情都需要定位。他的工作方法很快收效，三个月的时间，他的订户达到 260 户，不包括零散售出的报纸，远远超过别人。发行站的负责人向他透露消息说，明年的招聘对象主要是为报社发行作出贡献的人。他努力工作就是为了正式招聘，哪怕弄个合同制，可以收住他那颗东飘西荡的心，今后从一个方向去努力。

从电影院出来，他俩走上滨江大道，顺着宽阔的大道朝西就是三江大桥。大桥下面有几排盖着石棉瓦的平房，那里面居住着从农村来的打工一族。菁每次都只让书平送到桥头。书平要送到家里，菁说："认娘的那天再到我家吧！"书平说："我在加紧解决噪声的事。"菁问："有消息么？"夜晚行人稀少，桥头的上空唯有一轮凄清的月亮。把他俩的身影拖得老长老长。提到噪声，书平便从菁微弱的声音里感觉到她每根神经的紧张，"我送你到家门口吧！"菁说："不，要是人可以不睡觉，我宁愿就这么永远地走下去！"菁的家是从县里的一个小镇上迁移过来，父亲是续弦，父母双方各带两个孩子。菁上头两个哥哥都是近三十岁的光棍，饿狗一样在外觅食。一家六口挤在工棚似的平房里。哥们发起脾气来，就像发情的禽兽怪闹，经常使菁毛骨悚然。他俩返身朝过来的方向走去时，菁又说，"书平，你看那远处的灯光，要是那灯光处属于我们自己的窗口……"书平快走了两步，灯影下他不敢看菁的脸。菁在后面喊："书平……"书平的身体僵硬地立在那儿。他想回头，想抱住菁说：菁你肯定是感觉冷，我们很快就会有属于自己的窗口的！菁的眼睛在黑夜里像无处躲藏的兔悠忽一闪，书平把话咽下了肚，他怕承诺不能尽快兑现，岁月很快磨蚀掉维系在他们之间的那份青春的光焰。

书平与印刷厂的交涉已经历时二年。拥有上百号员工的印刷厂厂长生得额阔耳大，年龄大约四十出头。书平每次找他，他就满口答应说找地方搬家，而且非常准确地说出一个准备迁移的地址。过几天书平见没有动静，再去询问，他例举了一大堆没有谈成功的理由——在城市中，同样制造噪声影响人们的日常生活；离城市远，工人上下班不方便，厂里暂时买不起交通车。或者是地方太窄了，他们去量过尺寸，机器摆不下去；地方稍宽一点的，房租太贵。现在办企业实在不容易，请你体谅我们的难处……总之厂长诉尽苦处，使书平感动了，厂长像是用了一半的时间与精力在解决搬迁的问题。书平因为感动，也因为信赖，一隔几个月不找厂长，梦想有一天清晨太阳明亮地照着他的窗口，厂长站在窗口喊——还你一个安静吧！如果不是后来发生的事情使书平觉悟——厂长是在玩弄骗局，书平还真愿意与厂长做个忘年之交的朋友。

找找基层组织吧，书平走进了居民委员会。办公室里是个刚参加工作的女大学生，她很认真地接待了书平，表示说一定要向金主任汇报。中午书平在外面吃了盒饭，回屋站在窗口，目送印刷厂里的工人们鱼贯涌出厂门，揪住这难得的安静时刻睡个午觉，不想金主任带着一群下属登门来解决问题了。女大学生也在其中。金主任六十开外。听说她刚退休，区里就返聘回居委会，是个地地道道的老革命大能人。她披一件桃红色的羊绒外套，让人想象江姐若活着，大概就是这样的形象。她把双手搭在书平的肩上，就像与自己儿子久别重逢一样笑咪了眼睛，"书平啊，书平！到底是大学镀了金，一表人才了！"她向大家介绍刚解放时，书平的奶奶跟她那可是一对红，扭秧歌迎解放，拥军优属送喜报，当模范妈妈两人争着生娃娃，结果书平奶奶生了七个娃娃，她生了六个娃娃，她到底干不赢书平奶奶。大家就在哄笑声中视察书平的房间。

这是八十年代的老房子，一室一厅总共不足二十个平方，而一楼因为临街的门面占了面积，厨房和厕所是公用。大家看见里间的单人床上铺盖是卷起的，铺板的一头湿得发黑，墙上的石灰层层地剥落，斑斑驳驳，其间污垢甚至还有水珠在滴落。书平指给金主任看，"这都是坦克朝我头上开留下的痕迹。"金主任说："这孩子有多傻，坦克朝你头上开就不知道躲一躲吗！"不问书平愿不愿意，当即让她的下属把单人床搬到客厅，把客厅里的小方桌搬进卧室。本末倒置，书平站在其间哭笑不得，但是他钦佩金主任泼辣利索的办事能力，并从心里感谢金主任。金主任的及时光临代表了组织，不论以后能否从根本上解决问题，书平离开学校以后第一次感受到组织的关怀。书平故意慢吞吞地讲话，拖延时间要留住金主任，等厂里上班后，让他们听听强烈的噪声，找金主任讨个说法，这件事不能再拖延下去了！金主任问他工作的情况，并主动对他说，居委会把其它报砍几份，订五份他的报纸。他感激涕零，便随着金主任朝外挪动的脚步送走了他们。

下午书平去居委会办完订单后，女大学生送他走出办公室，她说："你那房最好是便宜出租给别人，再找个安静的地方。"书平说："白送都没人来住！""你打算等他们解决？我透个信给你吧，置切割机的车间刚好是居委会出租的房子，赶走印刷厂岂不断了居委会的财路？"犹如当头一棒，书平怎么没考虑这个问题呢？现在回想，金主任不厌其烦地对他讲居委会现有十几个在职人员，还有二十来个退休的，财政拨款少得可怜，而社会性的事务太繁重，比方说社会治安，民事调解，计划生育，人口普查……并一再拍着他的肩膀说年轻人，吃得苦中苦，方为人上人，年轻人要以大局为重。原来金主任是在作他的政治思想工作，教他先天下之忧而忧，后天下之乐而乐啊！金主任老得掉了几颗牙，还在为集体奔波忙碌。金主任没有错，书平你连怨都无处发泄。

这天书平到发行站去领报纸，发现站里又换了负责人。新上司比书平还年轻，他用浓重的汉腔咕咕噜噜，说难怪谁也不愿意在站里长住，现在还有夜蚊子。昨夜差点没让长脚蚊抬走。秋入深巷了，哪来夜蚊子？书平笑说上司把毛毛蚊当夜蚊子，毛毛蚊也欺生。见他接着谈发行的事沉着个脸，就想我没摸着他的性格怎能乱说话，转念这小子还是个毛桃子，我凭什么要看他的脸色。又想报社下来的人谁也不把发行站当家，我还没巴结上一个，他就飞回省里了，如此我们的功劳苦劳有谁发言，这份差事又岂能长久？当天的发行就提不起劲，有几家该送到八楼的报纸，他请楼下认识的人帮忙送。

回家接到了唐尧的电话。唐尧到效益很好的安基酸集团公司上班了。书平说该请客。唐尧说行，我们现在就到火锅城。书平比唐尧晚到一步，问："怎么不把那一位带来？"唐尧说："我那位活脱脱一条黑泥鳅。"书平一拳擂在唐尧的背上，"过河拆桥，才让人家解决了工作，背后就骂人不是了！"唐尧说："我该骂的是自己，当初也就几分之差，若能考上一类学校，就不用去叮人家的马尾巴了！"书平说："打算当驸马，还一脸不幸似的？"唐尧说："我不过是饥不择食的野猴一只，桃树下看见的是桃子！""早知桃花是给人看的，何必当初！"书平这话是说给自己的，重点高中时书平、唐尧、还有继华三人是好朋友，高二，继华几个冲刺，成绩就与他俩拉开了距离。结果继华考上名牌大学，专业紧俏，一毕业就进了深圳华伟。人与人两重天。书平叹了口气，"人吃不得后悔药！"便笑说唐尧总算搞定了一个单位，单位管你每个月都有固定的收入，管你养老保险，管你的住房。我那儿若是单位宿舍，早就联合起来铜墙铁壁摧毁那杀人的噪声，偏他妈的是杂种……唐尧说有单位确实不错，一进去就体检，办医疗证，发卫生精解手纸；每年一次的选民权，保证你不会漏掉。这两个人，一个是在现实中，一个是在梦幻中，都强烈地感受着向往着单位的种种好处，谈话就像从两个相反的方向奔向同一个目的地，一个话题，不知不觉竟喝掉了四瓶劲酒。唐尧脸红了，没有醉。书平走路跟跟跄跄。俩人出了酒店的门，秋风簌簌扑面，侠义之感伴随酒腥自唐尧胸腔涌出，他扶了一把书平，"桃子老爸刚解决了我的工作，等一阵我让她跟老爸说……"唐尧的女朋友姓陶，有了桃子与桃花的理论后，他俩人就称那女孩子为桃子了。唐尧替书平招来了一辆的士。

　　唐尧把书平囫囵地塞进了的士，给了司机一张十块的钱。引擎声惊醒了昏昏欲睡的书平，刚才唐尧说什么？对，他的准丈人是管城建的。他突然将头和双手同时伸出窗外，抱着拳望着街边的唐尧说："拜托了，老兄！"一辆黑马飞驰而过。司机狠狠地瞪一眼书平："小子你鸡巴还没长毛就一条命，老子陪不起，老子三条命！"

　　菁告诉书平，她的叔叔给她介绍了一个老乡。她说那老乡收购香菇黑木耳，运到沿海一带卖，很发财，老家筑了两栋楼房。叔叔把老乡还领到家里来了，爹妈有心要认老乡作女婿。书平为房子的事一直烦燥不安，身上的锐气渐渐消失，他自卑地昂视一眼菁。菁穿高跟鞋，又站在坎上，他就比菁矮一点。他有时怀疑自己与菁相爱像是一场梦。他懈气地问菁："这话是什么意思？"菁就掉泪了，"我是什么意思？我是什么意思你还不明白吗？"书平本能地要伸过手给菁抹眼泪，心里却问自己，你就这点怜香惜玉的招式，顶屁用？"菁，我这辈子都说不定是大篷车，你能找到自己的幸福最好！"菁顿时泪如泉涌，"书平，你是存心要让我失望？"菁捂着脸跑开了。菁一头长长的披发在三江桥头橙色的灯光下越飘越远。书平没有喊住菁，他想菁与自己已经产生亲密接触了，应该对她负责，可是现实的一切都让他束手无策，将来怎样对菁负责？汽车从桥上开过，书平感到桥发出巨大的震荡，他咬了咬牙，好像七窍都流出血来了。

　　俩人互相再不约见。过了一段时间菁给书平挂了个电话。因为隔壁的机器声，书平说听不清楚菁的声音。机器声的间歇时，菁在电话那头喊，书平你说话呀，我能听见你的声音！书平仍然保持沉默。书平搁下电话心烦意乱，就在纸上胡写一气：

　　我在梦里喊着你的名字，
　　我白白地看着你的脸，

我想对你说声爱却不能！

我就这样离开菁吗？离开了，又何必如此折磨自己？

一个深夜电话里又传来了菁的声音，"书平，我现在在旷野里。天空中有很多星星，我的身边飞舞着萤火虫，远处山坡上的桔子成熟了！你说过的，等桔树飘香的时候，我们再去钻林子……"

"菁，你一个人在旷野里，你用什么在与我通话？"书平的心如坠五里云雾，难道菁的身边真的有了新人？如此菁在新人面前岂不是调戏我？不，菁不是这样的女孩！书平满腹怀疑，久久地握着电话，等待着菁的声音重新回响在耳畔。

房子的事，明日复明日，一晃又是两个月，协商不行，协调不成。

菁托唐尧给书平带来了一件新织的毛衣，并捎了个口信，她已经到省里进修去了。冬天第一场雪降临，书平穿上了菁用银灰色的中粗毛线亲手织的毛衣。他感叹在城市里现在像菁这样朴实的女孩很难得。她有一份优雅的职业，不奢望那些不是属于自己努力争取来的东西，只是渴望有一个家，一个普通的家。这样的低要求，我不能给她一个保证，我是不配穿这件毛衣的。让心爱的人白白地从身边失去，只能说明懦弱与无能。自己还很年轻，该争取的却放弃，这辈子不是注定要放弃下去么？那么活在世界上岂不是行尸走肉？书平穿着新毛衣理直气壮地走进了区环保局。

只能成功不能失败，书平必须要把自己武装一番。首先是印名片，将瘦金书体的省报名称扫描然后印到名片上去，他很欣赏这几个字。拉大旗作虎皮，这年头无名无份办事难，他尝尽了大篷车的苦头。然后找人借了一套适合记者身份的行头。环保局声控科的高科长接待了书平。高科长听完书平陈述情况后，表扬书平做得好。他说保护生态环境是全民的事。我们做过一个试验，将身体素质同样的二十只兔分装在两个铁笼子里，十只置于安静地方；另十只置于 72 分贝的噪声中，观察它们的生存状态。72 个小时以后，前者安然无恙；后者死亡两只，患狂躁型精神分裂症三只，患幻想型精神分裂症三只……高科长送书平出门时还向书平伸出了手，"感谢你对我们工作的支持，我们将及时去现场勘察。"书平就把一双手递给了他。高科长握着他的手继续说："这两年市领导的工作重心是要把本地区建设成一流旅游城，我们更要很好配合中心工作，抓好生态环境保护，让我们的城市变成绿色的城市，让小鸟儿飞向城市……"书平想请高科长去的时候通知他一下，见高科长斗志昂扬，还有什么不放心呢！45 块钱的名片真没白印。问题解决了，书平一定要给予高科长实质性的人情。写一篇报道托站点的负责人送到省里，最好把高科长的名字写上去。这天太阳真温暖，书平觉得自己也从中受到了教育与陶冶，今后将会变得崇高一点。

不出一个星期，勘察报告单就由印刷厂派人送给了书平一份。他仔细把报告单看了几遍，在 59 分贝后面分明填写着"正常"。这两个字意味着书平指控的被告人在法庭上宣布无罪释放。你能推翻科学吗？你连翻案的可能性就很小了。书平拿着报告单骑着自行车一口气冲到区环保局，马不停蹄登上六楼高科长办公室。门关闭着。他想今天见不着高科长就不回去。下午四点多钟，他实在太困了，走廊瓷砖地上一歪竟然睡去。周围静悄悄的好美妙，窗台上黄灿灿的菊花送来阵阵清香与寒冷，他的冰凉的梦就在袅袅香雾中缭绕，一个在噪声中决对不会产生的，有颜色的梦。第二天早晨好像是有谁踢了他一脚，揉了揉眼睛，见办公室的门开了，忘了记者身份与体面，冲了进去，"滚！讨饭的睡到环保局来，简直是讽刺！"高科长拿起电话准备叫保卫的。"高科长，你认错人了！""你是……"高科长怔住了。有人进来跟高科长谈事。书平正好找个台阶下，退到门外先整理一下仪容。

"报告单上只标明了结果，而造成的原因有差异，结果就一定有差异。59 分贝与 60 分贝，只是分贝之差，而切割机下的纸是六公分还是六十公分，所发出的声音却是天壤之别；其二，同样的噪声，对于白天与夜晚的要求不一样；其三，你们并没有明确居民区的问题……"

　　高科长打断书平的话，"生产机器的人才知道切割机能切多厚的纸。"旁边的人就笑了。书平的脸涨成了猪肝色。高科长继续说："在什么样的条件下检测噪声，都是有规矩和尺度的。"

　　"请你给我解释一下规矩与尺度。"书平据理力争。

　　"我们拿的是环保的钱，住的是环保的房，吃的是环保的饭，难道你还不相信我们，不相信我们爱找谁找谁去。"高科长和几天前比较，冷漠得像一尊怒容满面的石雕。

　　话说到这份上几乎要崩了，让书平百思不得其解的是——才几天时间，人怎么可以有绝然不同的两副面孔？书平忿恨出了环保局的门。他在旁边的电话亭给唐尧挂了个电话，他说我想见市长。唐尧说准丈人出国了，大概两个月以后才回来。书平骑着自行车一口气冲到唐尧家，把还在睡觉的唐尧拉下床，"我要疯了！"唐尧揉着眼睛说："女人才说疯了的话，耐心等待桃子她爸吧！"

　　书平按响了二楼的门铃。房内的女人披一件华丽的软缎夹睡衣出来开门，"是你？卖报的大学生！"

　　"有点事我们大家商量一下。"书平的眼光落在女人鲜红色的胸罩上，触电般地闪开。女人却把书平拉进房，"有话进来讲，我一个人，没谁吃了你！"书平就装得落落大方的样子，单刀直入，"印刷厂的噪声，快杀死人了，我们联名去市环保局反映情况！"他用手在鼻下挥了挥，女人臃肿的身体放射出刺鼻的香水味，"小兄弟，你是无事不登三宝殿。你坐坐，我们先说点别的。老实说，噪声我已经习惯了。"书平有意趁着厂里上班来二楼，立竿见影说服人，不曾想女人说出的话竟是不可理喻。女人摸了摸书平的头，"我这会闲着也是闲着，给你剃个小子头。"她就要去拿来工具。书平从来没去过她的发廊，她浓妆艳抹，想必是挂羊头卖狗肉的那一类，他与她楼梯口相遇，从来目不斜视。她是要推销手艺还是别的什么意思？书平慌慌地喊："我现在不剃，明天一定去你店里！"女人转身说："不剃头你坐会吧！"她圆鼓鼓的屁股就像一只入网的球，夸张地跌进真皮的三人沙发里，并把沙发拍得嘣嘣响，望着书平的眼睛射出邪恶的妖魅。书平实在忍不住讥笑："你不觉得这沙发已经不堪重负么？"女人突然从沙发上蹦起来，"卖报的，你损人！我不过稍微胖了点！"书平举起双手作投降状，朝门外跑。

"卖报的，我劝你别告了，告也是白告！""这话怎么讲？"跑出门了的书平回转身。女人说："环保局那个高科长，他的侄儿已经在印刷厂上班了。"

"你说假话？"面前若是个男的，书平就要把他当泥人儿提起来捏了。女人说："你自己去认吧，厂门口搞保卫的，是不是新面孔。"女人又说了区环保局来勘察那天，印刷厂请高科长吃饭，她去陪他们喝了酒的事。

一个小小的印刷厂，像布网的蜘蛛，那么多的人与事都与他有着千丝万缕的联系。人们为着自己的眼前利益握手言欢。书平怨愤地问女人，"陪一次酒他们给你多少钱？"女人说："厂长很照顾我店里的生意。"书平说："等价交换！哼，钱、钱、钱是海洛因、钱是冰毒，你拿着热手，可是你们就不想想噪声是慢性自杀，噪声会毁了你们！"

书平回到自己房门口朝楼梯处望了望，三楼是办餐馆的，据说她在厂门口一天卖上百盒盒饭，她是不是也陪厂长喝酒呢？或者是还给厂长开小灶呢！四楼好像是一对聋哑人，五楼六楼……书平无奈地摇了摇头，不知是该怨自己命运不济，还是该怨世道不公了。

那天书平房里的窗户打开了，他站在窗前，锈迹斑斑的铁栏把他的脸分割成了几个恐怖的片段。一辆黑色的五十铃停在他的视力范围内，很长时间以后，厂长手拿不锈钢的杯子朝五十铃走去。离驾驶室不远处，厂长冷不防被年轻人揪住了衣服领口子，"你从来就没有打算搬迁是不是？你从来就没有打算搬迁是不是?"杯子飞向空中，砸在驾驶室的玻璃上，碎片飞舞，一石激起千层浪。一只尖角的碎片飞向书平的眼睛，被他顺势抓在手里。他一眼瞥见厂长的额头沁出了血，舞向厂长的拳头在空中急转弯，他像一只受惊的猫突然蹲下去，鲜血从他紧握的拳头的十指缝里流出来。门口那个新来的保卫，飞起一脚将蹲在那儿的书平踢得趴倒在地上，跟着几个小伙子围了拢来，拳脚交加。缓过神来的厂长忍辱负重地喝住了人们，一手捂住额头，另一只手扶起了书平，"他是大学生，不是混混儿。"书平无不哀戚地瞪了一眼厂长。

当天厂长派人提了水果食品来看望书平。书平拒收礼品，他不能容忍厂长一再哄骗。原来印刷厂这几年几易其地，先是被单位宿舍楼里的职工赶走，搬迁不足四个月，另一栋宿舍楼里请来的混混儿打伤了厂长的下属，并且扬言要杀他的人，再次被迫搬迁。书平通情达理，厂方恰恰以为弱点而蒙骗；书平找人咨询准备打官司，手头没钞票；想找混混儿，他受过的教育不允许；书平的涵养使他即使在怒火冲天的时候，只是无意扬手碰翻了厂长的杯子，这下好，你书平是半斤八两厂长看你深入骨髓，因此看望能说不是感情的收买么？高科长已经被收买，使书平看出问题的端倪，事情更复杂化了，束手无策的书平病了一场。

菁回来的头一天晚上，书平送报到一户人家返回，经过屈原码头。从上游重庆开过来的"江喻"轮正靠岸，水手将蛇一样的缆绳甩向趸船，船与船碰撞在夜雾中发出的声音，远客倚扶船舷的朦朦夜影，让他强烈地思念起菁，回忆与菁在船上初次见面的情景。菁快回家了。菁回家的时候，他应该是在屈原码头来接她。

谁知第二天，菁坐下午五点钟这一趟的汉光车。下午三点钟，书平坐在一家医药公司的总经理办公室里。老总说订二份报，先订半年。书平想争取他订三份报，订一年，这家公司主要售卖自己工厂生产的药物，效益好，况且他们刚刚挂牌，需要宣传，只要理由充分，是能够说服他多订一份报的。他正与老总软磨硬泡，有人进来谈事，只好坐在一边耐心等待。大家都是正经事，唯独订报是饭后的茶。过四点钟后，他几次看表，他实在不愿舍去多订一份报的机会。老总终于按照他的要求签了单子，他走出办公室已经是五点差十分。天下起了雨，他站在路边冒雨等车。一辆的士停在他面前，他挥之而去，等来了大巴。接到菁后找个安静的地方吃饭。桌上有一只玫瑰花，在这凄凄小雨的夜晚，若是有燃烧的蜡烛更好。菁从来不愿意上馆子，她说今后需要用钱的地方太多，节约一分是一分。菁懂事得的让人心疼，这样的女孩子让你感觉，你总是在欠她的。今天对菁说，多订一份报的提成就算是捡来的，菁就会同意了。

　　路上堵了车。五点正，离长途客车站还有几站路，书平焦灼地把头伸向窗外，恨不得下车飞跑到菁身边。司机是个熟人，车开到车站对面时，书平求司机停下。司机说这里不能停车，你快点下。书平下车那短暂的瞬间，菁与他的眼光相遇了，双方都在车水马龙中找到了久久渴盼的人。菁提着一只紫色的旅行包，撑着紫色的伞。书平穿越马路。伞突然向马路的天空中飘飞而来，"啊……"书平的脑袋爆炸了，随着轰隆隆的阵响声，他长长地呼出一口气，电影院里不能以正压邪地制止混混儿的胡闹，面对厂长哄骗的无可奈何，高科长赶乞丐似的眼光……让那些难受的脸色一边去吧！果断利索地作出一种决择——这个声音好像呼唤了他一个世纪，他现在才以壮烈的形式给予它响亮的回答，用自己的血肉之驱去回答，不受任何事物的牵绊。他身体的每一个细胞都是痛快淋漓的，他像是雨中的雄鹰，高高地昂起了头。给爱树一块立程碑吧！霹雳冰雹啊，玻璃碎片啊，漫天飞舞的雪花啊！东山大道像小时候他爱玩的滑滑梯，在雨中闪光地倾斜，车辆只是大树上几只小小的蚂蚁。他又变成那首飞跃的木乃伊了，勇敢无畏地穿越于时间与空间，为爱而定位吧，他太需要一个定位了！

开双排座的司机胳膊上流着鲜血，脸色苍白，战兢兢从驾驶室里爬出来了。这个谨慎的人，开了一辈子的车，出事还是第一次。昏迷在他车胎旁边的青年，分明是只飞得不高的怪物。他跪在他脚边磕了一个响头，"但愿这是一个不厉害的玩笑！"他与过往行人把书平抬上了车。急驶医院的路上，菁啜泣不止。

桃子的爸爸回来后，唐尧就到他办公室里去说了噪声的事，桃子爸马上给市环保局的局长拨了个电话。同一天时间，桃子在政府大院里遇到管城建的秘书长，她也对秘书长说了噪声的事。秘书长问桃子，受影响的是她的什么人，桃子说是朋友哇。秘书长见桃子嫣然一笑，就铭记在心里了。市环保局局长先接到市长的电话，不一会又接到秘书长的电话，他当天就带着下属人员来到区环保局。区环保局的局长说有这事，我们处理了，并叫来高科长，高科长便从文件柜里找出报告单。市里的局长回来后，亲自到秘书长办公室如实汇报区环保局处理的意见。秘书长问："市长直接给你打过电话了？"他敲了敲桌子，"那青年是不是叫书平，他可是市长女儿的朋友！"局长立即表态，"这事我再查查，一定办好，您放心！"第二天局长带着有关技术人员与噪声检测器来到印刷厂，结果在被切割物的厚度介于中间的条件下，测出噪声68分贝，于是勒令印刷厂无条件搬家。

书平的右腿严重撞伤——胫骨多处粉碎性骨折，膝关节膑骨撕脱性骨折。医生动手术虽然暂时保全了他的腿，但不能保证第二次手术也能成功，今后不留下残疾。

手术的第三天，菁给唐尧打了电话，唐尧带着桃子赶到医院来。他俩还没踏进病房，就被花香包围了。说起原由，那窗台上、柜台上、甚至走廊上的鲜花，都是市环保局、区环保局，局下面的宣传科、声控科、检测科，还有居委会来看望他送的。书平躺在床上麻木地睁着眼睛，迎来送往那些过去与自己从不相干的客人，他在他们中间找到了高科长，他看见了他的第三副面孔——特别殷勤的笑，甚至下巴上的肌肉都在不停地颤动。

书平经过夜晚的巨痛后，刚刚闭上眼睛休息。菁把唐尧拉到病房外的走廊上，流着泪对他讲了一个比外伤更可怕的迹象——她怀疑书平患有幻想型精神分裂症。她说："伞刚从我手上飞去，他可以把伞和我看作一体，但是很快我就与伞分离开了，他的身体却不可阻挡地向伞飞去，是什么原因使他的身体产生巨大的惯性？"

透明的液体在胶管里静静地滴淌。醒来了的书平眼睛呆滞地望着天花板。菁告诉唐尧，"连续几天他都是这样，好像连疼痛的知觉都失去了！"手术后菁握着他冰凉的手，他问菁："我的腿还能不能骑车？"菁说能骑车。他瞪着充满血丝的眼睛骂菁说假话"医生都说了还要做一次手术，根据手术情况再决定是否截肢！"他狠狠地赶菁走，拒绝菁伺候他，哪怕菁拧个湿毛巾给他揩额头上的汗珠，他都要发脾气，用他那只没有插入针头的手抓起毛巾甩在地上。菁只好让他的姐姐值白班，她值夜班。现在书平望着身边的唐尧和桃子，眼光落在桃子的脸上，盯得桃子不好意思地笑了。他也笑了，他从白被单里伸出右手递给唐尧，"谢谢，谢谢你们！"豆大的两滴眼泪从他干涩的眼眶里挤出来，淌在鬓角。待桃子与另一个病床的熟人去聊天时，他对唐尧说："她黑是黑了点，眼睛给人的感觉很特别，叫花园里发育期植物吧！"唐尧就笑了，"你是说一朵黑色的花？"

躺在病床上的书平终于与人说笑了，菁悲喜交加地抹了一把眼泪。

发表于《朔方》2002 年 2 月

飞翔的探戈

淑江不幸病患乳腺癌，乳房切除后，接二连三遭遇不公平。即便如此难堪、困窘，她仍然希望，从那个跳探戈舞的夜晚开始，重新回到过去的生活。

这是一支探戈舞曲。

有两对舞者已经滑向舞池翩翩起舞。少数没有固定舞伴的男士一个个从淑江身边离去，露天舞场上女人多，男人少，他们有条件挑肥拣瘦。他们的眼睛有的越过她，向她后边的女人伸出了邀请的手，有的则视她在这儿只是一棵树、一根电线杆子，表情麻木地从她身边一晃而过。她压抑着心中的渴盼、焦躁，紧张地等待着，今夜她好像变成了一个倔强的赌徒。当她追随着又一个从身边离去的男人背影时，眼光停歇在旁边女人丰腴的手腕上，那儿镶嵌着一只时尚的装饰电子表。注意时间，是过去下意识的习惯，现在时间对她无关紧要，她盯着那小小的圆形外壳时脑子里是一片空白。直到她抬起头，那片空白才被露天舞场斜对面街头的夜景填写。十层高楼的底层墙面上，霓虹灯组成的海水图案把它周边的夜空点缀成一片神秘，郁钧剑的《什么也不说》从搁置在地下的音箱里钻出，袅袅地升人那片意境；一只灰色的海豚突然从图案中跳出，眨眼间钻进海水，几秒钟以后它重新跳出，轮回无穷。淑江对这只海豚已经熟悉了，过去来这儿跳舞，她都是站在这个方位，让视线穿过几棵大树。那些大树上坐落着棱形的彩灯灯光把树枝、树叶、整个的树冠照射成巨大的翡翠雕饰品。淑江更容易被树窝中间的彩灯吸引，因为一群群飞蛾始终围绕着由深至浅弥散开去的灯光在扑腾。过去淑江并不在意有没有人邀请她，没舞伴就欣赏音乐和别人的舞蹈。舞场上跳得好的总是那么两三对，她只要盯上一对好舞者，注意力就完全集中在他们身上，盯他们的动作、表情、服装……起初她也没想跳舞，她昏睡了一个冬季，与这世界久违了，哪怕是观看别人的舞蹈，都是怯生生的。只是音乐声唤起了她的一点点感觉，她随着一支慢三步的曲子自个儿，"嚓嚓嚓"地踩起步子。她奇怪自己还有跳舞的念头，并且一旦这个念头钻了出来，它就不甘示弱，那么顽强。

一个脖子里歪歪系着领带的男士朝她这个方向走来。她迅速迎向他，血液火苗儿似的在血管里窜了几窜，脸和耳根子都微微发烫了，她的嘴唇朝上翘了翘，双脚也不由自主地踮了踮，好似她的手一搭上他的肩，她就能飞旋起来，她已经等待了三支舞曲，有点沉不住气了！系领带的男人真的走近了她，伸出的手却突然缩进了衣袖，对她说："呵，对不起，我认错了人！"她发现男人瞬间暗淡下去的眼光，心里喊："太过分了！"顿时她的眼眶里盈满委屈的泪水。这一只探戈舞曲已经进行了一半，该上场的都上场了，大树下所剩男人女人寥寥无几，他们多半是跳不好舞或者看热闹的。

淑江今天来到舞场，是因为她的同室林玲要搬家了。林玲和她一样是县城里的人，高考落榜后来城里打工，两人同租一个套间房四年有余。淑江与男朋友笛分手，同时失去工作后，一个人没日没夜地昏睡在出租房。林玲搬走了，她怕自己永远睡去，于是起床试试衣裳。

夏天初临该穿单衣裳了，一觉醒来又是换季的时候！淑江打开那只从高中时就跟随自己搬家的帆布箱子，在一股浓浓的樟脑味中清理出了一大堆乳罩，雪白的网眼花乳罩、粉红色的尼龙乳罩、丰胸按摩乳罩、比基尼套装……她的一双乳房已经被手术拿掉，这些乳罩们都得被清理出箱，扔进垃圾堆，她要在箱子里找出另一样今后能取代它们的，在自己身上哪怕能发挥点点作用的衣裳。她做这件事好像是在给自己挖一座坟墓，掩埋过去的一些东西；让散发出土腥的墓地长出新芽，升出一点点希望。她望着扔在地下的乳罩们，心里难分难舍，特别是那套崭新的比基尼，当时看上它的花色样式没犹豫就买下，平时舍不得穿，还没上过一次身。她想送给林玲吧，可是一想到林玲踮着脚尖晾衣裳时，高兴起来跳跃时，乳房像一对活蹦乱跳的小兔，就会引起自己的伤心和对林玲的嫉妒。淑江把帆布箱翻了个底朝天，最后找出一件泡泡纱的白衬衣，让她欣慰的是这件衣裳布料稍厚、硬质，胸前的两边都有个服贴的小袋袋，虽然款式早已过时，对今天的她却是最合适的衣裳。先换上衬衣，再配上一条紫色金丝绒大摆裙，裙底的摆是凸起的兔毛，准确地说这是一条舞裙。不错，现在她喜欢硬质的、泡泡的、凸现的感觉，它可以稍稍弥补一下身体上的缺陷。她穿上这套衣裳后就走上了街，走着走着来到了滨江公园的露天舞场。

　　淑江手术后第一次走出门，是刚刚换季的早春，她穿一件短短的牛仔布料的夹衣、一条洗得泛白的牛仔裤；尽管衣裳有翻毛领，她仍然将红色的长围巾系在脖子里。她沿着长江大桥朝前走，直走到江南，再穿过茂密的橘树林。桥下碧绿色的江水上空，翻动着淡薄的雾，身边也不时有阵阵气体袭来；田野里的橘树、野花、杂草，地面上所有物体都流动着一股股乳白色的液体，椰汁般地湿润与甜蜜；极细微的水珠喷洒在她的鼻尖，钻入她袒露在外的皮肤毛孔。她的人生中迈过了一道致命的坎子，终于从漫长的冰窟中走出，走到与自然轻轻交流的地方。路边的杂草还没褪尽雪白的霜衣呢，早晨金色的阳光洒遍橘树林，枝叶间挂着的零星果实被照射得通体透亮，它们在她眼里飘浮、晃荡，托起她的心吸收那一切新鲜事物。她在雾气的浸润中开始思考一些问题，她想按世界人口平均寿命66岁计算，自己人生的路程还没走到一半；她想手术后月经很快恢复了正常，这说明体内荷尔蒙仍然处于青春旺盛期，将来照样能生儿育女；她想自己在镜子里的脸蛋还是透出淡淡的粉红，头发还是又直又黑；四肢健全还能跳舞，嗓子尖脆脆的还能吸引顾客……她就那样走着想着，想着走着，走到身上流出汗水时，就解开了围巾，敞开了胸襟，让围巾自然地披在肩上，让风吹进胸口窝……渐渐地她的身体被莫名其妙的燥热染红，精神被亢奋的潮湿给滋润。

恰好妈妈托人又带来了豆瓣酱，她亲自去打来两斤苞谷酒，然后给笛打电话。这是她死而复生后第一次陪笛喝酒。她劝笛大口大口地喝，自己点滴点滴地抿。她始终认为笛是另一半的自己，因为笛，她感觉手术后的生活没有太大变化。笛是外乡人，高而挺拔的身材，一顿能喝八两高度数的白酒，喜欢拿淑江的妈妈从县城带来的豆瓣酱当下酒菜，每每边喝酒边将体内的酒精变成汗水挥发掉。她喜欢笛红着醉醺醺的脸，额头滚动着汗珠，从卫生间里把水淋淋的她抱上床。一个是满身汗水，一个是满身汽水，两个湿淋淋的身体紧紧地贴合在一起，激情在水雾中燃烧，直至双双瘫软，躺倒在一条被子里，一觉醒来再商量攒钱买房结婚的事情。

她希望从这个湿润的早春开始，回到过去的生活。

与过去一样，待笛酒酣耳热之时她退回到卫生间，大大地打开门，把莲蓬水拧到极限，还故意不停地把里面的东西撞响，最后才喊出笛的名字，让笛帮她拿来沐浴露。笛给她拿来了沐浴露，出去时轻轻地带上了门。她冲着笛溜走的背影喊："再去拿一套内衣，橘黄色的。"笛递给她内衣后又带上了门。

这次她没有把门开得叮当地响，身体本能的冲动，更重要的是在她心里蓄积了好久的、要确定一种结果的欲望使她鼓足起平生最大的勇气，她用换下的衣裳抹了把被水雾模糊的镜子。身体恢复后，她已经洗过好几次澡了，没有一次敢面对镜子，正如刚刚笛进卫生间递给她东西时，她听到开门的声音，飞速背过身子接过笛手中的东西，不敢面对笛。她在镜中仓皇瞟见的，竟是笛的眼睛，在笛火烧火燎的注视下，曾经闪着细腻白瓷一样光泽的乳房，鲜艳如花朵的乳晕、陡然间变得坚挺似宝玉的乳头，幻觉般地一掠而过。她想再用笛的眼睛仔细瞅一瞅，迷迷蒙蒙的水蒸汽重新将镜面笼罩了。她撇下镜子，猛然间扭过头，下嘴唇被牙齿咬破，她想她应该作出一个决定。她紧紧抿着出血的伤口把口腔里丝丝缕缕的甜腥吞回肚子里去，抓起湿湿的浴巾从肩上搭至两边胸部，然后跨出卫生间……笛坐在小板凳上喝酒的背影跳进她的眼帘，她犹豫了一下，扯下肩上的浴巾扔回卫生间，复再转向小客厅，赤裸着一丝不挂，爬满水珠的身体一步一顿走向笛。

当初淑江坚持不做手术，等死也不做手术，从确诊为癌症那天起，她一直都是采取中西医结合的保守治疗。后来问题变得严重了，笛通过人托人才找到被人们传颂为神刀的主任医生家里。主任医生仔细看过病检报告后告诉他们，如果再不及时手术，癌细胞就会朝心、肺部迅速奔跑，劝他们立刻作出决定，并表示自己亲自给她主刀。笛也劝她立刻作出决定，两人回家走到一条大街的尽头，笛突然停住脚步，用双手捧住她的脸颊轻轻拍了拍，认真地说："我永远也不会离开你！"那会儿一片橘黄的梧桐叶飞向她，在她的额头边撞了撞，她随着叶片落在路灯的惨然照射下定住了神，几分钟后她瞅定笛的眼睛点了头。接着办手续住院，接受各种检查，通知妈妈和其他亲人，直到躺上手术床以前，她完全是被动的，头昏脑胀的，结果她和大家都忽略了一件事。她在整个手术期间最清醒的时刻是手术结束后，她听见那令人恐惧的铁门被开启的声音，看见站在门口的笛、妈妈和他们身后的人。一个戴着浅蓝色透明帽的护士朝着门口招了招手，笛走进来了，护士把用瓷盘盛着的血淋淋的乳房拿给笛看。当时麻醉的作用在她身上没有完全消失，又隔着一段距离，她看不清从自己身上割下的那块肉，更看不清笛的眼神和表情，但是她看见了全景，知道医生、护士和笛在干什么。她想阻挡医生、护士，或者是阻挡笛，然而她没有力量从床上爬起来，她甚至连喊一声的力气都没有，她只有发出一声叹息，为什么走进手术室的不是妈妈，而是笛呢！

发生在他们生活中的变故，最先受到伤害的是笛，恐怕最先被打倒的也会是笛。现在光着身子的淑江离笛很近了，双脚却被牢牢地钉在冰凉的瓷砖地上。笛仍然坐在小板凳上、躬着背、垂着头，闷闷地喝着酒，许久没剃的头发已经蓄到颈部，发梢硬生生地戳在半边朝里披着、半边朝外翻开的衣领上。她多想扑上去替他整顺衣领，把自己的手指插进他又油腻又蓬乱的头发里，让残废的胸脯紧紧地贴向他的背部，让体温穿透他的衣裳，直到他的脊骨被自己剧烈的心跳暖热。但是她低头望了眼地砖上的积水，那是从她身上淌下的滴滴水珠，它们都快流到笛身边去了，笛没有丝毫察觉，她快快地转过了身。

淑江又看见了笛，隔着病室里的那层玻璃窗，笛提着塑料饭盒走在外科病房的长廊上。长廊两边的枫叶如云似火地红着，红得让人嫉妒，让淑江更添伤感，为什么老天选择笛和我一起承受这份不幸？笛踩在木廊上的脚步声匆匆而又绵软。医院的日日夜夜，她已经习惯了趴在床头，望着笛从长廊走到她身边来。每每笛的脚步声越来越响，她都要用手背揉揉眼睛抹一把泪水在玻璃窗上，然后躲进被子里等待笛喊她吃饭。起初她是真不想吃饭，笛在床头喊多少遍，她就会泪湿多少次被头，她不想吃也不愿喝，只是隐隐地盼着笛掀开被子、用双手再一次捧住她的脸颊轻轻地拍、再一次告诉她那句话。现在淑江想，尽管手术后，她一直没有等来笛重复那句话，但她得谢谢笛，若没有笛的照顾，今天的她不知是人还是鬼呢！

唉！我为什么要带着伤口的创痛陪他喝酒？迫不及待地重演过去？即便是今天得到了一种验证、一种确定的结果，还有明天，还有后天呢，我到底是前进还是后退？我若前进又能够挽回什么？还是留给笛独立的空间去想清楚一些事情吧。晚上笛临走时呆立在门口说："我关掉灯啊！"她从被窝里露出一双忧怨的眼"你关吧，关吧，关掉所有的灯！"过去笛从来也不收拾碗筷，更不会站在门口替她关灯，这样说吧，他根本没有收拾碗筷和关灯的机会，经常是他俩的痛快做爱使床上床下的衣物一片狼藉。

不久淑江接到公司终止合同的通知，与她一样为公司服务了四年的那批年轻人，大部分顺利地续签了合同，她本来属于那大部分中的一个。公司辞退她，很清楚是从商业利益方面考虑问题，才给予她特殊的关照，也可以说是对她过去几年工作的肯定与奖励，报销了全部医疗费用，派人给她送来了一万块钱的支票。她没有从来人手中接过支票，她望着那张被搁在小方桌上的支票，无奈地笑了笑。她有理由退回那张支票，找上司据理力争，合同上白纸黑字一清二楚，合同期满，工作表现优秀者转成正式职工。她在这四年里以最标准的普通话接待了成千上万的顾客；以最美的舞姿为公司争得荣誉；以每年平均九十多个加班日获得勤奋职工的称号……然而她对公司派来的人只是说："你们走吧，走吧，我要睡觉——"

淑江放弃了与笛联系的主动权。笛有时来看看她，多半则是给她打电话，问她的胸部闷不闷，伤口胀不胀疼不疼？告诉她要多出门散散步，好好放松心情。自此他俩不即不离，不冷不热，谁也不说分手，可是谁都明白分手的那一天，在等待着他俩这段时间太长，从一个冬季到另一个冬季。

只是淑江偶尔从被套里钻出，出门走走，就以为又是换季的时候，于是她像蛰伏了漫长日子的虫子，从土地里抬起振作的头，感受那大地被洒满了椰汁一样的湿润与甜蜜。是啊，每每换季的时候，生活中都会发生许多新鲜的变化，它们给淑江的身体和精神也带来细微的变化，使她燥热、亢奋、润泽，在浑身清爽的感觉中有些反省，为什么不掐灭那无休无止的梦？

她在昏睡中老是梦见笛，梦见他看见她血淋淋的乳房时是怎样的一双眼睛？梦见他那天喝着闷酒时在考虑什么？梦见他双手捧着她的脸轻轻地拍了拍，认真地对她说："我永远也不会离开你"梦见一切永远也梦不回来的事情！她想她应该抛弃过去，重新去设想、去希望、去干点什么了……

这支舞曲已经快要结束了，淑江的视线仍然在穿过那些被灯光照射成翡翠雕饰品的大树，聚焦在那只灰色的海豚上。她是下意识地让自己不收回视线，以免眼光在自己的胸脯和舞池里的女人们之间游移。一个很年轻的男子站在她的跟前，彬彬有礼地对她说："探戈。"伸出手，做出邀请她的姿势时，她以为这个男子是从天空中飘然而至。在灯光的照射下，她看见男子的脸庞太干净，净得与他雪白的衬衣领子一样，找不到一颗瑕疵；他太年轻，稍大的蓝眼睛清澈透明，很容易让人想起一湾从来没有人烟浸染过的海水。尽管她始终在等待这一刻的到来，真正到来时，她反而感到意外，她措手不及、窘迫、慌张地回答他，"嗯，探戈。"他接着说："世纪舞步、孔雀开屏、A 字造形。"她说"我行。"其实她并不熟悉这个套路，但她看得出，他是能够把舞跳得很好的人，与这样的人跳舞，首先得自信。当他的手拦在她的腰际，她的手搭向他的肩头时，她感动地对他说："谢谢！"

第一支探戈曲子很快结束了。淑江与男子刚好把最后一个花样"A 字造形"跳完，这当中仅仅隔了一支慢四步的曲子，又是探戈。

第二支探戈跳下来后，男子就不紧不慢地朝江堤边走去，一边掏出餐巾纸在揩着额头边的汗水，淑江跟着他朝江堤边走去。堤下的江中停泊着一艘豪华娱乐船，水中闪动着船上投射的红黄紫绿的光斑。淑江歉意地说："套环时没走好。"

男子说："我俩第一次搭手，没走好很正常，不过中间时你有怯场的表现。"

淑江轻轻喊出一声："啊不……"她的确不是怯场，但没办法对他解释，在他俩身边跳舞的一对人儿不知什么原因突然停下脚步，淑江感觉那女的是在看自己，呵，她为什么要看自己？她是用躲闪的、斜睨的眼睛在看自己吗？

"总的来说不错！"男子说着就拉过淑江的双手，嘴里喊："三四、三四、一……"淑江与男子的双手搭成了椭圆形的环，随着他的节奏声，她绕着他的身前身后连续转了几个圈。男子说："现在很好，很好！"淑江便从他的身后再返转回来，两个人胳膊抵着胳膊、肩并着肩准备走并步。这个时候，女人必须要像在舞场上一样面带微笑地向男人侧过头，以示传情之意；这个时候，离开舞场的两个人单独练习舞蹈，距离近得像一对真正的恋人；也就是这个时候，不知从江心中驶过的哪一条轮船突然扫过强烈的光柱，让淑江看见男子在光照下的脸色有点儿惨白，额头、鼻尖上爬满了细密密的汗水，这使淑江停下了她的脚步。男子的手又伸向裤袋里掏餐巾纸却没掏着，淑江赶忙从自己衬衣胸前的小荷包里抽出一张纸递给他。

男子朝她笑笑，"谢谢！"一边擦着汗水，表情平静地问她，"继续跳吗？

淑江说："待一会儿，现在看看江景也不错！"淑江在心里猜测男子的职业，是儿科医生？是语文老师？或者是……在这样一个夜晚，在这城市与森林交叉呈现魅力的景致中，与他一样手扶着堤栏，两人随便谈点什么多好，之前那么迫切地希望有人请她跳舞的愿望此刻悄悄地溜掉了。

男子说："也好，待会儿我们再跳探戈。"

淑江说："你喜欢探戈？"

男子说："当然。"

淑江说："我也是，第一次看别人跳交谊舞就迷上了探戈，至今还能清晰地回忆起那一对跳探戈的人儿，他俩的身高与我俩差不多，是最佳搭档。我从他俩肢体的扭动中看出什么呢？协调，就像一个人的呼吸。很久很久，那一个人的呼吸仍然在我脑海中绵绵出现。"

男子说："探戈的每一个花样都是在反身倾斜运动中完成，没有升降和摇摆，是所有交谊舞中最平衡、谐调的姿势，它常让我想起生活。"

淑江说："对，我曾经认定那对舞者就是热恋中的情人，或者是最恩爱的夫妇，无法设想他们在生活中有什么不对劲的地方。我真的迷上探戈和那一对舞者了，我今天穿的这一身衣裳，白色的衬衣、镶边的大摆裙就是仿照着那个女舞者买的，尽管那时我还不会跳舞，我希望有一天能有女舞者那样的男舞伴，两人共同跳出令人迷醉的探戈来。当然，我更希望生活就像探戈。"

男子朝淑江挪近了一步，认真地打量了她一眼。淑江这才意识到自己与一个陌生人说得太多，但她心里痛快着。

男子说："其实探戈也是在缺憾中寻求完美，它瞬间的停顿可有个小插曲，说是阿根廷的男士出海归来与女友跳舞，发现女友的头偶尔扭向一边，原来她是正在瞅着自己的新情人。这男士为监督女友，有时就要停顿一下，但又怕女友发现，便快速扭头。"

淑江笑了。她想，第一次与笛见面就问他会不会跳探戈。笛的基本步子都走得很糟，她陪着笛去文化宫专门学习交谊舞。后来两人的探戈跳得很好了，最终还是分了手。她想到笛就沉默了，满腹心事地望着江面，那儿又有一只轮船在向上游驶去。

两人同时望着江面沉默了一会儿。

男子返过身时，望了一眼对面那只正在潜入海底的豚说："你不觉得我们的城市是光与影组成的宫殿吗？有时候好像是在童话故事中跳舞！"

这时候郁钧剑的歌声重新飘荡在舞场的夜空："你下你的海哟，我淌我的河；你坐你的车哟，我爬我的坡。既然是来从军哟，既然是来报国，当兵的爬冰卧雪算什么，什么也不说……"

男子挪开了脚步朝舞池迈去。淑江忽然产生一种留恋，留恋什么她一时理不清，想听听他说说自己，把自己说给他听听，可是双脚已经相随着男子穿过狭窄的堤道，落在松软的草坪上，咫尺之隔，两人就舞进场子里了。

一般像这样的露天舞场，跳探戈的人不多，跳国标的人更少，现在场子里大约有三四对舞者，相对的空旷让舞者们能更好地施展他们的若即若离。还在舞场的边缘上，男子就拉起了淑江的手。淑江感受着男子手心里的温润，一边想过去与人跳舞，曾否有人如此落落大方，又让自己觉得特别的舒坦呢？没有，从来也没有过这种感觉，它来得太突然！是因为她再次走过一段长长的死亡隧道，终于决定穿上泡泡衫的衬衣、天鹅绒的舞裙走上街，穿过草坪，来到舞场上，感受初夏的来临、换季的大地缓缓流动着椰汁一样的湿润与甜蜜、贪婪地呼吸第一口新鲜空气么？是因为刚才在她不安、焦躁而坚韧的等待中，他与众不同地朝向她走过来么？是因为他擦着汗水离开舞场，在堤栏边与她配舞、与她简短的一番对话么？大约每一个男士走近他舞伴的那一刻，都希望与女伴用身体配合出的艺术能赢得这一场舞会的冠冕，因此在两人身体最初接触的准备工作中，他轻轻扶住她的腰，握住她的手，热情的眼睛与她相视的时候，有一种亲切、有一种鼓励、有一种期望。尽管这只是一瞬间，像所有聪明女人一样，淑江以盈盈的眼睛与他发出火点般的撞击，眼波弥荡出一轮风情的涟漪，泛着泪水的光点在默默地对他说："也许我们只有这一场探戈的缘分，那么，让我把满腹的话在探戈中倾诉给你吧！"她不能让自己的感情在这个夜晚泛溢，她要保持住探戈那种内在自持的情感，用不紧不慢的动作、十分谐调的步伐与他跳好这场舞。

很快她将头侧向他的右肩上方，一只脚尖朝上踮起来的同时，胸脯与腰之间画出了一个妖娆的Ｓ，伸得长长的颈脖子像只蹲在湖水边、朝向蓝色天空鸣叫的天鹅。前两场探戈中，她稍稍有点紧张，现在她让自己处于紧张状态中的每一颗细胞都放松，它们开始活跃着，准备着迎接他与她用身体创造出的美丽舞蹈。

在高亢、激情的音乐声中，淑江与男子的一只手搭在一块儿，另一只手则反牵在后腰。两人的身体是弓，搭在一块儿的双手组成一支箭，又像是指定某个目标的符号，箭要出弓，目标就在前方，两人并步朝前朝前、走着走着……忽然女人与男人分离，她似嫦娥飘然而去，裙摆在天空中飞旋出一朵硕大圆满的出水芙蓉，圈儿越旋转越圆，空中的芙蓉花瓣越开越纷繁。

女人与男人的瞬间分离是为着更长久的聚合，女人的圈儿旋至美丽之极限时，就朝着男人的方向旋回来了，渐渐拢近了，更近了，他们的双手又搭在了一块儿。芙蓉花儿魔幻般地变成了一只甩着尾巴的小兔，调皮地夹在了他与她并连的双腿间，他俩侧头相视，发出了心领神会的微笑。他俩的胸脯再次贴近，感受着对方的呼吸，需要他们共同创造的这一段路程还有不尽的花样等待着。这不，再一次的瞬间分离，他俩创造出了一只展翅的孔雀，男女两个人的脸庞贴成了孔雀骄傲的头颅，男人挑起的左胳膊与女人挑起的右胳膊并成一双巨大的翅膀。他俩的手掌在那能蓝色的夜幕、翡翠般的枝杈、飞蛾成群的光亮下柔软地颤动，那欲冲霄而去的左右翅膀在观众看来，高高低低没有丝毫的误差，淑江第一次欣赏那对跳探戈的舞者，就为这平衡的动作而惊叹不已。这不，再一次的并步，他俩的双手搭成了一个巨大的拱洞，他与她，双双从这个拱洞中穿过，淑江凭着感觉看见了正在穿过拱洞的自己，她至始至终都挺拔着胸脯，甩脱了人们的眼睛，甩脱了自己的畏怯，目不斜视地走自己的路，释放着自己的情怀。现在她就是那个曾让自己倾慕的女舞者，不，她比那个女舞者跳得更好，她从男子眼睛里折射出的光芒中认出了今夜的自己，她对他充满着感激！是啊，所有的交谊舞都是男舞者引导，而每一个引导者与被引导者之间的配合却有着天壤之别。他正在引导自己穿过拱洞奔向一个境界，她现在还难于确定那是一个怎样的境界，她只是相随着他舞啊舞啊！她在舞蹈中越来越懂得他肢体的语言，懂得他眼神里的变化，懂得他的双手向她发出的每一个极细微的信号。她懂得了这一切两人就配合得更默契，于是千变万化的舞姿在男人女人身体的亲昵摩擦下，流成春江情满的水。

不论是在豪华舞厅，还是在露天舞场，国标舞者要是跳得好，往往会使场上的舞者们一对对地走下台，自愿成为忠实的观众。此刻舞场上只剩下淑江与男子。

这一支探戈曲子结束了，下一支探戈曲子继续奏响，其间仅仅画了一个短暂的顿号。

偌大一个露天舞场仅仅属于她与他了，开阔的空间像是三维电影巨大的屏幕，它把周围的城市夜景投影在场子的中央。茂密的树冠，江水中的轮船，波涛中漂流的光柱，高楼上的霓虹广告灯……它们在舞者的脸上身上画出或阴或暗、或红或绿的色彩。那只时而跃出海面的豚呢，淑江从来也没有感觉过它离自己是这么近。它就在她的头顶上动作，淑江第一次听见它在海水中的声响，"啪啪啪……"它冲出水面有一丈多远，它尖尖长长的喙朝向着空中，它的尾巴时而卷曲，时而抽动，时而颤抖着……突然，从它尖长的喙中抖出了几滴鲜红的水泡，还有它的尾鳍上滴出的东西，嗅，胸鳍上也在滴淌着，一滴、二滴、三滴……海水变成红色了，原来它竟是一只受伤的海豚！淑江停下了脚步，淑江怔神儿了！男子专情地瞅着她的脸，手在她的腰际传递了一个轻微的暗示。然而一切都来不及了，她已经错过了一个节拍，无法再按常规的套路舞完这个花样。她把自己表示歉意的眼神递给他，想得到他的原谅，然后两人一起谢幕。忽然，"啪啪啪"的三声水响，灵光如虹闪过，淑江的头朝后一仰而去，随之后腰一闪，双腿滑成个大写的"人"字，身体弯成了下弦月。说时迟那时快，男子像飞向悬崖边抢救他心爱的女人那般，千钧一发之际扶住了那坠去的半弯月亮；一种错误铸就了一种创造，男子右手扶住女子的腰，左手挥向空中做出箭式的造型；淑江的左手指向那只受伤的豚，眼睛闪动着激情的泪花迎向男子，似要告诉他，头顶上的那片变成红色的海水，那只在海空中挣扎的受伤的豚，那惨烈的也是美丽的一滴滴血泡时，场子边响起了一阵阵热烈的鼓掌声。

终于，音乐声戛然而止。好久好久，两人还牵着手，淑江瞅着男子的胸脯，那儿被汗水浸润成一片黑色，男子瞅着淑江被舞蹈弄乱了的头发，两人盈盈地笑了，互相说了一声谢谢。这个时候，两人的身体刚刚完全分离，淑江迈开脚步准备走出舞池，方才感觉自己的双腿酥软，一阵眩晕冲击着她。她怕自己倒下去，把双手重新递给男子，身体也向男子倾斜过去，趁着男子在她背部轻轻拍两下的时候，微微闭上了眼，感受那稍纵即逝的眩晕的幸福。

城市没有夜，就像这会儿，在两排树木遮挡的暗处，仍然有无数的光斑穿过树叶的缝隙，把窄窄的地面青石映成一片碎花。淑江与男子无语地走过了长长的一段小道。应该说，他俩的探戈表演成就了今夜这场舞会的压轴戏，他俩在阵阵掌声中走下舞池，人们就渐渐散去了。这时候发生了一点小小的意外，男子先是独自站在一边，用手撑着一棵树，另一只手按着自己的胸口窝。等淑江与几个舞客讲完话发现他，问他是哪儿不舒服了，他笑笑说没什么，换了个姿势让背靠着树干。淑江又看见了他苍白的脸，额头、鼻尖上细密密的汗水……这会儿男子不先开口，她不知道该对他说几句什么话，但那种留恋的欲望又悄悄爬上心头。她希望这条林荫小道长一点，再长一点，她对男子有着一种奇怪的探究心理。她问："你在想什么呢？男子说："我想你说过的话，希望生活就像探戈。"淑江说："至少，它是对人展示生活"男子说："唉，它太完美！"

看得见小道尽头的亮光了，亮光的地方有一片草坪，从草坪中间穿出去，就是十字路口在等待着他俩的分手。淑江说："还不知你的尊姓大名呢！"男子说："哦，我姓张，叫张泽俊。"淑江说："要是我猜得不错的话，你是刚从某个大城市里的师范学校毕业，现在教书吧？"男子笑笑："OK。我在三中教数学，兼班主任。"淑江冲口而出："三中，就在我的窗口下！"男子一直把淑江送回了家，站在梯道口他再次对淑江表示："谢谢，你给了我这么一个值得记忆的夜晚！"淑江说："我也一样谢谢你！"

一辆红色桑塔纳停在淑江她们出租房的楼下，司机双脚交叉着斜靠在他的驾驶室旁边，嘴里不停地吞吐着烟雾，一边替林玲守望着地上那几个装得鼓鼓囊囊的袋子。林玲一个人正在从楼上朝下搬东西。

时光如水逝去，几年前淑江与林玲同时住进出租房的景象依稀可见。林玲高考落榜后留在城里找工作，淑江第一次见到她是在人才市场，那时她扎一对齐肩头的牛角小辫，脸蛋儿红扑扑的。她觉得这女孩朴实、健康，两人都是县城里人，学历境遇也一样，便同租了一套房，这样便宜。淑江因为普通话说得好，进了一个收入可观的公司，一干就是几年。林玲的运气却很差，她先是给卖蛋糕的打工，再给一个网吧打工，总之一年内换了五次工作，在第二年的春暖花开之时，她给另一家网吧打工，就傍上了那家的老板，从此不再熬夜班，给老板管管账。轻松的日子没过上半年，就被老板娘赶出了网吧。这之后她傍上了一个修路的小工头，当上了全职太太，工头倒是没有老婆，却死于一次车祸。林玲就这样搬走了，又回来了，回来了又搬走了。淑江手术后，两人都失去了工作，也没有任何依靠，她俩每天的早早晚晚都像幽灵一样飘荡在这个城市。

林玲把一挂长方形的镜子塞进了驾驶室。淑江瞟了一眼镜子，撅起下嘴唇吹了吹从额头垂下的刘海，如释重负地哈出口气。林玲对司机说："我把东西全堆在门口了，麻烦你去搬一下。"司机慢吞吞地灭了手中的烟头就上楼去了。林玲把淑江拉进驾驶室，打开空调说："来，我俩趁这工夫说几句话。"

淑江说："又是红色桑塔纳！"

林玲说："我就这命，都傍些小萝卜头儿！"

淑江的手指在车窗边无意识地敲着："这车的主儿是什么地方的人？"

林玲说："好像是重庆人。"

淑江说："什么好像？他到底是什么地方的人，他有老婆吗？"

林玲说："我不敢多探究，探多了反而顾不了眼前！"淑江不语了，两人都沉默，沉默了好一阵，淑江才说："林玲我俩住一起快五年了是不是？我比你大一岁是不是？我比你大一岁就是你姐，你听我一句话，我们都是奔三十岁的人了，耽搁不起啊！"

林玲在车里大声地喊："别说了！你以为我心里好受？我昨晚老等你，想跟你说说话，你上哪去了？"淑江说："跳舞，跳了几曲探戈。"林玲说："你快乐吗？"淑江说："只要活着，总得替自己找快乐！今天我大清早就起床，与卖窗帘的老板谈成了那笔生意，暂时订了一年的合同。你走了，我一个人在这屋里跳舞了！"林玲说："跳舞？"淑江说："对。"

很快司机把林玲的那几样东西都提下来，塞进了车后座里面。

淑江下车后与林玲再见，忽然觉得心里有什么东西被堵着。林玲大概也有一种同样的感觉，她跳下了车。这时淑江说："你等一等，我送你一样东西。"她飞快地上楼，从箱子里找出了那套比基尼。林玲接过衣裳："真漂亮。"淑江说："包装不错，不过就是一套内衣。"顿了顿，淑江继续说："林玲，是你阻止了我绝食，是你挖空心思给我讲故事，是你的友情使我难于弃你而去，我才有幸活到今天……"林玲先是愣了一下，然后快乐地喊："淑江，别说这么多，我替今天的你高兴，我会常来看你的。"说着两个女孩紧紧拥别。临到汽车发动的时候，淑江朝着车内的林玲喊："你能不能不走，和我一起干？"林玲没有回答。

三十来个平方米的房子现在除了一张单人床、一张方桌、两个凳子、一只箱子，利用率最高的就是新买回的缝纫机。现在淑江每天要用自己的双脚踩出一千多米的窗帘布来。那个春夏秋冬都穿长旗袍的女老板说："包工包料喽。"淑江回答："就依你的，包工包料。"老板说："一天交一千米的货。"淑江回答："就交一千米的货。"老板说："工钱还是上次谈的那个数。"淑江说："行""老板就瞪圆了眼睛使劲地瞅着淑江，她想这女孩来谈了好几次都失败了，她不打算与她闲磨牙，权当是儿戏敷衍她罢了，没想这一次如此利索，当时签定合同，交付第一批布料的押金。自此，那些棉织的、化纤的、仿绸的、软缎的布料源源不断地被送进出租房，又源源不断地被运出出租房。淑江双脚下缝纫机发出的声音，是单调的、辛酸的、永恒的音乐。淑江高兴或者伤心的时候，都会舞动起她身边那些柔软的道具，随意跳一曲舞。更多的时候，是那些太阳很好的早晨，她听见了离她楼下不远处三中的集合铃声，她透过玻璃窗望出去，会看见密密麻麻列成方队的学生队伍，队伍的正前方冉冉升起五星红旗，红旗下面宽阔的草坪地上走动着一二个老师。有那么一两次，她仿佛看见了张泽俊，她的呼吸顿时凝结在透明的玻璃板上，她真想让自己呼喊的声音击碎玻璃板上弥漫的结晶。"张泽俊！"哪怕是喊给自己听，可是喊不出声。好几次她在梦里看见他的样子，真真切切如同跳探戈的那个晚上，她就感觉自己的血液被一种东西清洗了，注入那一声关于"生活着"的感叹，和他当时的表情，甚至汗水，她与他走得很近很近。有时候她又感觉她与他的距离其实很远很远，她只要偶然一次，能从草坪上影影绰绰的人群中识辨出他，就很满足了，那时，她一定会提起出租房里的一个凳子，与记忆中的张泽俊跳一曲探戈舞。

　　一年以后，淑江用踩缝纫机挣来的钱开了一家鲜花店，店门朝向三中校园的大门。刚开业没几天，一群男男女女的中学生来给老师买鲜花，淑江知道那天是教师节，很有兴趣地问他们将鲜花送给谁。学生们告诉她，送给班主任张泽俊，于是淑江记住了教师节这个日子。可是要等到下一个教师节还有一年，现在她的心情不错，等不及明年与张泽俊再跳探戈，她有理由在其它任何时间里送鲜花给张泽俊——他们曾经共同拥有一个美好的探戈。那天她准备了好大一束鲜花，用张泽俊留给他的手机号码与他联系，不巧的是没联系上。

　　不久的一天早晨，张泽俊的那群学生们又来买花了。她问一个头上扎着漂亮发夹的女学生："还是给你们的张老师买花吗？"见女学生点头，她想自己猜测正确，心里掠过一份喜悦："今天是他的生日吗？"把一束夹杂着淡绿百合、紫红玫瑰、小盘葵花的花簇捧送给女学生。那个学生的泪水突然从眼眶里涌出，她对她摇着头，摆着手，转身走向花架，指尖在百花丛中独独拈出一支黄色菊花。随着菊花在淑江眼前一亮，她的脑袋"轰"地一声响，顿时血液朝上涌来，手脚冰凉，她飞速地扫一眼所有的学生，见他们脸上全都挂着悲伤。她明白了一切，摇着一个学生的肩膀问："你们的老师怎么了……怎么了？"一个男学生从书包里拿出两天以前的报纸，报上在第四版"视觉新闻"栏目的左上方写着醒目的红色标题：《生命与光明》。淑江在标题下迅速地搜索到了这样两句话："我市第三中学优秀教师张泽俊不幸英年早逝，他把宝贵的眼角膜捐献给了自己的学生……"

淑江手中的鲜花落在了地下，由于落得太沉重，花瓣儿纷纷扬扬撒了满地。她微微闭了一下眼睛，就像那次跳探戈在他怀中的眩晕，却是绝然不同的眩晕。在眩晕中她又看见了他海水一样透明的眼睛、额头、鼻尖上细密密的汗珠、苍白的脸色……

这一年的清明节，三中的学生们排着长长的队伍来给老师扫墓。张泽俊班上的学生排在最前面，他们走在公墓的高坡上，就远远地闻到了一股奇异的花香。临近了，墓碑上《不朽的生命》这几个镀金字，与一篮雪白的玫瑰同时出现在他们眼前。他们回眸望去，一个身着一袭雪白衣裙的女人正朝坡上爬去，像一缕轻烟袅袅地升腾，渐渐地逝去。

发表于《朔方》2007 年 12 期

杨柳飘时

　　一墙之隔几十年无声无息！这一天的到来太突然，她需要好好想一想，更需要作个准备，怎样以同样热情的姿态去迎接对方。

　　昨天殷素惠接到中介所的电话，是那个脸上洒满细微雀斑的邓主任打来的。她待人客气说话泼辣给素惠的印象很深，她真诚的笑容使素惠有勇气说完想说的话。她在电话里告诉素惠，今天下午五点钟到中介所去一下，强调要带上照片，说对方要先看看照片。素惠放下电话就捂着嘴笑个不停，老都老了，还看个什么照片？猪八戒相亲，老头子蛮臭美呢！是个什么样的老头子，她不知道，又不好在电话里打听，毕竟不是年轻人。她对老头子的外貌要求不高，只要不是武大郎就行。一只红喙白色羽毛的小鸟飞进了素惠的院落，它栖息在晾衣裳的竹竿上。素惠卧室里的窗户半敞着，因此她被鸟声吵醒后，卧在枕边朝晨曦迷朦的窗外望去，她很清楚地看见了小鸟在竹竿上东瞅瞅西瞧瞧的样子。下午五点钟，差不多要挨过一整天的时间。不知道别人相不相得中自己，这一点素惠不愿多想，人老了，想得到的能得到，就是天上掉下个大馅饼；想得到的得不到，也不会有太多的失望。客观地想问题，她昨晚睡得很踏实，今天早晨也有理由兴奋一点，既然不会为失望所困，那么就先自我陶醉一番吧！素惠确实很高兴。

素惠把小外孙带到三岁送到幼儿园去了以后，就不再烧柴火。小院里没有了小外孙的声音也没有了烟火，显得很干净也很安静。今天她起了早床有点寂寞，就早早地穿上月白色的仿真丝衬衣，换上新买的半高跟皮鞋，擦了红鸟牌的液体鞋油。她要试试穿上锃亮的高跟鞋还能否走好路。几年以前她穿着高跟鞋去街上给孙儿拿牛奶崴了脚，就一直穿呢绒之类的平底鞋。素惠走着走着忽然一颗小石子从空中飞来，红砖的院墙墙顶上，兀然出现一颗灰色的脑袋。老头子，贼头贼脑的，还嘻嘻笑呢！这颗脑袋开始出现在墙头的情景怕是三十几年以前吧！长在那上面的眼，贼亮贼亮地盯着素惠的胸脯。那年素惠还没嫁人，那一对发育饱满的乳房，像是要从衣裳里蹦出来。她操起院墙角落里一把竹扫帚——粘在扫帚上的蛛网冷不丁地罩住那双贼眼，那头就从墙头上龟缩下去了。听说这隔壁院子里的老耿，在搞一打三反的时候被工厂里揪出来批斗过，居委会里也批斗过，在街坊里的名声不好，素惠与他有点老死不相往来。他的脾气犟得像头牛，偏偏养个儿子和他一样牛。有一年素惠听见隔壁传来几声撕心裂肺般的惨叫，她爬上墙头看见两头公牛斗架，急忙跑过去解救。一辆救护车从老耿院子里开出，地下梅花瓣似的血迹迤迤拖到街上。老耿的老婆蹲在地上号啕大哭。没过两年她就离开人世。而老耿额头上从此留下一道锯齿形的伤疤。素惠有时在街上碰见他，只要抬头望一眼那伤疤，就好像闻到浓烈的血腥味，就恐惧地绕开了。

不过素惠今天有点惊喜，这颗脑袋从前被她拒绝后，还蛮知趣，不再骚扰她。多年以后重现高墙，又是在她心情不坏的情况下，她就有想跟他说说话的意思了。"老头子，望谁呢？"她抬起头望墙上的人。

"我望你呢!"

"我有什么望头？"素惠低头看了看自己的身体，白衬衣的下摆很宽阔，她就夸张地摇摆了两步。

"我望你蛮飘逸呢！"

"老头子，说什么飘逸，这词儿是用在年轻人身上的。"嘴里这么说，脸上却得意地笑了。她有意把衣裳裁大一点，她的个子不矮，身体没有发胖，要的就是飘逸的感觉。

"喂，你不烧柴火了，没有黑雾朝我这边吹了，我的气管炎也好了咧！"

"你有妻管严？哪一天娶的老婆？我们没吃喜糖咧。"

"素惠你真会逗，我是说气管炎！我们只隔着一堵墙，一层纸一样，可是这么些年你就没有听见我每天早晨咳嗽得厉害么？前几天你没烧柴火了我才不咳嗽了。你要以为我是在编神话，你自己爬上墙来看看！你在院子里烧火，西边的风正好把烟雾朝我睡觉的房里吹来，我的窗户这边被你吹成了一条大腐鱼。"

"还有这种事，你怎么不早说。"素惠说着就去搬木梯，她真要爬上墙去看看。待木梯搬到墙下，她对老头子说："你下去我就上来。"两人趴在墙头脸对脸的，让巷子里的人看见，还不说成老风流。素惠从退休回家后就烧柴火，反正不上班，闲着也是闲着。烧柴火比烧液化气节约。她在这小院里伺候了媳妇和女儿两个月母子，先是把孙儿带到三岁，送进了幼儿园，没喘口气接着带外孙，手心手背都是自己身上的一块肉。她就是烧着柴火煮牛奶熬稀粥，冬天在封了火的炉子上架个篾烘罩烤尿片子，把两个孙儿带得白白胖胖的。媳妇女儿从超市提回来一包包粉香粉香的尿片纸，她用来作解手纸，她非清眼看见孙儿们的尿臊气在小院的空中冉冉上升地挥发掉，才相信尿片消过毒了可以使用了。老耿院子里的墙上果然黑黝黝的一方，形状像条鱼。若是人老站那地方，不把人熏成恶性肿瘤来才怪了。素惠朝下面的老耿说："你这人真呆，从来就没听你吭一声！"老耿说："我老是想，你这人够传统的，烧柴火，带孙子。每天天不亮颠颠地跑去拿牛奶，好像从不想想自己！其实儿孙自有儿孙福。"素惠心里酸酸的，"你说的也是！"儿子没成家时，就主张素惠找个伴，把妈说动了心。可是媳妇一生孩子，儿子再不提半个字。孩子你把他当菩萨一样供养，他心里装的还是自个儿。

不过今天是什么日子？素惠一快乐瞄见墙脚下的黄瓜藤子都爬上了墙，有几条瓜翠绿如玉实在惹人眼。她喊住老耿："你莫进屋里去，我给你摘几条瓜尝个鲜。"老耿竟忍耐了她这么多年，她好过意不去。素惠在墙这边摘瓜闹得"咚、咚"响，老耿在墙那边说你小心点，老骨头千万摔不得，说着他也爬上了墙，脑袋瓜子伸出墙顶，直着眼瞅素惠趴在墙中间摘黄瓜的样子。素惠上来了，递黄瓜给老耿的那一瞬，老耿浑浊的眼珠子盯着她不错一点神儿，"这么些年了，我就今天才尝着你个鲜！"天咧，老耿的脸色一忽儿红了，一忽儿红的发紫了。眼珠子一转动，就变成了活泼的小兔，它要窜进素惠那荒芜了的内心森林里去。素惠触着老耿接黄瓜的手，像是冰一样的凉。她顶不住了，"流氓痞子，恶习不改！"她心慌腿软地下楼梯。老耿在墙头上巴巴地望着她："小心点，脚莫踩虚了！"素惠气鼓鼓的样子拆了梯子朝屋里走去，走到门口忍不住回眸。老耿在墙头上的影子，就像剪纸一样定格了。

素惠出门就走进了滨江公园。青蛇似的石径在草地里的延伸。她从石径走向参天柏树的林子，她在柏树林里悠闲地吮吸春天的气息，欣赏一串串光圈在针形叶的树冠中穿梭。她想试试从石径走向公园的尽头，因为中介所——那间简易的刷着绿色油漆的平房，设在公园旁边。

这长江三峡十里画廊，无处不风景。一棵她叫不出名的树上挂满了鸟笼，远看像灯笼。城市里只听鸟儿叫不见鸟儿飞，鸟们集中在这里开会来了，叽叽喳喳，你追我赶，千娇百媚。养鸟的都是些老头子，素惠看见老耿也在其中。活见鬼了，今天老遇着他。赌着清晨的一口气，她准备转身而去，老耿远远地跟她打招呼了。她便迎着他和那些老头子们笑。她的笑容是亮丽的。在这样一个早晨，她没有理由不让自己的笑容亮丽。这一点她从老耿看见她后先是吃惊，后来跟她谈鸟儿时，挨着她很近的神情里看出来了，她认为他眼神里的一份欣喜，是对她笑容的回应。"我从来没听见你院子里有鸟啼声？"

"你哪能听见我院子里的声音呢！可是我每天就听见你院子里的声音。"

"老都老了，还贫的什么嘴？说正经的，让我看看你的鸟，你就养了这么一只灰麻雀？"

"它丑是丑点，可它不叫麻雀。要看漂亮的，只有白色的才漂亮。白色的很珍稀，你看树上挂的全是画眉，就找不出一只白色的。"

"今早我院子里飞来了一只白色的鸟儿，不知是不是画眉？"

"那一定是我的鸟儿，它清晨飞出去了，我出门时它还没飞回来。"

素惠问鸟儿吃些什么？什么季节需要给它们盖被子？就是拉下罩在鸟笼上的绒布。什么鸟儿叫的什么声音。老耿一一回答了她。她转身指向那边玩拳的人们，说到那边转转。老耿随着她朝那边走了一段路，还挨着她很近很近的。在这大众场合，素惠不回避，她现在需要的就是这样的一份依恋，虽然老耿并不是她心目中的对象，可是老耿对她的依恋，使她增加了自信心，况且老耿回答她的问题时眼睛里除了欣喜还有一种说不出来，让人感觉特别的东西。

素惠走在江堤上。堤栏里边杨柳飘飘，摇摆的枝叶像一把把小刷儿，刷着她的脸，毛茸茸的。大概前几天杨柳还是嫩嫩的芽儿，转眼就抽枝。人也是，这春阳一出，看似人懒洋洋的，内心却蠢蠢欲动，躁动了，脸热了，就一层一层地脱衣裳。素惠热着脸想老耿眼睛里那种特别的神色。

　　素惠的男人是老知识青年——文革之前下乡的那一批年轻人，看《朝阳花》而热血沸腾的。素惠那时与他是街坊。解放牌的货车载着那批戴光荣花的年轻人缓缓离开城市的那一刻，她与他的眼睛碰撞出了革命的火花。素惠生第二个孩子时，男人才从农村调回来，安排在一所小学教书。素惠丢下背在背上的孩子学骑自行车。男人说你若能蹬一趟江堤，我就让你上街。那年江堤刚刚竣工，堤栏里边的杨柳新栽，夫妇俩各蹬一辆自行车。男人为带会女人，将不足一米宽的堤道全让给女人了，自己只骑了个擦边线，很勇敢的。江堤的尽头就在现在葛洲坝坝区内，那时葛洲坝水电站正日夜施工准备截流，坝区内到处是起重机、搅拌机、翻斗车……那天清晨下过雨，乱七八糟的车与车之间的空间被凸凸凹凹的黄泥土塞满。素惠累得半死。男人想给她找一片干净的地方坐坐总找不着，就把她抱在怀里，让她依靠着自己厚实的胸脯休息。她在男人汗水味的包围中昂着头看西边的落日，她忽然无来由的伤感，落日比朝阳美上十倍，可是最美的也是最短暂的。落日在那一瞬带给素惠的伤感是否预示缩命？不久男人因高血压病猝不及防地离她而去后，她常常呆呆地思考这个问题。当时她沉醉于梦幻中，男人双手搂着她的腰，不时抽出来一只手在她的秀发上不停地摩挲，从她头上摘下一条条残败的柳叶。两双腿紧紧绞在一起，柳叶在他们身体的暖流间飘飞。这漫天春情，总要滋润点什么膨胀点什么，素惠心痒痒，血液倒流，身体酥软得像一支飘荡的柳丝。男人咬着她舌头的嘴终于松开，"我们找个地方吧！"素惠说："还是回家。"眼睛却盯着不远处那辆黄色的翻斗车。男人顺着她的视线望过去眼睛突然发亮，男人就把她抱起来走向那辆翻斗车……事后素惠用手指梳理头发时，看见被他们的身体擦拭干净了的铁皮子车厢底板上躺着几片柳叶。那些柳叶，还有飘在翻斗车上空的那支《一剪梅》的歌，都是刻骨铭心的记忆。像素惠这样平凡的人，一辈子落不下几个非常幸福的情景，何况俩口子能如此亲密相贴，是在等待了十年以后呢！

重见杨柳，素惠的心就像突然被挖去了，空落落的。不愿回忆，可是素惠近来老爱回忆，她就问自己我是不是很老了？她认为一个人只为回忆而活着，证明这人不再寻找任何的希望与寄托了，而她重新穿上半高跟的牛皮鞋，是要走向生命中的另一个旅程——她在心里埋藏得很深，却渴盼得很久的最后一站路。

素惠在中介所的办公桌上填写简历。邓主任歪着头仔细看她的脸，表示惊讶地说："你是45年出身的？你叫殷素惠，我直呼殷素惠你没有意见吧？过去像我们这般年龄，人们早就妈妈长奶奶短的喊熟了！现在美容一阵阵兴风作浪，人们从中学乖了，这真是女人划时代的解放呢！"她当然乐意别人直呼其名，她特别盯了对方一眼，因为对方说"我们"把她看成是同等年龄的人。事实上她比对方顶多大五六岁，按对方的说法，45年赶滚日本鬼子，49年打走国民党，我们是解放牌的，没有距离。对方快人快嘴，你莫看婆婆们是垃圾股，垃圾股最有赚头。她们来时跟你一样不好意思开口，走时却个个舒心。相好对象的，过段日子来请我们吃喜糖，都是老俩口儿手牵着手。像我们这样介于垃圾股和绩优股之间的人，我就不同意找伴儿的说法，应该说还是找爱人的。多喝点酸奶常吃点乐力，补钙壮身，不行还有后备军，什么"伟哥""劲嫂"的补虚壮阳，有激情不比年青人差……邓主任说话真够透彻。素惠拍着她的肩，笑的特开心。她又想着老耿眼里那种特别的神色，她好像在哪儿见过？老早以前巷子里排队挑水……对了，他的眼睛里就是含着这样的神色。还有小巷的空气中飘浮着一种甘草的气味，换季的时候那气味特别明显。他常常站在她背后，高出她一个头。有一天她在自家院门口歇下来，他也歇下来，他问她累不累？他说我俩换根扁担吧！

你用木扁担挑水不怕挺肩膀？我这根扁担是竹的……切肤的回忆与憧憬现实交织在一起，心就激跃起来。这后半辈子有一双始终关注着自己的眼睛还奢求什么呢！杨柳飘飘，一股暖流从她身体内部毫无顾忌地涌出，她感觉大腿两侧都是湿润的，一会就冰凉了。此刻她相信人生返老还童的灵丹妙药就是精神的作用。男人去逝后，她是哭着男人把自己变成一个几乎是没有性别的人，这时候身体突如其来的变化，让她如同感觉万物复苏似的喜悦。她还不算老，老耿也还健壮，生命的归途中摘下几片夕阳，等到八十岁以后再去回忆吧！她几乎要振臂高呼青春万岁了。

一切都变得更加美好起来，天空中一阵海啸似的声音，原来是一群洁白的鸽子向着雕檐琢柱的亭子间飞去。卖苞谷的女人迎向素惠，要塞给她一袋用透明塑料包装的苞谷。她不用问价，掏出了一张钱。她看见一个穿白衬衣，红色金丝绒背带裙的小女孩，站在戏鸽的场子内伸着一双小手找她妈妈要食物，她走过去把苞谷给了小女孩。小女孩双手擎着食物，那些栖息在亭子间的鸽子就陆陆续续飞回来了。它们在小女孩的手上啄食，在小女孩的身边玩耍，在小女孩的头上盘旋。素惠如醉如痴地欣赏这幅祥和的画面。"喂，找你八块钱。"卖苞谷的女人认真地盯着她，像是要从她脸上看出破绽来。"我都忘了，谢谢你啊！"她的脸不由浮起一片红晕。

让素惠意想不到的是她看见了苏灵，她穿着大红大紫的衣裳在亭子中间演唱京剧《红娘》。苏灵就是老掉了牙，素惠也一眼能从人众中把她挑出来。苏灵是素惠的师傅。苏灵的妈曾经是地方京剧的票友，因此苏灵当姑娘时就喜欢扮崔莺莺，唱那段二黄摇板："猛听得，西厢内，琴音响亮。不由我，闺中人，心意彷徨……"只是她现在掉了两颗门牙，嘴唇漏风字不正腔走调，且头上二根直直的白发在阳光中摇晃，给人强烈的滑稽感。其实她现在唱《岳母刺字》演老旦效果好一些，素惠想与她打招呼去对她说说，又不忍心打断她的表演，因为演员和观众都很投入。一路上她又碰见了几个熟人，她们对她说早锻炼的好处。她想她可以每天来公园参加早锻炼了，她彻底解脱了，平时呆在家里真是辜负了这一派锦绣山河。滨江十里画廊上拳、剑、舞其流派繁荣像天上的银河系。参加哪一个群体？老年人的队伍动作太单调，年青人的队伍她又怕跟不上她们的节奏，她想要凑就凑进半老娘子们的队伍里去。明天再说吧，今天她还有要紧的事儿。明天身边或许有个提鸟笼的老头子，为什么偏偏就要提鸟笼的呢？哼几句段子的也不错。

远远地能够看见那间刷着绿色油漆的平房了，素惠走出树林朝街对面的钟楼望去，才 11 点 30 分。她不想回家做饭，倒走几步就在这滨江饭店里吃点便饭，即使便饭也得点这里特色菜麒麟整鸭。吃不吃得下去没有关系，数十年来吃这一回，山清水秀间吃个品味就行，就像歌里唱的"潇洒走一回！"

睡个午觉起来，再从公园里走向中介所也不迟。回家后素惠却没一点儿睡意，只在院子里望墙头，望了几遍也只望见墙头上的几蔟野草，还有两颗小树。原来从没发现墙上也有风景，素惠觉得很新鲜也很苍凉。好像听见有鸟声，她搭好梯子爬上墙头，朝着老耿的院子东张西望，她看见老耿的鸟笼子挂在一棵橙子树上，就知道老耿已经回来了。她喊了两声没人应，鬼使神差似的，她出了自己的院子走到老耿的门口了。我这不是有点唐突吗？望着黑洞洞的铁门，现在像这样单门独户的院落不多了，它寂寞地矗立在城市自有一份古典的韵味。她的左隔壁两个老人相继去逝后，儿孙就要拆了旧院盖新楼，报规划局没有批准，说是这条巷子不久要拆迁。她不敢去拉响门上那两只老式的铁环。小巷不时有人走动。鳏夫寡妇的，挨在人家门口不像样子，老街坊虽然来往不频繁，可是谁不知道谁。她应该找一点理由，当然可以问问市里什么时候要小巷拆迁，建设民族文化街的事，还可以问问前几天环卫的上门收卫生费的事，过去这小巷也有人扫地，却没人找上门收卫生费。过去有话她总跟左隔壁的婆婆说，现在婆婆归西她得找个新人说说话了。门是虚掩，她没费劲就拉开了。

老耿在橙子树下吃饭。一张小木桌，桌上搁着两只青色的小菜碟，一只能盛二两酒的瓷杯。素惠走进他的院子他显示出稳操胜券的沉着，他端给素惠一只矮凳子，仍然悠闲地吃他的饭。倒是素惠有点局促不安。她看见院子里干净利索，只是挨着自家院墙的那扇窗上画着的鱼，比上午远距离看着更糟糕，简直就是条腐烂的鲨鱼。老耿的房屋是两个并列的套间。他娶女人时她来过，他女人去逝后她也来过一次，那一次是老耿家的鸡儿飞进了她的院子，她给他抱过来。这都是两头公牛斗殴以前的事儿。她记得，他原来的起居室是在橙子树这边，现在橙子树这边的房空着，他何必硬生生地挨熏呢！她看见老耿爬满皱纹的脸，感伤岁月不留人，"你吃饭这么晚？"

"一个人，也没按规律生活，饿了就弄口吃。"

"你平日里都吃得这么简单？"桌上一碟凉拌黄瓜，大概是她中午给的，另一碟是两只皮蛋。

"一个人，想吃也懒得做；做了也吃不完！"

"你儿子回家么？"她问，立刻就后悔了，他是真正的孤独，我偏偏哪壶不开提哪壶！"回家，只要不出门，他每个双休日都带着老婆孩子回家！"意想不到的回答使素惠比老耿本人更开心，"这就好，不过，你早该找个……找个伴了！思想要解放。"老耿深深地望了一眼素惠："找伴么，不像做梦？我这人没别的能耐，就会做梦，夜晚梦见谁，第二天肯定是要遇上谁，找伴是可遇不可求！"老耿又来这一套了，话里有话。但是素惠理智上是要把他看成今后能说说话的邻居，于是就把自己今天的快乐与感受一篮子兜给他，让他想开一点。不是有人说过，人生的追求是没有至境么？为什么不试试比目前更好一点的生活呢！

提起找伴儿老耿搁下筷子与酒杯，像是宣读他的论文一样侃侃而谈。他说他今年才六十四岁，身体状况良好，不过就是有点臭毛病，有脚气，脚板心常常发烧，在家里不爱穿袜子。眼睛有点儿老花，看报要戴眼镜，吃饭没有规律，喝茶就爱喝清明前的毛尖。前两个月检查血压有点偏高——收缩压 160 毫米汞柱，舒张压 95 毫米汞柱，药灌子怕是要背到马克思哪儿去了，但是这并不影响他找伴儿的想法，因为找伴儿的想法已经产生了十来年，偏高上十米的血压能抵消多年的日思夜想么？打牌搓麻将都不来，就是喜欢养几只鸟儿早晚散散步，看看《文摘周报》《环球》之类的报纸与杂志。当然他还要去旅游，希望找到理想的伴侣后，双双去旅游。他有足够的经济条件去实施这一项计划。他有一部分存款，还买了二三支股，股票都是放的长线。他不缺钱用，用不着天天去股市，偶尔去也牵回了一二头黑马。买股只是随便玩玩。他说若是找到伴儿了，对方有房，他可以搬过去住，自己的这套房就租出去，这是一笔相当可观的收入。仅这一笔收入加上退休养老费就足够两人每年在海内外周游一番。当然对方搬过来住也行，他就划点钱把房子整修一下。素惠说巷子要拆迁你知道么？老耿说拆迁的事还是一张地图，找到老婆子我何不及时享受呢！

　　老耿的调子平谈，但是他的周密计划确实让人振奋。素惠受到了鼓动，"你的房子不给儿子么？"

　　老耿哈哈地笑了，"儿子前几年就当老板了！儿子说这房子也好，把它变成钱也好，我活着，就是我的，我死了，才是他的。他不要我的钱，还经常给我打酒喝，这不……"他提起搁在地下的一瓶郎酒。

　　素惠也对老耿说了自己，她说她的爱好就是喜欢做菜，在外面吃宴席，桌上吃着什么新样的，她回家就学着做。她还买了几本菜谱，听说照光盘上学做菜更直观，她还打算买一台电脑。忽儿她叹一口气，"你刚才说得对，一个人，想吃也懒得做，做了也吃不下去。有几回儿女不在家，我做了新样菜，没人尝鲜，就觉得好遗憾。若有个人分享一下我的手艺，我想应该是快乐的。"

"你是这么想的么？你一直是这么想的么？"老耿无不哀怨地望定素惠的脸。

素惠很敏感，眼睛里有了别扭的神色。为什么要对一个孤男谈这些呢？于是转移话题，"当然，现在孩子们星期天回来吃共产主义，我也是乐意做菜的。"

"若你找了伴儿，吃共产主义的怕是一群孩子了？"老耿偏把话题朝男婚女嫁方面引。

"这我想到了，今后只要孩子们和谐。"忽儿觉得老耿在做话笼子，自己直朝里面钻，就嗔怒，"你这人，狡猾……！"

"人有把年纪了，更讲求实际，若为孩子们再产生分歧不划算。"

"你说的也是！"素惠非常赞同老耿的意见，现实离自己这么近，伸手就可以抓住，她心跳耳红了。

"哦，这是你的画眉么？白色的！"素惠顶不住与老耿对视，她回避老耿的眼，抬头望天，一只白色的鸟儿在院子墙墙顶上盘旋，嘴里发出一长串唝唝呖呖的声音。老耿伸长双臂招呼着，鸟儿扑楞楞扇动着翅膀，一头朝老耿怀里栽过来。它先是一阵惊惶乱蹦，老耿用手轻轻抚摸它的羽毛，它才安静下来了。这是一双骨胳粗大皱纹遍布的手，十指指节硬挺挺地突出，就像吹干了的红萝卜，他与娇柔玲珑的鸟儿多么不相称。素惠的心突然像被什么东西扎了一下，男人怀里小鸟依人的温柔与谐调，让她怀疑，多年以前她听到的惨叫与看见的血腥，莫非是自己的一场恶梦？或者说，那场父子残杀即使真正发生过，它也随着时间的消逝，特别是眼前这幅画面的覆盖，永远从自己记忆里消逝了。

太阳快偏西了。素惠抬腕看看表，五点还差十分钟。她对老耿说："我还有事。"脚仍然伸在老耿的饭桌下。老耿说："我也有事，约好了五点钟到人家那里。"素惠说："那我先走了！"她意犹未尽地望了一眼老耿，然后缓慢地朝门口走去。然而老耿在后面喊住了她，"素惠，你等一等，等一等，啊！"他干涩的嗓音具有磁一般的魅力，素惠被定在门口了。老耿是到房里去取一件东西。他把这个东西握在手心里，"这颗扣子是你那件枣红色的衬衣上掉下来的。那一年我的鸡儿飞进了你的院子，你给我抱鸡儿过来，递给我鸡儿的时候带下了扣子，我一直保存着它。"枣红色的衬衣素惠至今还在穿，扣子她是眼熟的。这真是一个执着到家的人。我也算有把年纪了，难得这么些年他老想着我，又想自己对老耿的不经意，因而荒废了好时光，哪怕是前两年，头发还没有白，胸脖子也还没有皱纹……心里就有些对不起人也对不起自己的味道，因此老耿捉住她的手，让自己的手心贴着她的手心归还扣子的时候，她感觉到老耿手心的潮湿，她的眼睛就潮湿了，身体不由自主地向老耿怀里倾斜。老耿就势拥抱了她，脸在她的脸上轻轻贴了一下。第二轮老耿以更热烈的攻势将燃烧发烫的脸去与她隔合时，她朝后躲避却将虚掩的铁门撞了一下，门上的两只铁环碰撞的声音提醒她——老耿的脸就像快要爆炸的气球，使她亢奋也使她恐惧地推开了他。

她的身体轻得像一团云，向院外飘去。她快飘出小巷了，再回眸看看他与这个男人共同拥有的那一片院落，院墙是暗红色的，墙顶上的小草在她眼里变成几根在空中飘荡的细丝。一墙之隔几十年无声无息！这一天的到来太突然，她需要好好想一想，更需要作个准备，怎样以同样热情的姿态去迎接对方。

素惠从"的士"里钻出来，邓主任笑盈盈地等候在门口，她说素惠迟到了十分钟。邓主任边拉素惠进屋里坐边说："我这里有两个老头子你先认识一下他们！"她叫工作人员打开电脑里面的文件夹，屏幕上立刻出现了一个男性的表格：年龄，工作单位，收入状况，个人爱好，旁边还附有一张二寸的彩色登记照。邓主任指着这位尖尖下颌的征婚者说："他问你的情况蛮详细，还说要先看看照片。对了，照片你带来了吗？"素惠说带来了，下意识地握紧了手心的那颗纽扣。一路上她把纽扣看了好几回，纽扣在她手心里已经被攒出了汗水。她迫不及待要翻过尖尖下颌，"另一位呢？"下一页，屏幕上果然应验了素惠一路上近似于幻觉的那种念头——老耿巍巍然立于一座古老的塔前。塔前的阶梯很高，摄影者的镜头低于拍摄对象，这使老耿显得比他本身的形象还粗壮高大。"真是女人们的开心果。"邓主任问："你看他像不像史瓦辛格？"素惠这两天正看史瓦辛格演的电影，很倾心于这位强壮的世界级男星，也为自己犹如豆蔻年华的心理状态而莫名其妙地兴奋，现在听邓主任如此说，她心潮起伏，缄默不语地看老耿。老耿眼里的浑浊与景深融为一体，使画面给人沧桑之美。邓主任说："这位史瓦辛格，很奇怪的，你来我们这里的第二天，他就来了，我们给他介绍了几个女人，他根本听不进一个字，他就捉住你的名字，而且他什么情况也不问，只等待我们安排见面的这一天。"邓主任认真地盯着素惠，"你们是不是认识呢？"素惠说："认识！"

"认识那太好了！我安排的就是今天五点钟见面，你等一会，他一定会来的。"

素惠乐意由邓主任来成全这份美差，就坐在中介所门口的长条椅上等候老耿，邓主任给老耿打了几次电话都没人接。她相信他已经出了门立刻就会到来。

素惠失望地告别邓主任沿着江堤朝回走，她想或许会在江堤上遇到老耿，既然已经晚了一个小时，老耿就不会坐的从街上来了，老耿下午还说过，他每天傍晚时分喜欢在江堤上散步，他或许是要如年青人一样，来点出其不意的浪漫……素惠这样想着就伸着长长的脖子望江堤。江堤上没有行人，她可以望向很远很远的地方。西边的落日将远处的杨柳染红。素惠的思维在血红的杨柳里穿行——他出门必须要穿袜，假设他穿袜的时候弯下腰，血液突然向大脑倒流……因为这个春天的太阳比较大，他想应该戴顶帽子。他是个爱讲究的人，这两年男人时兴戴那种帽沿朝上翻卷的丝质帽，那种帽对男人来说更重要的是装饰。他的帽子挂在被熏成鲨鱼了的那一方墙上，上面落了整整一个冬天的灰尘，帽子会不会挂在很高的地方？他脚下踩着个凳子……素惠的太阳穴抽搐了几下，全身冒出一层冷汗，那颗枣红色纽扣从她手心里跌落，在江堤的水泥地上弹了两下，便从斜斜的堤坝滚下去，瞬间被江水淹没了。

这个白天快要结束的时候，素惠正在小跑着穿过滨江公园，她远远地向街上行驶的的士招起了手。

发表于《芳草》2000 年第 11 期

后　记

解封的记忆

　　出版社终于确定了这部小说集的篇目！我收到力扬文化寄来的第三次校对稿件，仔细看过，以《预约晚餐》为代表，多篇作品反映了底层边缘人生存姿态和精神面貌，下岗，失业，农民工，构成了这部小说集的基本内容，于是，我不得不重新写篇后记。

　　2001 年初，大年刚过，湖北省宜昌市中级人民法院宣布国有企业猴王集团破产。拥有 8000 多名原猴王集团的职工们，一下子被推进生存的悬崖深渊！早在企业改制之时，我的原单位半导体厂被猴王兼并。不久，我和我的家庭都被卷进了下岗大潮。人在漫长的岁月中总有一些难于释怀的事情，下岗经历在我记忆中难于抹去。当年国有企业改制，大规模的企业职工下岗后，有人第二次创业成功，比方我写在报告文学《青春之光》中的聂道静（现为宜昌市微特技术有限公司董事长），他们不仅仅自己创业成就突出，现在还创办了智慧谷（孵化器），汇聚了 160 个小微企业，帮扶创业者成长。但这是个别现象；有人长期打工；更多的人是在极其艰难岁月中"熬"日子，这些人即便是拿到买断工龄的一二万块钱，转手就交给了"房改房"。人们手里几乎没存款，要吃饭，要看病，要供孩子读书，还要给老人和自己交"养老保险"，生存突然坠入困境，思想感情更难适应，这方面在半导体厂比较突出。

半导体是我市唯一电子行业高科技尖端厂家，当年集中了不少高学历的专业知识分子，有从四机部下来的博士后、海归学历者；有从北京、上海等大城市来支援三线建设的高级工程师，他们大都讲普通话，在车间里和工人一样日夜三班倒。我们这几批知青，能穿上白大褂，在明亮干净的无尘车间里，和这些高知们没有距离地工作，是幸运的，从我们身上发挥的创造力也是巨大的，空前绝后的！

记得进工厂的第二年吧，大年三十夜深，我们全体职工顶着凛冽的西北风，站在长江岸边，有一部分人不得不赤着脚站在江水里，排成几条长龙似的队伍传递砖头。后来矗立在东山之巅的四座车间，还有二层楼的办公室，就是在一穷二白，国家不出一分钱的情况下，完全靠我们的双手建设起来的。那年月，我们真自豪："卫星上了天，鸡窝里飞出金凤凰。"就是唱1970年的大事儿，中国成功发射的第一颗人造卫星上，有宜昌半导体厂的晶体管。

我和孩子他爸双双下岗后，我们开过小卖部，玩具店，之后办餐饮，因无法预料的特殊原因，把多年积蓄全部砸光，倒还欠了债。我不怕失败，还可继续干，因为我曾经多年被借调在外，从事过不少类别的工作，以我学识、能力和经验，有信心第二次，第三次创业。但我老大不小了，一生所爱是文学，鱼和熊掌不可兼得！我选择了边打零工，边学习创作，勉强维持生计就行。那些年生活非常难堪，为了写好一部长篇小说，我三次去三峡，往返路费大几百，却舍不得给自己买一件十来块钱的罗汉衫。有一次是夏天，我的上衣仅有一件短袖衬衫，晚上洗，第二天早晨，半湿半干的，又穿上它，竟然找不出第二件换洗的衣裳。

我一边不得已，亲历着，体验着生存的艰辛，一边把眼光投向我们永远告别了的工厂。每每听同事们说，我们非常熟悉，非常尊敬的某某工程师"走了"！不久，又听说某某高工，夫妻双双"走了"！心里好难过。在科技领域里，他们（她们）的贡献能用数字去计算吗？企业改制后，他们或买断，或与普通工人一样拿一百来块钱，维持一家人的生计。这些人从小就胸怀"知识改变社会"的理想和抱负，然而，他们自己的命运和安宁，几乎是一夜之间被改变，"英雄无用武之地"。我也看见杨工（早年毕业于云南大学，高级工程师，曾被评为省劳模），他生性乐观豁达。在一个月仅发一百块钱生活费的日子里，为养活家人，供儿女读书，他只好在江边码头摆地摊。我每每从他身边走过，都要下意识地绕过那尊蹲在地下，埋头摆弄着头饰和鞋垫的身影，又心酸，又暗暗为他喝彩。我一年当中也曾经干过9种活儿，却没有他这份勇气！不少"走了"的工程师们，年龄在50至60岁，乍一听说他们的不幸，其心酸感不是一时一刻，而是久久萦绕在我脑际，不得志、困惑、郁闷或许是影响他们健康的主要原因。

我困于其中，感同身受，写出了《小雨的日子》《预约晚餐》《月光下的艾蒿枕》等作品，都是特定时期真实生活的写照。不过，由于缺乏系统的学习，又受到视野局限，我并不满意自己的作品，决定走出小我的束缚，走进大我的境界。于是，我利用儿子在北京工作的机会，把目光投向京城的农民工们。写作多年，我应该有自己的代表作了，下功夫吧！我钻进北京西站天桥下那偌大的敞篷式工棚，找农民工聊天，了解到他们活儿繁重，生活贫困，哪怕是我这样的下岗者，也不敢想象。摩天大楼从他们手里一砖一瓦盖起来，每人每天的用餐费仅仅六块钱，几乎每顿都是豆腐烩白菜，半个月，甚至一个月才吃一次萝卜炖肉。我也曾站在某栋40层高楼的顶层平台上，与正在拴绳子，准备"下吊板"的"蜘蛛人"聊天，了解长期从事高空作业，带给人心脏和大脑的压力，以至"过劳死"的现象。还有，在北京王府井一地下美食餐厅里，一家三口吃一份饭。

他们就坐在我对面，我看得很清楚，那壮年男人，先是咽着口水望着10多岁的儿子吃，再是老婆吃，轮到他自己时，扒了两口饭，又将碗抱回给了儿子。

我自己刚走出穷困潦倒，没法施舍于他们，当时只有想法：底层老百姓的日子，其实过得很艰难！又想：吃苦耐劳的中国人民，在各个历史阶段的折腾中，逐渐形成的隐忍力，恐怕没有哪个国家的人民能与之堪比！

那段时间，还有一件事让我深思：在我们宜昌长阳和点军交界处的地方，发生了一起杀人劫财案。被害者姓赵，是民间纷纷传说的中药治病"神医"。我曾带着身患癌症的妹妹，三次去赵医生那儿找他看病，见证了他一天要给80至100个人拿脉开处方。那时我非常感慨"藏龙卧虎"在民间。案犯是湖北松滋人，从广东回乡创业，靠弹棉被为生，曾找当地信用社贷款五万元。谁知生意亏损，他还不起信贷，又遇母亲生病，去找神医抓药，遂生劫财之意。

长阳召开公审会那天，我怀着悼念赵医生的心情，搭车去了会场。站在被告席里的犯人面无血色，死了半截的样子，他才29岁，初次犯罪。作案那天，他到达长阳时已经身无分文，把手机抵押给别人，借了一辆自行车继续朝深山里的赵家行进。当时公审会上，从犯人颤抖的嘴唇里，吐出这样低弱的两句话，"其实我没想杀他……我……把我身体上的所有器官捐献出来，换钱赔偿给赵家人。"固然罪犯死有余辜，但一个年富力强的男人，怎么就走到这一步呢?! 我小说里并没有反映这种极端，恰恰相反，社会现实中有这样的问题，小说中人性美好的彰显，才更可贵。

个人坎坷的经历，决定了我愿意去理解平民百姓，把他们置于情场、职场、官场、商场的特定环境中；把自己置于与作品主人公们真诚交流的位置上，从他们身上发现真实，深层次地挖掘，艺术化地表达。透过他们生存的困苦与痛楚，以细腻的笔触，从容的描写，表现主人公们被人忽略的，个性鲜明的内心世界，比如《红绒花》里的海子，虽然身份卑微，却不失浪漫情怀，善良品质；曾经的失落，永远的向往，构成了一个土家族青年精神文明程度的内涵；比如《山高树大》里的九九，在过去纯朴的时代，他因为丢失50块钱，背上"贪污嫌疑"的帽子后，哪怕连长为连队"夺红旗"，有意识平息了这事儿，他还不依不饶，要求追查并恢复名声，以至付出生命代价；比如《预约晚餐》里的下岗女工吴鱼，她那像茉莉花香一样淡淡的哀怨，她想与他有那么仅仅一次晚餐，是让自己走出怎样的束缚？卑微的人生，人格的尊严，构成这部小说集的特点，从这个意义上说，我为自己的作品感到一点点欣慰。

收集在这部书里的中短篇小说，只是我已经发表作品中的一部分。多想和之前出版的报告文学《中国有条黄柏河》一样，也出一部厚重的小说，然而，现在从质量和数量上都不尽如人意，读者有不明白的地方，请原谅！借此出书之际，我衷心地感谢数十年来一直关注、发表我作品的编辑老师们，若没有发表的平台，很难想象我能坚持下来；感谢宜昌市委宣传部，在精品创作扶持方面给予我大力支持；感谢帮助过我的师友；感谢所有关注、关心、阅读过我作品的朋友们！

2020 年 6 月 12 日第 3 次重写